KUWEI

酷威文化

图书 影视

芳芬满堂

一终章一

江雪落 /

著

江苏凤凰文艺出版社

JIANGSU PHOENIX LITERATURE AND
ART PUBLISHING, LTD

目 录

目 录

Chapter 01

火焰薄饼
·
巧克力之吻

人总是在接近幸福时倍感幸福，在幸福进行时却患得患失。

——张爱玲

电影节开幕第五天。

容茵在工作间忙得脚不沾地，她正端着一份做好的甜品要放入冷藏柜，突然被人一把拦了下来，定睛一看，是汪柏冬。

汪柏冬从她手里接过甜品，说了一句："外面有人点名说要见你，你过去一趟。"

"我？"人在非常忙碌的时候突然被叫停，脑袋往往都是蒙的，容茵第一反应是整个人都紧绷起来，"是哪道甜品出问题了吗？"

汪柏冬本来说话时一直绷着脸，听到这话神情略微一松，扫了容茵一眼说："我还在这儿呢，怎么会出问题？"

经过那天署名的事，容茵和汪柏冬之间一直保持着某种微妙的平衡。汪柏冬对她的态度甚至比之前更冷淡了，要求也更严格，却没再有什么故意找碴的行为。而容茵在工作上本来就对自己要求甚严，如今身边又有两位非常优秀的竞争对手，因此做起每一份甜品都力求尽善尽美，汪柏冬的提点只会令她加倍打起精神，不会有其他多余的负面想法。

听到汪柏冬这样说，容茵不禁一笑，心里也放松许多。她转身跟两名助手飞快地交代了一些事宜，又跟汪柏冬打了一声招呼："我很快回来。"

随后飞快地出了工作间。

出了门，才发现柯蔓栀就在门外，见到她微微颔首："跟我来。"

容茵问："请问是哪位客人说要见我？"既然是柯蔓栀来，肯定是此刻在宴会厅用餐的宾客了。他们的工作表上有电影节的活动时间表，这个时间段刚好是一场晚宴。

柯蔓栀笑容淡淡的，看着她的目光却透着打量："是你的老朋友。"她补充说，"对方是这么说的。"

容茵心里纳闷，她的老朋友无非那么几个，又有谁会在这个节骨眼上出现在电影节呢？

两人一路走进宴会厅，台上正有人在进行例行的讲话，台下各处窃窃私语，放眼望去，在座的许多都是大荧幕上的熟面孔。容茵过去在国外工作的酒店也承办过类似规格的活动，但她始终在后厨忙碌，未曾有幸目睹过此种场面。此刻看去，只觉灯光璀璨，衣香鬓影，那么多美丽的面孔，宜喜宜嗔，看得人目不暇接。

耳边听到柯蔓栀轻笑了一声，在手肘处托了她一把。容茵顺着她的力道往左边歪了一下，紧跟着就听到有人轻声喊她："阿茵，这儿。"

柯蔓栀轻声说："孔小姐。"

脚下的地毯格外厚实蓬松，容茵忙碌了一天，此刻头顶灯光格外炫目，她又被人一托一拽，顿时头重脚轻。只听有人笑了一声，她稀里糊涂坐下来，才看清眼前人的面孔。

"怎么，收了我的裙子，不认得我的人啦？"对方眨了眨眼。那一双大眼本就生得婉转动人，在化妆师格外精心的装点之下，更显得勾魂夺魄，孔雀绿的眼影透出几分冷艳，看着容茵时眼睛却是含笑的。

容茵半晌才认出来："孔……月旋？"

"是我。"孔月旋笑了，"最近就是看广告也应该天天都看到我呢，怎么就不认得了？"

孔月旋早就是圈内炙手可热的一线女星，家世好，容貌佳，最重要的是，性格豪爽、为人大方，在圈内人缘也出奇的好。不过此时若是有人见了她对容茵的态度，真要啧啧称奇。孔月旋平日里优雅大方，却很少见对谁说话这么亲昵。

容茵抚了抚额头："刚才听说有人要见我，还是今天的贵客，我头都晕了。"眼见这一桌还坐着其他几人，虽然距离孔月旋这边并不近，但容茵还是凑近了点儿，低声说，"我一进这种地方就头晕，你又化了妆，我一开始真没认出来。"

孔月旋咯咯地笑，挽住她的手，也压低声音说："我也不爱化这种大浓妆。不过这种场合都这个样儿，灯光打得太亮，不化浓一些不好看。"

容茵说："你送的裙子很好看，我这几天一直穿呢。回国之后一直忙，衣柜里连一件正经裙装都没有。"

孔月旋性格直爽，听到容茵这样说，更加高兴。她挽住容茵的手，说："我刚正好吃到这道甜品，觉得好吃死了！一看盘底写着你的名字，就想着你回国之后，除了帮你介绍房子那次，这么久一直没找到时间再见面，干脆把你喊来聊几句！"

容茵也笑了，她扭头看向餐桌，却在看清孔月旋面前摆着的那份火焰薄饼时微微愣住。

孔月旋自然看出她神色不对："怎么了？"

容茵盯着那道甜品看得出神："这……不是我做的。"

孔月旋说："不是你做的？"她脸色先是惊讶，随即慢慢凝重起来，"不是你做的，为什么是你的名字……"她抓着容茵的手突然轻颤了一下，"阿茵。"

容茵敏锐地觉察到她的颤抖，扭头看向孔月旋，见她正低头看着自己的手腕。她穿了一条蓝绿色的长裙，裙摆闪耀着点点珠光，在灯光下看起来如同一条优雅的美人鱼，又仙又美，看起来耀眼极了。因裙子是无袖的，此刻她白皙的手臂上的红点也就格外显眼起来。

容茵抬起眼，在孔月旋的眼中看到了鲜明的恐惧，还有愤怒。孔月旋也算身经百战的人物，此刻难得显出几分茫然："阿茵，怎么办？我明天还有活动要出席，我这个样子……不知道媒体要怎么写……"

容茵迅速地摘下头顶的帽子，将孔月旋面前的那碗甜品放进帽子里，然后挽住孔月旋的手腕："除了起疹子，身体还有其他感觉吗？头晕不晕，呼吸呢？"

孔月旋深吸一口气："就是觉得身体发热。"

"发热是正常的，这个晚宴有需要你上场的环节吗？"

孔月旋眼睛里流露出庆幸："本来是有安排的，但我和主办方说，把露脸的机会让给我工作室一个今年在带的新人了。"

容茵说："我拉着你，你起身慢一点，跟我走。"

容茵将厨师帽连同那里面包裹的碗夹在腋下，另一手挽住孔月旋，沿着之前柯蔓栀带她走的通道，领人飞快地出了宴会厅。一出宴会厅，灯光没有那么杂乱，容茵看得更清楚了，孔月旋身上的过敏反应越发明显，芝麻大小的红点密密麻麻，已经爬上脖颈。她皮肤本就白皙，此时看起来更加触目惊心。

好在此刻除了宴会厅，这一层的其他房间都没有在使用，走廊里除了工作人员和保镖，也没有其他闲杂人等。容茵握住孔月旋的手腕，神色严峻："月旋，你信不信我？"

孔月旋此刻只觉得身体裸露在外的部分越来越烫，人却是冷静的："我信你。"

容茵说："我先带你去一个私人场所，没有其他人，帮你紧急处理一下。"她一边拖着孔月旋快步往私人电梯走去，一边低声说，"另外，这件事必须尽快通知君渡酒店的负责人，你的经纪人也需要在场。"

孔月旋皱了皱眉："我前阵子刚辞退了经纪人，现在……只有助手。"

容茵惊讶："你把你的经纪人辞退了？"

两人走到电梯口，孔月旋见她从工作服里拿出卡片，有点儿惊讶："你们现在都配备这个？"

容茵拉着她进了电梯，摁下28层，掏出手机飞快地发了一条语音出去，才说："是凑巧，这可不是我够资格用的。"她看着孔月旋皮肤上的瘀斑，"不过现在，我真庆幸有这个巧合。"

唐清辰和林隽赶到现场时，孔月旋身体上的红斑已经消退了许多，脖颈上的已经几乎看不分明了，只是两条白玉般的手臂上仍能看出红色的斑点。她颧骨染着两团红晕，半躺半靠在一张沙发椅上，因为洗去了妆容，嘴唇的颜色极淡，眼皮儿也能看出少许浮肿，整个人看起来有点儿憔悴。

她接过助理递来的纯净水，喝了一口，似笑非笑地看着唐清辰说："唐总，今天若不是我，恐怕你的这家君渡酒店要炸锅了。"

唐清辰走到近前，看清孔月旋的身体状况，不由得暗自松了一口气："今天确实是我们的问题。孔小姐，让你受苦了。"

说起来孔月旋和唐氏也有些交情，外人不知道，唐清辰却最清楚，这位孔小姐昔年和自己的某位堂兄谈过很长一段时间的地下恋情，听说直到前些日子两人才彻底谈崩，大有老死不相往来之势。然而她和唐氏另一位公子唐清和关系向来不错，虽然平时和唐清辰没有什么往来，但今天突然撞上这么一件事，她能选择摁下此事隐忍不发，胸襟和眼界确实相当了不起。

唐清辰没有坐，他先是单膝跪下，仔细看了一下孔月旋手臂上的病情，又细细地询问她当下感受如何，这才低声说："我带了医生过来，不是外面的，家里用的大夫。如果孔小姐信得过，我就让他帮忙看看。"

孔月旋垂着眼皮儿，拨了拨自己的手指甲："你看我现在这样，还用大夫看吗？"

唐清辰说："看着是好了许多。容茵当时发的那些照片我都看到了，确实比那时状况好了不少。但最好还是让专业大夫检查一下，比较稳妥……"

孔月旋说："等你带着专业大夫来，黄花菜都凉了。"

唐清辰苦笑："是我们的问题。今天处处表现不佳，孔小姐有气尽管撒。"

孔月旋瞟他，粉润的长指甲凌空指了指，几乎要刺进他的眼睛里去。可唐清辰却没躲开。孔月旋哼了一声："这时知道跑我这儿卖可怜了，不是当初宁可绕过我也要拿下电影节项目那会儿了？我在你眼里，不仅仅是小心眼，还是小人！小人不就应该死死记着大人的过错？不报复你是不是都对不住你们唐家人对我的重重提防啊？"

唐清辰忍不住笑了："我是小人，孔小姐是大度君子。当初是我小人之心度君子之腹。"

如果唐清辰硬要解释当初没有刻意绕过她，而是出于种种巧合，才找了其他人做中间人拉到这个项目，孔月旋只会越听越生气，哪怕这些都是事实。如今唐清辰不管青红皂白一口承担下来，反倒让孔月旋多少出了这口恶气，这会儿想着也有点儿绷不住了。她忍不住"扑哧"一声，随后又说："今天这事儿，如果不是我，换成随便哪个圈内人，哪怕是个七尺男儿，你信不信他当场号出来？"

唐清辰连连点头。孔月旋说得毫不夸张，类似今天这种场合，在座哪位明星不是靠一张脸皮吃饭？平时各种节食禁欲，连吃一串麻辣烫都要计算再三才敢入口，有的还要忍痛先在清水里涮一圈再吃。人家为了保持容貌吃尽各种苦头，结果来唐氏吃一顿晚宴就把皮肤吃过敏了，这放在谁身上不得当场崩溃？

孔月旋哼了一声："你先让大夫回去吧。这件事，越少人知道越好。"

唐清辰喊了林隽一声："你先陪着孔小姐。"他走到客厅，黄医生正在和容茵沟通。

就听容茵轻声说："已经喝过绿豆汤催吐了，正好酒店里东西还算齐全，我用了金印草根粉调成糊，敷在过敏处，效果还算显著。"

黄大夫看向容茵的目光透出惊异："这个方子倒是很少有人知道了。"他打量容茵，"您是……"

容茵做了简单的自我介绍："您叫我容茵就可以了，我以前学过一些专业知识，也遇到过类似情况。好在孔小姐也相当配合，目前没有什么大问题。我让她多喝水，还给她做了一些清热去火的小吃。"

唐清辰走近两人，对黄医生说："黄叔，麻烦你跑这一趟。孔小姐那边有点儿闹情绪，说不想看大夫……"

黄医生点点头，也不意外："那我就先回去了。"他看了容茵一眼，对唐清辰说，"有这位容小姐在这儿，问题不大。有什么事给我打电话。"

唐清辰把人送出门，转身看向容茵。没有其他人在场，他也不再掩饰自己的焦灼，呼出一口气说："幸亏有你在。"

"别跟我客气了。"容茵把手里的托盘递给他，"你把这个端过去，我刚刚做了一些蜂蜜抹茶冻在厨房，这会儿应该好了。月旋现在应该多吃点清热去火的东西。"

唐清辰拉住她，容茵不解地抬头，突然感觉一片阴影覆盖下来，额头温温的，她反应过来时，唐清辰已经退开一步，却仍然拉着她的手："慢点，你都急得冒汗了。"

容茵后知后觉地抹了一把额头，脸颊滚烫，还有点儿尴尬，都出汗了还亲……他也不嫌弃。

直到走到厨房，她仍然懵懵懂懂的。打开冰箱时，一股冷气扑面袭来，容茵抬起手捂住额头，刚刚被唐清辰以唇触碰的那一块，此刻摸起来和其他地方并没有什么不同，可心里觉得那处应该是暖的，甚至是滚烫的，就如同她此刻的心……

孔月旋见到她时，第一句话就是："你的脸怎么这么红？"她歉意地拉了拉容茵的手，示意她坐下来，"为了我忙坏了吧，坐下歇会儿。"

容茵把一小碗蜂蜜抹茶冻递过去。白瓷小碗里盛着翠盈盈的四方小块，颤巍巍的如同嫩豆腐，质地却比最好的碧玉还要莹绿，上面洒了少许蜂蜜，还有一点桂花提味。夏天夜晚看到这个，整个人都觉得凉快舒爽许多。

孔月旋拿起竹签吃了两块，满意地眯起眼睛："还是你知道我！没有放糖，苦苦的，茶味清澈，真好吃。"

唐清辰唇角含笑，递了一杯茶给容茵。

孔月旋正要调侃唐清辰今天够有眼力见儿的，都知道给容茵这位手下递茶了，一抬眼刚好看见唐清辰看容茵的眼神。唐清辰此人性格倨傲，很有些雷厉风行的手腕，平时那张嘴巴见到谁都不肯客气，可偏偏他还说得特别有道理，极少听说谁能在他面前讨到便宜。孔月旋和唐家另外两位公子打交道比较多，对唐清辰的性格为人颇有耳闻，如今见到他看着容茵的眼神温柔得简直能滴出水来，还有什么不明白的？她娇哼了一声，把碗往容茵手里一塞，刚好挡住唐清辰的那杯茶："我说呢，原来你俩有猫腻啊！"

她先看容茵："怪不得今晚一出事你就拉着我往上跑，我还纳闷呢，你怎么这么熟门熟路的。"再看唐清辰，"还有唐总，姗姗来迟，还有恃无恐，你是不是知道容茵在我面前没少替你说好话？"

唐清辰扫一眼容茵，立即朝孔月旋作了个揖："孔小姐误会了，人还没追到呢，您这么一说，我这恐怕又要减分了。"

容茵没想到唐清辰说得这么直白，顿时讷讷地说不出话来，只是一直给孔月旋使眼色，示意她别添乱。

孔月旋扶着沙发笑得上气不接下气："你们俩……能同时看到你们

俩这副表情，我今天这点罪没白受啊！"她笑够了，才说，"唐总，我们阿茵人好条件优，你要想把人追到手，可得再加把劲儿。"

容茵偷偷掐她腰间软肉，惹得孔月旋直哎哟："我这是帮你呢！这位小姐姐，你可别恩将仇报啊！"

容茵咬牙插了一块抹茶冻塞进孔月旋嘴巴："你这刚好一点，不要大喜大怒，情绪激动，当心一会儿疹子又厉害了！"

这句话总算戳到孔月旋的软肋。她自己是一个大美人，自然最爱美，听了容茵这句话才记起她之前的嘱咐，勉强克制情绪，一边拼命忍笑一边说："我只是……怎么都没想到你们俩能凑到一块儿。"

旁边林隽虽然老实戳着当木桩，一声不吭，可是那双眼睛也是骨碌来骨碌去的，在自家老大和容茵身上来回地看，听到孔月旋这句话，他拼命抑制住嘴角上扬的冲动，特别想剖白心迹：这件事他是首功啊！

容茵白了孔月旋一眼："演戏演多了吧你，少脑补点剧情。"

孔月旋瞬间破功，哈哈大笑："可是你们俩一看就剧情很多的样子。"

唐清辰这时颇为谦虚地说："孔小姐多多保重。能博孔小姐一笑，也是唐某的荣幸。"

容茵没好气地瞪他："你能不卖队友吗？"

这群人还有没有良心了？她看着林隽那笑得眼睛都要眯起来的表情、唐清辰越发神清气爽的姿态，还有孔月旋从自以为看出了情况后就一直笑个不停的样子，忍不住想，她累死累活地忙了一晚上，现在这一个一个的，居然都拿她寻开心。

唐清辰朝林隽示意："孔小姐也累了，你让人收拾出一间房，孔小姐今晚就在这边睡吧。"他又低声说，"你今晚也在这边住，守夜，有问题给我打电话。我回家去。"

林隽点头表示明白。

唐清辰朝容茵伸出手："容小姐，麻烦跟我来一趟。"

容茵站起身，没理他的手，转身就走。

孔月旋笑得别提多开心了："阿茵，多少给唐总留点薄面，这还当着我的面呢！"

容茵瞪她一眼："你别笑了。抹茶冻都吃完，今晚多喝水。明天早晨我来看你。"

孔月旋朝她摆手，又朝唐清辰眨眨眼，表示她会很配合，绝不添乱打扰他们的二人世界。

唐清辰朝她微微一笑，说："孔小姐好好休息，今晚的事，唐氏一定调查清楚，给孔小姐一个交代。"

两人一道出了房间，唐清辰说："后厨那边汪老今晚亲自上阵了，这会儿也收工了。你就别回去了。"

容茵想起刚才的情景就觉得丢脸，她闹别扭，不想搭理唐清辰："那我回自己房间了。"

"累了？"唐清辰说着，伸手探她的脸颊，"有点儿烫，怎么，不舒服吗？"

容茵回眸瞪他，不想唐清辰的手已经挪至她下巴，她这一扭头，刚好他也凑近，这回之前那片暗影笼得更深了点……唐清辰的唇碰到她时，她如同被蜇了一般，唇刚张开，他已悠悠然含住她的下唇。两人离得太近，她甚至听到他喉咙中发出一声短而闷的轻笑。

容茵一直知道他声音是好听的，却没有哪一刻如同此刻这样感受深刻。他的笑声如同一尾轻巧的羽毛滑过心头，又好像初夏傍晚的风拂过，耳畔的发丝绕着耳朵、搔过颈间，那么温柔，那么轻巧，却又那么动人心弦，让她的心头也跟着温软起来。好像她从前无数次煮过的巧克力糖浆，随着温度逐渐上升，咕嘟咕嘟冒起细小的气泡，只有在非常安静的时候，厨房里只有她一人，她曾经听到过那些气泡发出的声音，如同幻觉，那么温暖，那么甜蜜……

可是哪怕世界上最丝滑柔糯的巧克力糖浆，也甜不过心仪之人的一个吻。

那么软，那么甜，那么让人怦然心动。

心里面有一个声音对她说，好像有点儿糟糕。容茵确实是这样想的，这么好的吻，这么令她心动的人，如果以后再也不能拥有了怎么办。

小时候，她看妈妈读佛，由爱故生忧，由爱故生怖……那样温柔清澈的声音，直到很多年后，仍然不时会想起，可容茵觉得自己不懂。爱为什么会让人生出忧虑和恐惧呢？这一瞬间，她懂了。

恐惧不是因为爱，而是因为已经尝过这世间最好的，从此便害怕失去。

唐清辰松开她时，容茵已经本能地踮起脚，朝他的唇追随而去。

唐清辰微讶，旋即又笑，在她颈后揉了揉，如同安抚一只急躁的小猫："先走。他们都看着呢。"

容茵一听到这句话，瞬间清醒。她转头看向房门的方向，房门牢牢关着，可那上面有猫眼……再联想孔月旋平时的性格，还有他们走之前她和林隽的乐见其成……容茵捂住脸颊，推开唐清辰转身就走。

唐清辰无奈地扫一眼猫眼的方向，跟在她后面轻声喊："容茵，慢点。"

进了电梯，他看见她仍泛红的脸颊，忍不住微笑着说："这么害羞？"

容茵几乎不敢直视他的眼，听到他这句话不禁抬头："不可以吗？"

"当然可以。"唐清辰再次低头吻下来，容茵想躲，肩膀却被他拿住，整个人贴在电梯壁，几乎动弹不得，"你刚才不是很喜欢？"

这个吻比之前的那个更缠绵、更柔软。唐清辰似乎觉察到她很喜欢这种互动，使出浑身解数讨好她，电梯一路行至地下停车场，他将卡插着，门没有直接打开，外面的人也进不来。容茵几乎被他亲得腿软，手却紧紧揪着他胸口的衣服。今天是正式场合，他难得穿了成套的西装，此刻胸口的衬衫布料已经被她揉得不成样子……容茵越看越羞愧，忍不住想用手帮他抚平。

唐清辰低笑着握住她的手："不用，洗完熨一下就好了。"他低头看她，"别回你房间了。今天事情太多，跟我一起回家吧。"今晚发生的事不仅意在君渡，还把黑锅丢给容茵来背，这就说明，对方不仅仅知道容茵这个人，甚至有可能，与她非常熟悉……对方唯一漏算的一点，就是不知容茵和孔月旋是彼此信赖的老友。但他不想对容茵说清这一层让她多添忧虑，她这一晚承受和担忧得已经够多了，又凭一己之能力挽狂澜，将对酒店的不利影响降到最低。用希望和她多亲近的借口把人带回家，对酒店，对她，都是更稳妥的选择。

容茵用舌尖抵住牙齿，有一丝犹豫："太快了……"

唐清辰笑出了声："你想得太多了。"他揉揉她的发，"我今天就是想，也没那个力气。明天还有许多事要忙，回家聊聊天，你睡我房间，我睡客房，OK？"

容茵点点头。跟在他身后任他拉着手出了电梯，一边觉得羞涩，一边又忍不住有点儿绮思……如果真的发生了点什么，其实也不是不好……太快了，可不代表她心里不喜欢。这种感觉真的好矛盾啊！

第二天一早，容茵在陌生却柔软的单人床上醒来时，发现自己这一觉竟然睡得格外酣沉。她简单洗漱过，走出房间，迎面看到的第一个沙发上放着一套女士衣裤。她确实不愿意再穿头一天的那套衣服，没想到唐清辰昨晚忙成那样，甚至连句晚安都顾不上和自己说就匆匆离开家，却还记得为她考虑这些细节。

容茵将衣物拿回自己的房间，展开衣物，发现是一件红白细条纹短袖衬衫，和一条白色棉麻五分裤，那双白色系带板鞋和她之前穿的那双不光尺码一样，连牌子都是同一家，只不过是最近热卖的最新款，容茵突然觉得心头温软。她将头发梳成一个团子发髻，回到卫生间冲了一个热水澡，换上这身崭新的衣物，站在镜前重新打量自己，突然发现这身打扮似乎和她回到平城后与唐清辰约在君渡酒店见面那天的颇为相似……衣服的风格，以及她穿在身上的感觉，都很一致。她忍不住笑了，这大概就是唐清辰式的讨好吧。

她想起那天两人在酒店餐厅一起吃饭时，唐清辰从她用的香水判断她十分喜欢茉莉，餐前和餐后的茶水里都特意叮嘱要放茉莉花。那时候她是怎么看待他的来着？她觉得唐清辰和自己在某些方面是两个极端，他会在条件允许的范围里极尽可能地放纵自己的偏好，而她，则习惯了克制自己的喜欢。

直到此时此刻，容茵才发现，原来被他这样极尽所能地体贴和讨好，是这样令人心旌摇曳。

她将发髻散开，梳了一个半丸子头，脸颊两畔有发丝轻柔地拂过，如同情人的手指。容茵歪头看了一眼镜子里的自己，突然觉得好像什么地方不对，她猛地转身，就见唐清辰不知什么时候站在身后不远的地方，抱着手臂倚在墙壁："这样很好看。"

容茵觉得脸颊发烫，她摸了摸自己的丸子头，后知后觉地注意到唐清辰腰上系的围裙："你这是……"

"我做了早餐，要不要来尝尝？"

"Sure！"唐清辰的态度太过自然，让容茵忘了害羞，更重要的是，唐清辰会做早餐这件事极大地引起了她的兴趣。

两人一同走到餐桌前，唐清辰为她拉开椅子，自己在她身旁坐下来："想尝哪个？"

容茵望着桌上堪称琳琅满目的食物，忍不住扭头看他："这……应该不是你做的吧？"

从甜咸口味的豆腐脑，到豆浆油条和生煎包，还有各色酱菜和小食，怎么看怎么像是某人把酒店员工食堂的自助式早餐搬回了家里……

唐清辰眉毛都没动一下，神色坦然："豆浆和白粥，是我做的。"他手一指面前的两只水壶，"还有这两个，橙汁和咖啡。不知道你喜欢喝哪种，就都准备了一些。"

容茵突然发觉两个人之间的距离实在太近了一些，唐清辰说话时的呼吸轻轻吹拂着，弄得她耳朵和脖颈痒痒的，不过也可能是她发丝突然捣乱的结果……

她瞥一眼桌子对面："你的位置不是应该在那边？"

这个房子她之前也来过，上一次她研制魔法蛋糕就是用的这里的厨房，她记得那次明明两个人是分别坐在桌子两边的。

唐清辰突然笑了，他的手原本搭在容茵身后的椅背上，此时略略抬起，就能触到她的耳垂，而他也真的毫无迟滞地碰了，甚至亲昵地捏了捏："朋友有朋友的距离，男朋友有男朋友的距离，怎么？这还要我教你？"

容茵一把抢救回自己的耳朵捂住，偏头："不要何撩！别说我没警告你啊唐清辰！"

唐清辰啼笑皆非："原来你这么想跟我结婚！"

"谁想跟你结婚？！"容茵瞪他，脸上热辣辣的，"我说的重点根本不是这个，我的意思是说你少撩——"

唐清辰凑得更近了，眼睛里倒映着两个小小的却很清晰的她："这么说，你是不想跟我结婚？"

容茵："……"唐清辰大概一大清早就已经自动切换到了恋人模式，可谁来告诉她，她现在大脑短路，一时切不过去该怎么办？

唐清辰非常自然地在她脸颊刮了刮："行了，我知道你害羞了。先吃东西吧！"他侧眸看了她一眼，握起刀叉，"接下来还有硬仗要打。"

容茵学着他的样子，坐直身体，却发现自己离他更近的那半边身体因为过于紧绷而微微发麻发烫，连带那一侧的脸颊都越来越烫。她倒了一杯橙汁，灌下半杯，发现自己总算能正常说话了："昨晚的事处理得怎么样了？"

唐清辰垂眸，切下一块蛋白送入口中，咀嚼咽下后说："情况和孔小姐很相似，一例是花生过敏，一例是玫瑰花过敏，好在黄大夫昨晚就歇在酒店，而且他们的状况都不比孔小姐严重，算是很快就解决了。"说到这儿，他看一眼容茵，"汪老让我跟你道一声谢。"

容茵愣了一下，随即一笑："大家的目标都是一致的，既然遇到了，总要竭尽所能地尽快解决问题。"

唐清辰说："柯蔓栀监管不力，已经停职。有关她的全部工作，暂时交由林隽接手。"

容茵见唐清辰神情严肃，放软语气打趣说："看来我今天要给林隽单独做一份甜品慰劳一下了。"

唐清辰握刀叉的动作微顿，随后说："确实辛苦他了。但是容茵，放眼整个唐氏，我能放心信任的人一只手就数得过来。"

容茵说："电影节还有六天才结束，这六天……你有什么打算？"

唐清辰的下颚悄然绷紧，片刻之后，他转头，在容茵发顶的丸子发髻上轻轻拍了拍："你就不用担心了，做好你分内的工作，等忙过这段时间，我带你出去玩。"

容茵顿了两秒，说："唐清辰，电影节结束，我需要回我自己的甜品店了。"

两个人之间那种亲密无间的气氛在这一瞬间消散殆尽，唐清辰没有再看她，而是专注于自己面前那杯黑咖啡："我尊重你的选择。"

容茵也低下头，看着那碗冒着热气的白粥。白粥看起来软糯温稠，她自己平时也是做饭的，怎么会不知道想把一锅白粥熬好，要付出怎样的细心和耐心？看似简单的一碗白粥，和手边的新鲜橙汁，以及前一晚唐清辰匆匆离开的身影化作一股复杂的心绪，堵在心头……

半晌，容茵低低地"嗯"了一声，没有再说话。

有生之年，她第一次这么喜欢和欣赏一个人，却不知道在恰当的时候该说什么才算合适。

她不能适应唐清辰信手拈来的撩拨，更不知道在这种两个人突然说僵的时候，她应该怎么解释，才能既把事情说清楚，又不会惹他冷脸不高兴。

这顿有些沉默的早餐很快就被一个电话打断。

唐清辰接起电话来，只简短说了几句，就站起身。片刻之后，他从隔壁房间折回，将两只钥匙放在桌上，一手摁住电话听筒，对她交代："我先走一步，家门钥匙留给你，黑色那把是车钥匙，车牌号是××××××，白色奔驰小跑，地下停车场2层A区。"说完，他一指电话，又和电话那端交谈起来。

容茵食不知味，其实这几天她一直忙碌，都没正经地好好吃过一餐，可此时心情全无。她咽下最后一口橙汁，摸出手机，翻出微信联系人，找准对象发了一条微信过去："身体怎么样了？"

孔月旋醒得也早，正百无聊赖翻着手机，突然看到容茵发来这条信息，嘴角不禁勾起一抹笑，干脆拨了一个语音通话过去。

"喂？"容茵听到那边孔月旋精神百倍的嗓音，不禁笑了，"听你的声音，应该恢复得不错。"

孔月旋脸上刚敷上精华水，仰脸朝上、形象全无地躺在沙发上，一边拖长声音用港腔答："一般般啦，痕迹全消啦，脸有一点点干，也不敢敷乱七八糟的面膜，就按照你昨天交代的敷了点温和的水啦。"

容茵忍不住笑："好好说话。"

孔月旋咬着手指，忍不住坏笑："还以为你今天会很晚起呢，没想到唐清辰这么轻易就放过你了……看不出啊！"

"想什么呢？！"容茵轻声说，"昨晚他有要紧事要处理，把我送到家就走了。"

"噢……"孔月旋恍然大悟,"原来是好事还没成啊!"

"几年不见,你尺度越来越大了……"容茵语气幽幽地,"看来唐清言这两年没少给你普及知识。"

孔月旋那端连呼吸声都轻了,片刻之后她说:"我和唐清言分手了。这回是认真的,不会再复合。"

容茵愣了愣,拿着手机的手一顿:"对不起……我回国后都没跟你好好聊过天,我不知道你们两个……"

"傻样儿!要说对不起,也轮不到你说啊。"孔月旋坐直了身体,从茶几上捞起一杯气泡水,慢慢喝了两口,说,"容茵,唐家的男人什么都好,各方面都足够优秀,足够吸引人,可就是城府太深,心思太复杂。跟他们比,你还是太单纯了,和唐清辰的这段感情,你要自己好好把握。"

"我……"容茵想起不久前两人之间的僵持,可面对着孔月旋,有些原本想问的话却怎么都问不出口了。那边孔月旋仍在疗情伤,这边她却要询问自己和唐家男人谈恋爱的事,也未免太不体谅人了。心慌意乱间,容茵倒了半杯咖啡灌进嘴巴里。咖啡已经凉了,喝不到该有的香醇,只余满嘴苦涩。半晌,她说:"我知道。我自己会留心。"

"记得我一句忠告,"那端,孔月旋听到了敲门声,微微一笑说道,"先说爱的那个人先输。阿茵,女人啊,永远不要做先说爱的那个人。不然爱得太卑微,不会有好结果的。"

Chapter 02

荷兰松饼
·
流言

我们最怕的不是身处的环境怎样，遇见的人多么可耻，而是久而久之，
我们已经无法将自己与他们界定开了。

——张爱玲 《倾城之恋》

回到酒店里，容茵换下私人衣物，穿上洁白的工作服，戴上厨师帽，将全部发丝掖进去，对着镜中脸色苍白的自己绽出一抹笑。

　　走出更衣室，杜鹤早就等在那儿，原本有些锐利的目光在看到容茵的瞬间柔和了不少，视线在她脸上逡巡了一圈，说："你昨晚没休息好？"

　　容茵没留意到自己一直蹙着眉，只顾摇头："睡得还挺好的。大概最近太累了。"

　　"忙过这几天就好了。"杜鹤说，"昨天的事儿我听说了，你简直成了唐氏的大救星！"说到这儿，她凑近容茵的耳朵，低声说，"唐总这回肯定得把你当老佛爷供起来吧？"

　　容茵忍不住笑了："凑巧罢了，哪有你说得那么夸张？"

　　杜鹤消息果然异常灵通，朝她挤了挤眼，低声说："柯蔓栀都被勒令停职了。"

　　容茵的神情有一瞬间的停滞："昨天我不在后厨……少了一个人，你们没遇到什么麻烦吧？"

　　杜鹤似笑非笑："自然有人抱怨了。"她又挺起胸膛，"不过你也有忠实拥趸替你出头啊！汪老这回倒是没说什么。"

容茵笑着朝她抱拳："多谢杜师兄仗义执言！"

杜鹤瞥她一眼，神情有一丝诡秘："要是诚心道谢，不如老实交代昨晚去向。"

容茵脸色一红，目光在她脸上飞快地转了一圈："你明明什么都知道了，还要问我。"

"我知道，那是我的本事。"杜鹤拿食指在半空中虚点了点容茵的额头，"你从实道来，才是你的态度。"

容茵嘴角噙了一丝笑，神色却一本正经："跟你了解到的差不多，但有那么一点儿不一样。"

"哪儿不一样？"杜鹤竖起耳朵，一脸的八卦求知欲，半点平时的淡定从容也见不着。

容茵叹了一声："我也说不好，但我们两个……开始得稀里糊涂，我怕……长不了。"

杜鹤"嗨"了一声，抱着手臂，斜眼瞟她："你俩之间，要担心也是他担心。没了你，他的损失更大。你没了他，还能找更好的！"杜鹤说得信心满满，一副娘家人的口吻，"再说了，和唐氏的大 Boss 谈那么一段恋爱，说起来也是一段鎏金岁月啊，这一盘啊，不亏！"

容茵如果不是这会儿身体不太舒服，肯定真要笑出声了。

杜鹤这张嘴虽然不着调，可说起话来还真别有一套安抚人的逻辑！

两人来到工作间，汪柏冬、殷若芙和其他人也陆续在十分钟内聚齐。因为电影节还在紧锣密鼓地进行中，各项活动和宴会层出不穷，汪柏冬简短地开了一个早会，大家伙儿又各自投入到忙碌的筹备工作中。

容茵默默地观察汪柏冬的态度，也不知道是自己的心理作用，还是确实如早餐时唐清辰说的那样，汪柏冬真对自己前一天的举动心存感激，总觉得他连看过来的目光都比寻常柔和了许多。

至于殷若芙，容茵早已习惯了她的阴阳怪气。她们两人之间的心结不是一朝一夕造成，容茵自觉并不是圣母性格，自从那天两人当众闹僵，干脆只将她当作普通同事对待，压根没打算跟她有什么冰释前嫌的可能。故而无论殷若芙在工作间隙用什么样的眼神悄悄打量她，容茵都干脆当作没看见没察觉，该做什么做什么。

其实除了正常的工作内容，和早晨与唐清辰的不欢而散，容茵仍有一份隐忧不时浮上心头。

尽管唐清辰停了柯蔓栀的职，但她顶多要负上监管不力的责任，令客人过敏事件的罪魁祸首还隐藏在大批工作人员中间……甚至，容茵仔细推敲过，动手参与其中的工作人员可能不止一两个人。

且不说昨晚又爆发了另外两起客人食物过敏事件，单从孔月旋对芹菜过敏的事来看，首先能知悉这项内幕的就不会是一般人，至少就她所知，在此之前，孔月旋从未在大众面前暴露过自己的过敏史，而能将那份掺有芹菜末的火焰薄饼送至餐桌，并标注上她的名字——容茵暂时无从判断自己是出于巧合当了一次替罪羊，还是对方也将狙击枪瞄准了她——这也不是寻常人轻而易举能够做到的，其中涉及的环节很多，而那个幕后黑手需要买通的工作人员，绝对不止一两个人。

很明显，那天晚上他的首要目标是孔月旋，其次才是另外两个同样食物过敏的客人。孔月旋名气大，身份金贵，与各方势力牵涉也多，因此尽管她本人性格开朗大方，但却是许多人眼中惹不起的一位大人物。那人将目标放在孔月旋身上，歹毒用心可见一斑。

更可怕的是，容茵并不觉得这就是他的全部计划。尽管孔月旋这一击落了空，可谁知道他还留了什么后手？

一整天，容茵就在这样精神高度紧绷的状态下匆匆度过。

这天一早，容茵觉得头晕，她觉得应该是自己这几天都没有好好吃过饭的缘故，因此早餐刻意多吃了将近一倍的量，这才赶往工作间。杜鹤将一份做好的甜品放入单独的冷藏室，一转身看到容茵的脸色苍白，凑近她轻声问："你怎么了？"

杜鹤问出这句话的时候，容茵已经觉得非常不舒服了，她想抬起头解释，却发现自己连腰都直不起来，大脑一片混沌……她努力回想了一下今天早起在手机上看到的日期，突然反应过来自己大概是什么情况。她摘下手套，扶住杜鹤递过来的手臂，轻声说："应该是生理期，我想去——"她突然捂住嘴，一把推开杜鹤要围过来的胳膊，飞快地冲出了工作间。

汪柏冬知道她在专业领域是一把好手，也从来不会在工作时间有这样失礼的举动。随着他的侧目，杜鹤丢下一句"我去看看"，也疾步追了出去。

殷若芙目光流转，望着被杜鹤大力的动作甩开的门，突然说了一句："她该不会……"

汪柏冬皱起眉，殷若芙见状，乖巧地闭上嘴，可缭绕在心头的那股气闷，怎么都挥之不去。

容茵从距离工作间最近的卫生间走出来，脸色是显而易见的萎黄，她一手捂在胃部，另一手扶着门框，朝杜鹤露出一抹安抚的笑："我没事。有两年没犯这个毛病了。"

杜鹤神情严肃，却还记着压低嗓音："容茵，你该不会是……"

容茵迎着杜鹤质疑之中隐含担忧的目光，片刻之后才反应过来她是什么意思，不禁哭笑不得："不是。就是生理期反应比较严重，加上胃不太好。"

话音刚落，杜鹤的手已经覆了过来。

容茵懵懂地感觉自己鼻子被她捏住，紧接着就听杜鹤命令道："仰头！"

容茵也感觉鼻腔有什么热热的东西流了下来，头一阵阵发晕，紧接着肚子也有规律地阵痛起来。她跟随着杜鹤的脚步一路往休息室的方向走，一边听杜鹤说："你这毛病还真不少。今天什么都别干了，歇着吧！"

鼻血好一会儿才止住，容茵攥着冷毛巾，一边听杜鹤磨叨："平时看你抗压能力挺强的，没想到身体素质这么差。少吃冰，别喝酒，多吃水果多喝水。昨天一整天，我看你总共就喝了一瓶水不到，还是冰水。你这样，大姨妈能高兴吗？"

门外传来有节奏的敲门声，紧跟着，门向外拉开，殷若芙俏白的脸孔含笑出现："汪老师让我来看一下，杜师兄，容茵没事儿吧？"

杜鹤面上的僵硬一闪而过，随即他推了一下眼镜，语气不大温和地说："女孩子的毛病，我这儿正教育她呢。"

容茵站起身："没事儿。流鼻血，我马上就回去。"

杜鹤没好气地说："我说姐姐，你都这样了，好好歇一天也不犯法！"

容茵朝她眨了一下眼睛，又看向殷若芙："杜师兄也是为了照顾我，他马上就回。我需要再去一趟卫生间。"

她走出门口经过殷若芙身边时，突然听到对方小声说了一句："别以为我不知道你在捣什么鬼。"

容茵脚步已经迈了过去，听到她这句话，若立刻停住，房间里的杜鹤肯定也会注意到，而她的身体状况也不容许她在这节骨眼上和殷若芙争执。因此她只是停顿了一下，随后快步离开了。

杜鹤眼见容茵走了，也跟着站起身，却并不忙着离开，而是拿一只杯子倒了一些水，坐回桌边不慌不忙地喝了起来。

殷若芙从容茵那儿没有得到回应，将目光放在杜鹤身上，柔声说了一句："杜师兄，你这么喜欢容茵，不知道你知不知道聂子期的事情呢？"

杜鹤眉峰一挑，那神情如春江破冰，乍暖还寒："哦？Fiona这是有故事要给我讲了？"

殷若芙此前几次三番对杜鹤用激将法，每一次都没得到预期中的反应，没想到这次杜鹤却接了招，不禁含起一丝笑："故事说不上，就是凑巧听说了一点往事。"

杜鹤跷着二郎腿，看着她："你不急着回去工作了？"

殷若芙站在门边，笑容轻巧："几句话的工夫，不碍事。"

杜鹤说："愿闻其详。"

殷若芙说："聂子期是她的大学同学，也是她在苏城的……老情人。这次她来平城，原本也有投奔他的意思，前不久他们还一起去临安旅游呢。"说到这儿，她故作悬念地停顿，随后又说，"谁知道不久前她破格调来唐氏参加这个活动，先是和你混了个脸熟，唐总也对她青眼有加，不久前，她就在这栋楼里的咖啡厅和这位聂先生说了分手。当时那个情形你是没有看到，啧啧，聂先生真是可怜呢。"

杜鹤神情丝毫未变："听起来也不过是普通人的普通经历，并没有什么精彩的地方。"

殷若芙唇角漾起一丝笑："可我看容茵今天的状况，故事的走向好像又要精彩了呢！"

杜鹤反应极快，神情一瞬间染上薄怒，冲口说了一句："你一个看起来斯斯文文的女孩子，怎么思想这么肮脏！"

殷若芙冷笑一声，头一天母亲的谆谆教诲言犹在耳，有些话刚一开始难以启齿，可一旦破开一个口子，把后续的那些说完也就没有想象中那么艰难了。她抱着手臂倚在门框，仿佛漫不经心，可没有人知道，说出这些话的时候，她的身体已经从头冷到脚，连手臂上都浮起一粒一粒的鸡皮疙瘩，她那样看似强势地站着，无非是急需一个支撑罢了。她开口，舌尖微振，触碰到自己的嘴唇也是凉的，可说出口的话却是热辣辣的，话里的深意连她自己都不能细想："是说的人肮脏，还是做的人肮脏？杜师兄，做人不要太双重标准，否则连我这个忠实粉丝都要瞧不起你了！容茵到底是个什么样的人，你有过切实的了解吗？"

这一回，不等杜鹤有任何答复，抛下最后一句话，殷若芙转身就走。工作服的衣角带起一阵风，她忍不住打了个寒战，加快步伐返回工作间，只有在那里，她才能找到一点内心的宁静。

空无一人的房间，杜鹤的目光在一瞬间暗了下去。容茵是个怎么样的人，这些天相处下来，她自有一番定论。可那么纯粹温柔的一个人，身边却强敌环伺，她如同一阵执拗的风，原本并无他意，却在所经之处掀起惊天波澜。她还能坚持自己的初衷，与自己如从前那样简单平和地相处吗？

容茵重新回到工作间继续手头的工作。尽管她自己什么都未解释，汪柏冬却也看出她脸色黯淡，再联想之前殷若芙的那句嘲弄，以及容茵不时撑一下腰后的动作，看向她的眼神也越发复杂。

工作间隙，汪柏冬抽空回到休息室打了一个电话。

那头唐清辰接起电话来，语气罕见地有一丝急促："汪老，如果不是非常要紧的事，稍候我给您拨回去。"

叫他汪老，就是说明身旁有外人了。汪柏冬拧着眉，快速说："是要紧事，清辰，我只问你一句话，容茵可能有了，是不是你的？"

电话那端有一瞬间的凝滞，紧跟着唐清辰的声音就响起："您说什么呢，怎么可能？"

"就是有这个可能我才这么问，她今天……不太对劲。"

唐清辰说："这件事我自己会处理，您不用操心了。"他说，"我这边还有别的事，先不跟您说了。"

挂断电话，汪柏冬突然警觉地抬起头，休息室的房门镶着一块半透明的磨砂玻璃，他抬头的一瞬间，只看到一个暗影从那儿滑过，可等他追到门口打开房门，却连个鬼影都没看到。

回想起刚刚电话里唐清辰的反应，汪柏冬只觉得越发头疼，现在的年轻人，终究还是太乱来了。

另一头，唐清辰正和莫言沣会面，这本是他期盼已久的一次会面，莫言沣肯主动前来，放在从前是想都不敢想的机遇，可自从接过汪柏冬的那个电话，他却接连两次短暂地走神了……容茵，怎么可能会有孩子？

两人的会谈暂时告一段落，唐清辰邀莫言沣到酒店的餐厅雅间用餐，从外地出差结束匆匆赶回的苏苏作陪。

莫言沣瞥一眼苏苏，说："唐总的手下个个儿都是精兵强将啊！"

唐清辰微微一笑："这位是苏苏，今天我向你提出的那个合作案，就是她一手经办的。"

莫言沣略一点头，说："早有耳闻。你们和F国曼菲公司合作的项目，听说也是苏苏小姐全程跟进的。"

苏苏面有疲色，被点到名，顾盼之间却又神采飞扬，举起餐前的香槟酒对莫言沣说："莫总过奖了。刚从外地出差回来，险些错过和莫总的这餐饭，好在赶上了，不然可真是我莫大的遗憾！"

莫言沣说："不在这一餐。按照你们唐总说的，接下来咱们有的是见面机会。"

唐清辰说："苏苏，你陪一下莫先生——"

莫言沣目光如炬，言谈更是老道："看起来唐总有很紧要的事儿要办，怎么，和之前那通电话有关？"

唐清辰神情淡然："那本身也不是什么要紧事儿。我是突然想到，需要跟后厨的人交代一声，给莫先生上几道最近新研制的特色菜品。"

莫言沣似笑非笑："原来如此。"他看着唐清辰，说，"我记得贵酒店的甜品做得很不错。上次我和内子的婚礼蛋糕，造型很别致，味道也不错，连我这个不太爱吃甜的人，都多吃了两口。"

苏苏在一旁说："莫总和夫人新婚甜蜜，哪还用得着吃更 sweet 的甜品啊？"

莫言沣的眉眼有一瞬间的柔和，他看一眼苏苏："苏苏小姐真是会说话。"

苏苏一偏头，下颏微扬："我们唐总最知道我，我这人不会说什么好听的话，最喜欢说实话了！"

两人的视线一齐看向唐清辰，他绽出一抹恰到好处的浅笑："说来也巧，莫总提到的那位甜品师，近来也在我们酒店工作，您有什么特别想吃的甜品吗？可以指名要她做。"

莫言沣的眼睛里燃起一丝兴味："我记得之前内子和朋友专程来贵酒店找这位甜品师，那个时候服务生给的答复是，这位甜品师并不常驻唐氏。"

唐清辰的语气淡淡的，强势内敛："现在她是唐氏的一员了。"

苏苏敏锐地嗅到唐清辰的语气里有一丝不虞，可她出差这段时间每天忙得昏天暗地，又因为之前猛追聂医生的事，面对林隽也有一丝不自觉的疏远，两人许久都没像从前那样凑在一起八卦了。有关唐清辰和容茵之间的种种，她的了解还停留在出差前不久那次几人在日式烧烤店的晚餐。从前但凡提及容茵，自家老大嘴上不说，眼睛里的笑意可是藏都藏不住的。林隽不止一次地说，恐怕这一次是真的好事将近了！就连那天在烧烤店，当着大家伙的面，他不也是和聂子期当面锣对面鼓地公开竞争？按说这段时间容茵都在唐氏为电影节忙碌，和唐清辰两人之间的关系也应该是渐入佳境才对，怎么才没几天工夫……自家老大这里却变了天？

莫言沣已经拿出手机："我问一下家里那位，看她想吃什么。"

唐清辰做了个请便的手势，一边走出房门，对门口静候的餐厅经理轻声交代。

午餐时间，容茵突然接到有贵宾点名要吃她做的几道甜品，员工餐厅用餐时间有两个小时，但她大致估算了下，时间怎么都是不够用的，只能拜托杜鹤帮她打一份饭菜回来。

杜鹤去得快，回得也快。容茵因为姨妈驾到，体力不支，确实急需补充营养，眼见杜鹤连她自己那份也一块儿打回来，打算陪她一起吃，干脆拉了两张凳子，在工作间外的走廊上吃起了午餐。

杜鹤边吃边说："幸亏这会儿没人，不然被看到了，肯定得吓一跳。"

容茵说："在工作间吃饭总是不太好，怎么都会有味道。"

杜鹤说："别说话了，先把我给你打的这碗红豆小圆子吃了，补血补气又顶饿。"

也不知道是凑巧，还是杜鹤别有心思，红豆小圆子里还放了一些红糖，一碗喝下去，后背都冒出了汗，小腹和后腰的不适感也消退许多。容茵打开饭盒，见是两荤两素的盒饭，其中还有她平时很喜欢吃的鱼香茄子。从前杜鹤见她点过两次，没想到竟一直记在心里。容茵垂着头，吃进一块茄条，咬了一口旁边的奶香小馒头，含糊不清地说："谢谢你啊，杜鹤。"

杜鹤正埋头吃饭，听到容茵这声谢谢，拿筷子的手在半空顿了顿，说："这点事儿，以咱俩现在的交情，应该用不着说谢谢这么见外吧？"

容茵说："和你认识的时间不长，但好像一直在给你添麻烦，我觉得我这个朋友当得挺自私的。"

杜鹤瞄了一眼容茵低垂的脸庞，从这个角度看去，能看到她的脸颊多少有了血色，圆鼓鼓的脸颊，微翘的圆润下颔，还有那双只要抬起来就让人眼前一亮的猫眼儿。容茵长了一张很有福气也很漂亮的脸，但她好像丝毫不知可以利用自己的容貌达成目的。从小在男人堆里打混，一路有自家亲大伯和老子保驾护航，杜鹤自认没吃过什么亏，却也见多了各色女人用尽手段达成所愿，也正因为这样，容茵的容貌在她眼里才是格外顺眼。

不自知的美貌，在阅尽千帆的人眼里，才格外动人心弦。

在唐清辰的眼里，也是因为这样，才对容茵格外特别吧？

杜鹤的眼色沉了沉，轻快开口："容茵，如果有一天，我是说如果……我做了，让你不开心的事，你会讨厌我吗？"

容茵抬起头，见杜鹤咬着筷子尖，眼睛里透着淡淡的笑，神色却是十分认真的，她说："其实让谁开心或不开心，都不重要。同一件事，各自的立场不同，感受就不同，重要的是这件事对你的意义是什么样的，以及这件事从大局和大众来看，是不是有违公正道义。"

杜鹤突然笑出了声："公正道义？容茵，托你的福，让我今天耳目一新，听到这么古早的词汇。"

容茵也有点儿不好意思："我不太会说话，但意思就是那个意思。只要这件事不违法不违规，也没有做得多不地道，那么做与不做，就是你的个人自由，其他的用不着想那么多。"

杜鹤歪着头看她："你相信现在还会有不伤害他人利益的选择？容茵，你不觉得有时候你太天真了吗？没有哪件事不会伤害其他人的利益，哪怕只有一小撮人，但终归还是会有人利益受损，还是会有人不开心。可我们还是做了。"

容茵沉默地扒了几口饭菜，过一会儿点了点头："你说得对，我那几句话说得不够成熟。"

杜鹤无声地松了一口气，就听容茵又说："我管不了别人怎么想怎么做，但如果是让我在一件事上做选择，我会考量自己的利益所得，也会尽可能多的不让太多人利益受损。"

杜鹤说："你觉得，事情除了利弊，还有对错之分？"

容茵抬起头看着她："有啊。"

容茵回答得太顺畅，太理所当然，仿佛这件事在她心里从来都是这样子的，从没有过半分疑窦。

杜鹤半晌没说话。

容茵说："先吃饭吧，这么沉重的话题，不适合吃饭的时候说。"她笑着碰了一下杜鹤的胳膊，"还是你故意要挑起这么个话题，好让我跟你一起少吃点好减肥？"

杜鹤笑了，端起饭盒扒饭。她吃起东西来有几分男孩子的豪迈，但并不粗鲁难看。

吃过饭，杜鹤去处理垃圾，容茵回到工作间继续工作。门打开，她以为是杜鹤，便说："你去休息一会儿吧，下午肯定还有的忙呢。"

"你这么心疼我，真令我感动。"含着笑的男声在身后调侃地响起。

容茵一听这个发音咬字就认出来人，头也不回地说："帕维尔，你很闲？"

帕维尔笑呵呵地走近："不闲的时候还惦记着来看你，才算诚心吧！"

不等他走得太近，容茵已经做了一个手势："帕维尔，我不认为你在这个节骨眼上乱逛是个明智之举。"因为杜鹤随时有可能会回来，容茵干脆用帕维尔的家乡话对他说道，"最近人人自危，你身为 A 组的总负责人，应该有这个危机意识吧？"

帕维尔站在距离她三步开外的位置，虽然不算太近，但也足够看清容茵手上正在忙些什么，他眼神微暗："如果我没记错的话，类似 Cannoli 这种点心，应该是我们 A 组的活儿吧？"

容茵干脆整个转过身来，一手反撑着身后的案几，那是非常明显的防卫姿势："上面交代下来的，我只是个来干活儿的，不问那么多为什么。"

帕维尔的目光闪过一丝黯然："茵，是我最近有什么地方做得不好吗？总觉得自从电影节开始以来，你对我冷淡许多。"

容茵摇了摇头："是我们最近都太忙了，而且这两天发生的事，大家也都没什么好心情。"她看了一眼帕维尔，"柯总被暂时停职了。"

帕维尔微一摇头，表情显出几分纳闷："只要她没做什么对酒店不利的事，很快就会恢复原职。"他看着容茵，"你的眼神仿佛在说，我跟她有什么……"

容茵怔了一怔，很快反应过来，哪怕帕维尔和柯蔓栀之间真有点儿什么，身为同事，她也不应该表现得这么明显，职场中的成年男女，有点儿这样那样的事不是很正常吗？她刚刚那个表情和那句话，确实显得太敏感了。

帕维尔见她不说话，笑着朝她走近了一些："怎么，难道我们茵在吃醋？"

容茵第一反应就是摇头："我怎么可——"

下一瞬间，帕维尔已经从她身后的案台抽过那张写着几样甜品名字的便条。琥珀色的漂亮眼珠眼波流转，不等容茵动怒，他已经又将那张纸条插回原位，笑着说："原来是你的老熟人。"说完这句话，他见容茵一脸懵懂，不禁抚额，"你该不会连这些甜品是做给谁的都不知道，就在这儿忙了一个中午吧？"

容茵神色寻常："知道对方是谁，并不会影响我做这些甜品的品质。"

帕维尔一下子笑了："在这方面，你还真是一如既往的严谨。"

容茵微微偏头，她并不习惯和异性离得这么近讲话："帕维尔……"

"容茵。"帕维尔很少这样连名带姓地喊她，容茵不自觉地抬起头，就见帕维尔突然用一种前所未有的严肃神情看着她，说，"看在我们是老朋友的份儿上，我才跟你这样说，如果哪天，我是说如果，你不喜欢在现在的工作氛围，可以来找我。"

容茵怪异地看了他一眼："帕维尔，我曾经跟你说过，做完这段，我就该回我的那家小店了。"她见帕维尔神情肃穆，眼神里还含着一丝忧虑，便用没蘸面粉的手背敲了敲他的肩膀，"我从没想过要抢你的位置，说话算话。"

帕维尔后退半步，低头笑了，他的眉毛很浓，眼眶深邃，这个角度只能依稀看到他唇角的笑纹，看不真切他眉眼间的神色。

随后就听他说："我先走了，茵。"

容茵点点头："等电影节结束，大家一起好好吃一顿庆祝。"

帕维尔走到门边，没有回头，只是朝她摆了摆手。

走出门，就见杜鹤非常安静地站在门口。

杜鹤说："你的家乡话还真是难懂。"

杜鹤说的是中文，帕维尔笑了，却没有像往常那样用中文回答，而是用英语说了一句："有人能听懂就行。"

说完不等杜鹤说什么，转身走了。他穿着平常那件白色的厨师装，没戴帽子，那背影看起来玉树临风，他走得大步流星，没有丝毫迟滞。

杜鹤望着他的背影，许久，唇边绽出一个意味不明的微笑。

甜品终于在规定时间前做好，眼看服务生端着甜品离开，容茵总算松了一口气。

杜鹤在一旁笑："我听说这只是唐总一个私人聚会上的要求，说是就想吃你做的几样甜点，跟电影节本身无关，也值得你急成这样？"不等容茵有反应，她"哦"了一声，说，"我懂了，某人可是咱们唐氏未来的老板娘啊，急唐总所急，没毛病。"

容茵望着工作中的烤箱发呆，一时间没有注意到杜鹤语气里的怪异，过了好一会儿才说："杜鹤，你消息真的很灵通啊。"

杜鹤愣了愣，有些不自然地笑了一下："怎么，是有什么八卦想跟我打听吗？先说好，我也不是无所不知的啊！"

容茵扭头看向她："那你知道唐清辰的那个私人聚会结束没有？"

杜鹤沉默片刻，说："应该快要结束了。"

容茵说："谢谢。"与此同时，烤箱发出"叮"的一声，里面的灯暗了。容茵拧开烤箱门，一股蓬松的甜香弥漫在空气里。

杜鹤摸了摸肚子："有我的份儿没有？"她又恢复了往常的调侃，

挑着眉看容茵，"我看唐总也吃不下这么大一份……"她探过脖子，看向容茵手中的烤盘，"这是什么？"

"荷兰松饼。"容茵微笑着解释，一边将一些切好的草莓和蓝莓果洒了上去，她动作利落地将松饼一分为二，朝杜鹤一偏头，"新鲜水果和几种口味的酸奶都在你的左手边，想吃什么口味浇上去就行。"

杜鹤朝她摆了摆手："知道你忙，先走吧。"说完，就拿起一罐刚开封的香蕉味酸奶一圈圈地洒上去。直到容茵走出门，房门彻底关上，她才发现酸奶倒多了。工作间的灯一向很亮，照耀在鼻梁上的眼镜框上，那抹光亮倏地闪过，冰冷而刺目，杜鹤一只手撑在工作台上，另一手从旁边拿起叉子，切下一块沾着酸奶的荷兰松饼，面无表情地送入口中。

荷兰松饼烤得非常松软，内里嫩嫩的，天然的黄油香气很容易让人放松下来。杜鹤保持着之前那个姿势，一口一口将整份荷兰松饼吃光，末了轻声说了一句："真是个傻子。"

另一边，容茵端着松饼走进电梯一路上行到28楼，电梯门打开，她本想拿出手机给唐清辰发个短信，没想到一抬头就看见了他。

他正握着手机放在耳边，不知在打给谁。

两人目光相接的那一瞬，容茵听到口袋里的手机响起的声音。

两个人不约而同地笑了。

容茵举了举手里的盘子："听说你快忙完了，做了一份荷兰松饼给你。"

唐清辰叹了口气："莫言沣那家伙把你做的所有甜点都打包走了，苏苏在旁边看得直流泪。"

容茵被他的形容逗得笑出声："苏苏出差回来了？"

"才回来。这又马不停蹄地跟进莫氏的事，也是辛苦她了。"他瞧见容茵的动作有所迟疑，立刻从她手里把松饼盘抢过来，"入驻酒店的甜品师大把，这份松饼就我一个人独享了。"

眼看唐清辰对着盘子明显有切痕的松饼发怔，容茵浅笑着说："我想着你刚吃完饭，应该吃不了太多，就分了一半给别人。"

"谁？"唐清辰坐在小吧台边，给自己倒了一杯新鲜的意式特浓，状似不经意地问。

"杜鹤啊。"容茵说，"今天午饭都是她帮我从食堂打回来的，也算是谢谢她为我忙前忙后地跑。"

唐清辰说："你跟他倒是走得挺近的。"

容茵微微一笑："她确实很优秀。你不是也想电影节结束可以跟她签长约吗？"

唐清辰递了一杯咖啡给她："你脸色不太好。"

容茵接过咖啡却没喝："不太舒服。"

唐清辰问："怎么了？"他仔细端详容茵，她看起来脸色苍白，耳朵却有点儿红，眼皮儿还有点儿浮肿，确实一副没休息好的疲惫样子。回想起刚刚她为了满足莫言沣的要求忙了一中午，恐怕连午餐都没吃好，他心头涌起了不知名的陌生情绪，说不清道不明，却牵扯得心脏不适。他放下杯子，从椅子上站起来："我去给你煮一壶红枣茶。"

容茵不知道他怎么会突然想到给自己煮红枣茶，心里感动的同时还有点儿惊讶："你怎么知道我……"

唐清辰斜觑她的神情："你什么？"他突然觉得自己之前因为汪柏冬那通电话而心烦意乱简直是可笑，他或许还不够了解容茵，但察言观色这项功夫他可比绝大多数人强太多了，看容茵的神情，压根儿不像有半点慌乱的样子……

"老大，我知道了。是咱们舅公误会了，容小姐根本不是怀孕啦！"

熟悉的声音在不远处响起，容茵的耳朵很灵，刚听到头两个字就认出是林隽，可后面的内容却令她浑身发冷。

舅公是谁？怀孕又是什么意思？

容茵觉得自己刚泛起暖意的指尖瞬间冰冷，她追寻着唐清辰的目光，却发现对方避开了她的眼神。

酒店内部上下都开足了冷气，林隽站在门口的位置，却是满头大汗，不知道是之前着急跑的，还是此时此刻看到唐清辰和容茵两个人的神情急的……

唐清辰清了清嗓子，正要开口，容茵已先一步抢断："你说谁怀孕？"

林隽一向口齿伶俐，面临此种情景，难得地结巴了一回："我——我刚刚说——说的是……容小姐，我不是说容小姐你怀孕……我、我的意思是说，容小姐你压根儿就没……"

"他的意思是说，一切都是一场误会。"唐清辰的声音听起来仍然如大提琴的音色一般，低沉且悦耳，可此刻听起来，却令人觉得太清冷无情了。

容茵觉得齿冷，她看向唐清辰的双眼："误会？所以需要让林隽去调查我？"她撇出一丝冷笑，"你刚刚倒咖啡给我，是为了试探？"她在脑海中迅速地将两人碰面起至今唐清辰的种种反应连成了一条线，"你说泡红枣茶给我也是为了观察我的反应？你以为我怀孕了，而且孩子还是杜鹤的？"她忍不住摇了摇头，像是觉得此情此景不够真实，或是想自己再冷静一点，"在你眼里，我是那么无耻的女人？跟别人有了孩子还会再同你谈恋爱？"

唐清辰的眉心皱在一起，他平时哪怕是皱眉的神情都是淡淡的，哪怕再不悦，那神情也一样矜持好看，而此刻他皱眉的样子可称不上淡定，明显不悦到了极点。林隽站在一旁，向来八面玲珑的人难得地不知道手和脚该往哪儿摆，甚至不知道自己应该就这么一步一步后退出去，还是干脆当透明体站在原地。唐清辰瞥了林隽一眼，林隽瞬间明了，无声地向后退离。

容茵抿着一朵浅笑："不用了，我和林秘书一起下楼。"

唐清辰说："容茵，不要闹脾气，有些事我们应该说清楚。"

容茵说："你既然把我想得这么不堪，我们之间就没有什么好说的。"

容茵走得飞快，比站在门口的林隽更先一步到了电梯，电梯门打开，她率先迈了进来，眼看林隽不动，她也不劝，门即将闭合的那一瞬间，她从口袋里掏出之前的电梯备用卡，顺着两门之间的缝隙朝林隽掷了过去。

一张卡片那么轻，容茵扔出去的瞬间却觉得如有千斤重，手臂垂下来的时候连肩胛骨都在隐隐作痛。

电梯匀速下降，容茵却觉得头重脚轻，整个人都在失重。她紧紧地抱住自己的双臂，力气大到捏青了自己的手臂都不自知，可仿佛唯有这样，她才能更清醒一点。她紧紧咬着唇，前不久她因为汪柏冬要求署名的事而忍不住哭出来，可此时此刻，明明觉得心脏如同被人捏在掌中反复揉搓一般，眼睛却连一点湿润都没有，反而干涩得让她头痛欲裂。

容茵不知道自己是怎么走回去的，出了电梯门，才发现自己找不到门卡了……她站在电梯门口，一手捏着手机，另一手机械地摩挲着工作服的所有口袋。

"你怎么在这儿？"

容茵抬起头，映入眼帘的是汪柏冬苍老的面容。即便明知道汪柏冬不大喜欢自己，容茵此前也从没对他产生过任何好恶的情绪。蛋糕署名事件之后，她和汪柏冬的关系看似冷淡，但她能够隐隐地感觉到，汪柏冬对自己态度其实有所缓和。后来容茵甚至反复考量过，当时汪柏冬的那种态度，说是一切为公也不为过，毕竟唐清辰请他来做导师，就是为了能有一个专业人士在关键时刻为唐氏大局力挽狂澜。是她和殷若芙之间的关系太过微妙，而有关雕花技法，在殷家内部又有着一段不为外人所知的往事，当时她的反应其实过度敏感了。

"我问你，你怎么这个时间段会在这儿？"汪柏冬皱着花白的眉毛打量她,"身体不舒服?"见容茵迟迟没有反应,他露出若有所思的神情,"你如果……身体状况不合适,现在请假退出也是可以的,活动还有几天就结束了,少你一个大家也能应付得来。"

电光石火间,容茵领悟了什么,她直愣愣看着汪柏冬:"你是……唐清辰的舅公?"

汪柏冬眯了眯眼,眼角的褶皱更深了一些:"你和清辰聊过了?"

他改口叫"清辰",而不是"唐总",就证明自己说对了。容茵惨笑一声,跟跄着步子往自己房间走去。

汪柏冬在她身后喊:"你这算什么态度?"

容茵脚步未停:"我退出。"

汪柏冬说:"你说什么?"容茵声音太小,而他确实年纪有些大了,一时间没有听清容茵到底说的是什么。

容茵猛然转过头,她站直了身体,一步一步朝汪柏冬走过来,在他面前站定。她的神情不再是平时那副温温的样子,只一脸平静,却让人觉得疏离。这个样子……真的和当年的殷筱晴有几分相像。汪柏冬忍不住也跟着挺直了脊背。

容茵垂下双手,她觉得人有时候大概真的是有点儿贱,一个人站在电梯里时她觉得仿佛天都要塌了,站都站不稳,可谁能想到几分钟后她面临汪柏冬的嘲弄,能如同什么事都没发生一样平静如水呢?

一个人只有一再地面临打击,才会知道所谓的临界点根本不存在。

人这种动物,越是面对挫败,才越会变强,而安逸和懒惰只会让人软弱,渐而变成不靠别人就活不下去的废物。

"我说,I quit!"容茵微微一笑,又回到了刚回国时跟谁都不熟、对所有人都十分提防的状态,回到了那个不依靠任何人也能活出滋味儿来的自己,"还有,我从不知道一向声名在外德高望重的汪柏冬,一天也会跟个长舌妇一样到处嚼舌,散播不实的谣言。我没有怀孕,更没有滥交，我今天只是生理期所以身体不适。而你们家上下从你到唐清辰都从心里面烂透了，总要以最大的恶意去揣度别人才觉得安心。这里，我一分钟都不想多待，因为多待一秒，我都觉得恶心！"

说完这些，容茵转头就走，她一路奔回自己的房间，才发现门卡和手机一起被自己捏在手里，而自己刚才还像一个傻子一样站在电梯门口摸来摸去。

她默默地看着自己的鞋尖，低笑了一声，拿卡片刷开房门。

五分钟后，她背着包出现在了酒店一楼的大厅。

手机叮叮叮响个不停，她漫不经心地瞥了一眼，本以为是林隽或是其他人发来的解释内容，却不想最上面那条信息赫然写着："容茵快来！江湖救急！！！！！"

Chapter 03

姜汁红糖
·
分崩离析

说好永远的，不知怎么就散了。最后自己想来想去，竟然也搞不清楚当初是什么原因把彼此分开的。然后，你忽然醒悟，感情原来是这么脆弱的。

——张爱玲

一连串的叹号表现出发信人的急迫，容茵皱着眉打开微信，发现消息是杜鹤发来的。最上面几条都是语音。

酒店大厅人来人往，多数都是酒店的工作人员，容茵穿一件白色T恤，站在人群中格外显眼。她这些天住在酒店，对这里的建筑构造已经十分熟悉，她很快便找到了一个较为僻静的拐角，打开那几条语音逐条去听。

"容茵你在哪儿？好像出大事儿了！快回来！

"你还记得我们从活动开始前就在准备的那个电影节闭幕式的蛋糕吗？超大的那个，一共九层，当时汪老头儿还让我画了设计草图的！那个蛋糕的蛋糕坯本来应该今天烤好的，可是我刚刚去后厨看，所有原材料的袋子都破了，面粉里掺了乱七八糟的东西，那些牛奶、黄油都被破坏了。这些都不要紧，随时都可以再采购，最要命的是，这个蛋糕必须要用到的切尼车厘子红酒全被砸了。切尼本来就是一个很低调的酒庄，车厘子红酒一年只对外公开贩售三千瓶！现在哪怕能跟酒庄老板紧急续订，时间上也根本来不及！"

为了准备这款高达九层的车厘子红酒蛋糕，汪柏冬凭借与切尼酒庄老板的私交，早在去年秋天便将这批红酒全部拿下。据说汪柏冬为了这款私人订制蛋糕已经筹备了三年之久，此次平城国际电影节闭幕式也是他第一次将这款蛋糕完整地呈现在大众面前。无论是容茵、杜鹤还是唐清辰本人，都尚未见过这款蛋糕最终的样子。

"帕维尔不见了，仓库和酒窖这么多重要材料被损坏，他嫌疑最大。刚刚唐总亲自来了一趟，现在大家都知道帕维尔走之前最后见过的人，是你。

"抱歉啊，容茵。"

再接下来是林隽的消息："容小姐，汪老刚才心脏病犯了，你……你能不能过来一趟？你和唐总之间……真的都是误会。"

容茵缓缓地揪紧了背包带，如果说三千瓶切尼车厘子红酒全部被毁，尚且可以通过及时更换红酒聊作弥补，那么汪柏冬在这个关键时刻倒下，便是对此次电影节闭幕式最致命的一击……红酒没有了可以替换，蛋糕做不出来可以另想办法，可这个节骨眼上，上哪儿再去找一个汪柏冬来调兵遣将、掌控全局？对比之前孔月旋和几位贵宾的食物过敏事件，眼下这个对唐氏最为可怕的危机，竟然来源于她。

汪柏冬为什么会心脏病发，没有人比她更清楚为什么。

容茵觉得手指冰冷，她盯着手机屏幕反复看了几次，才最终确定，林隽说的那几句话是真的。

汪柏冬真的被她气得病倒了，而语音消息里杜鹤的最后两句话仍在耳边回响："刚刚唐总亲自来了一趟，现在大家都知道帕维尔走之前最后见过的人，是你。"

容茵废了好大的劲儿，才摁下通讯录里那个名字。

电话那端很快接通，传来的是杜鹤焦急的声音："容茵，你在哪儿？"

容茵望着大厅里步履匆匆的工作人员，声音抖得连自己都听不清："杜鹤，先别管这些，红酒的事，你有没有办法？"

杜鹤身边一开始乱糟糟的，根本听不清她在说什么，后来嘈杂声远了，大概是她换了一个地方说话，但声音仍然非常小，要十分留心才能听清："我知道你要问什么，红酒一瓶没剩，全在酒窖被毁了。现场我去过，一看就是自己人干的。而且，帕维尔消失的时间太凑巧了……"那边有所停顿，语气越发小心翼翼，"容茵，现在的情形对你很不利。"

容茵留意到大厅里有工作人员似乎在搜寻着什么，她低下头，转身，快速向外走去："其他品牌的樱桃红酒都不可以吗？"

杜鹤低声说："或许可以，可现在汪老病倒了，咱们这边群龙无首，大家都乱了，连殷若芙都跑没影儿了。"她的声音一字一顿，听起来仿若有一种奇异的兴奋感，"现在没人主持大局，容茵，你要不要回来？我们两个一起想办法？"

有那么一瞬间，容茵有点儿听不真切杜鹤的声音。等她完全冷静下来，发现自己已经坐进自己那辆绿色小皮卡里。许多天没有开动它，容茵一手摸着方向盘，努力压住鼻端的那股酸涩，说："我不会回去了。汪老的病是我的错，但我相信，他和帕维尔都不在的这段时间，你可以撑起大局，对吗？"

手机那端难得有了很长一段时间的沉默。

末了，杜鹤说："容茵，太聪明不是一件好事。"

容茵笑了一下："这也是我想对你说的。"

杜鹤吸了一口气，说："事先我并不知道会发生什么。容茵，你这样指责我，对我不公平。"

容茵一手握紧方向盘，把车倒出来，驶向主路："现在争辩你到底知道多少已经没有意义了。"这么多天以来，哪怕私底下已经清楚知道杜鹤的性别，容茵也已经习惯了喊她"杜师兄"，这一声"师兄"叫出口，是许多其他称呼都无法替代的安全感和亲昵。可此时，容茵舌尖绕了几下，最后还是喊出了她的名字："杜鹤，你已经得到了你想要的，愿你好自为之。唐清辰和汪老并没有对不住你的地方，相反，他们一直都希望你能长久地留在唐氏。"

"祝你好运。"说完这句，容茵便要挂断电话。

"我也祝你好运，容茵！"杜鹤似乎知道她要挂断一般，语速比寻常快了许多，"容茵，我是发自真心的，我真的很喜欢你、很欣赏你，整件事我从来没有想过要算计你！我没有和帕维尔同流合污，一开始，我甚至不知道有问题的人是他，我……"

杜鹤一直知道容茵很聪明，却以为她的智慧全都用在了专业领域，没想到事关大局人事，她的心思也是这样玲珑剔透。打从她进入君渡的第一天，便打定主意要搅浑这一趟水。唐氏也好，何家那两兄弟也罢，平时谁强谁弱都不重要，既然此次拿到电影节项目的是唐氏，又有汪柏冬坐镇大局，就从唐氏这一方入局。杜家并不是做酒店生意的，而杜鹤所图的也不是单纯的一纸合同。谁能让她杜鹤大放异彩，让杜氏的京派糕点扬名立万，她就选择站在哪一方。帕维尔与何氏的过从甚密，柯蔓栀的意乱情迷，汪柏冬的顽固不化，殷若芙频频回家搬救兵，唐清辰和容茵越走越近……这一切她都尽收眼中，但她任何的立场都不站，谁的忙也不会帮。

杜家在平城人脉广阔，消息灵通，本就有着得天独厚的优势，再加上杜鹤处处留心时时留意，探听和整合的消息与日俱增，对于帕维尔会在电影节上搞什么小动作，她不说有十成十的把握，也窥探和猜测到了那么三四分。可这又有什么不好？唐清辰手下能人无数，光是一个汪柏冬坐镇，这局棋任何时候都不会乱。容茵天资聪颖，性格又谨慎敦厚，殷若芙为引起唐清辰的注意处处与容茵争强，再加上她自己此时也算站在唐氏一边，哪怕有帕维尔这个定时炸弹，也只会刺激得这群人越战越勇，结果说不定比最初预想的还要好。

殷若芙刻意制造的流言是一个意外。

别说容茵和唐清辰，就是杜鹤自己事先也没想到，唐清辰和汪柏冬小心谨慎铸就的千里之堤，会险些毁于一个小小的流言。

她是希望能趁着唐氏遭遇危机大展神通，可对于容茵……如果说一开始她的处处示好是有意为之，那么之后几次，面对殷若芙的挑拨离间，连杜鹤自己都有些分不清，有几分是在演戏，有几分是发自真心。

看到容茵连微信都不回便选择离开，杜鹤的心比听到汪柏冬病倒时跳得还慌，直到这时她才发现，原以为是容茵处处都在依靠她的帮助，其实真正越来越依恋容茵的人正是她自己。

棋逢对手，她以为自己需要的是打败对方，赢得彻底，可到头来才发现，像容茵这样的对手也是最好的朋友。她走了，自己曾经无数次设想的独挑大梁的时刻，竟然是那么索然无味。

"这些都不重要了。"容茵单手开着车，比任何时候都要冷静，"对于现在的唐氏而言，帕维尔和我已经离开，唐氏今天的危机，我们两个都难辞其咎，有些事已经说不清了。"

"说得清的！只要你现在回来，我会向唐总和其他人解释！你和帕维尔在房间里时，我就在门外！你们两个说了什么……"其实杜鹤当时并没有完全听清帕维尔和容茵都说了什么，可她现在管不了那么多，人生中第一次，她那么舍不得另一个人的离开，"反正我就是知道，你没有和他同流合污。我一直都相信你，容茵。"

"帕维尔有他的选择，我也有我要去做的事。"容茵说，"谢谢你一直都在帮我，一直都相信我。杜鹤，柯蔓栀被停职，汪老病倒，现在必须要有一个人站出来顶住，一切都靠你了，杜鹤。"

说完这句，她干脆挂断了电话，然后将电话拨给另一个人。

电话那端仍然很快接起："喂，阿茵？"

"是我，有一件事想请你帮忙……"

容茵一边开车，一边将通讯录里的几个人的电话一个接一个打了个遍。

等她将车子开到那处熟悉的四合院，手机已经有了低电量提示。

她刚走下车，就见大门打开，和老姜迎面走了个脸对脸。

老姜一看见她就笑了："抱歉抱歉，事出紧急，今天要暂停营业了。"

容茵说："唐清辰给你打电话了？"

老姜愣了一下："是，你这是……"

容茵点点头说："同一件事。"

老姜咂了咂嘴："我正要去一趟郊区的酒庄！"他四下瞭望了眼，又看向容茵，"我本来想打车的，不知道容小姐……"

容茵沉默片刻，径直将车钥匙扔了过去："开我的车。"

老姜本以为容茵会说开车把他送过去，没想到容茵直接把钥匙给了他："那你……"

容茵笑了笑："这个时候您比我更需要车。"

老姜一点头，坐进小皮卡里，从窗子里探出头："容小姐，谢了。"

容茵问："弯弯在里面吗？"

老姜正在倒车，听她一问，顿时一拍脑门："我这也是急糊涂了。对，你去告诉弯弯，让她去一趟君渡酒店。"

容茵点点头，见老姜已经调转车头，便朝他摆了摆手。

老姜也摆手，对她说："酒的事儿有我解决，容小姐，你也别再到处跑了，和弯弯一起回吧！"

容茵朝他绽出一抹笑："好。"

四合院暂停营业，老姜又不在，打开大门，整个院子都静悄悄的。容茵扫了一眼已经黑屏的手机，只觉得万事皆空，弯下腰在门槛坐了下来。她知道自己这样大概特别没有形象，可仿佛只有这样才能积攒起那么一点点力气，再支撑着整个人站起来。

绕过影壁，正好看到弯弯的背影，这丫头正哼着小调浇花。也不知道刚刚是自己太累了，还是这座影壁的隔音功能足够好，容茵之前竟然一点都没听到她哼歌的声音。

弯弯大概是觉察到什么,拎着水壶扭过头,一看是她,顿时笑了:"你怎么来啦?"

弯弯是真的还小,之前听老姜说,这丫头也就刚二十出头,下午三四点钟的光景,阳光正好,照耀在弯弯红润的脸颊上,甚至能看到她脸上细细的绒毛,鬓角和额头还有一些散碎的细发。人家都说黄毛丫头,女孩子年轻的时候,可不就是黄毛丫头?听着是不好听,可若这样静下心来看,才能发现青春的美好。

弯弯笑得甜蜜,容茵也不自觉抿出一抹笑来:"刚在门口看到老姜了,他让我帮忙捎个口信,说让你去一趟君渡酒店。"

弯弯皱起眉毛:"让我去那儿干吗?"张嘴就是一串抱怨,"那里人又多,脾气又大,事儿也多得要命。我之前去过一次,跟着那群人忙到夜里两点才吃上一口热饭。"

她每一句话都吐槽在点子上,连容茵都忍不住笑了:"这么说起来,是挺差劲的。"

"对啊,我才不想去。"弯弯说,"老姜这里最好了。既能学到东西,又能吃得好,多给我开两千块钱我都不走。"

容茵笑得肚子都疼了。

弯弯走过来,摸了摸她的脸:"姐姐,你怎么啦?"

被她摸了下脸颊,容茵才发现,自己一直在笑,可脸颊不知道什么时候已经堆满了泪。

弯弯皱眉看着她:"你是遇上什么事儿了?老姜这个人平时看着不靠谱,可如果遇上什么难处,他还挺大方的。你是不是没其他地方可以去了?那你就先留下来。当初我就是这么被老姜收留的。"

容茵说:"我没遇上什么事儿,就是姨妈来了,她老人家最近脾气有点儿暴。"来平城久了,连容茵也能学上两句北方人调侃的话。别说,还真似模似样的。

弯弯露出理解的神情："你等着，我去给你煮个姜汁红糖。"

容茵连忙拽住她："老姜让我跟你说，去君渡那边，江湖救急，忙过这两天，很快就回来。"

弯弯抬头望天："不想去。"

容茵说："能拿双份红包。"

弯弯动了动眉毛，伸手挠挠耳朵："还是……不太想去。"

"还能看到你上次很喜欢的那位唐先生。他现在焦头烂额，你要不要去'美救英雄'一把？"

弯弯这回扭过头："你这回怎么这么大方了？"

容茵皱了皱鼻子："那你还不乘虚而入？"

弯弯笑了："你这人真有意思。"

容茵见她转身进屋，追在后头问："那你去不去？"

"去！"弯弯说，"等我煮完这碗姜汁红糖。"

十五分钟后，容茵坐在房间里，面前放着一碗姜汁红糖，还有弯弯留下的一张打印好的单子。上面写满了这两天小院需要采购和准备的食材，以及第二天晚上要招待一桌客人。据说这是老姜半个月前答应下来的一桌宴，事先预定的却突然取消，怎么都说不过去。

姜汁红糖很辣、很烫，可弯弯说，只有这样喝下去才有效。喝完糖水，容茵觉得自己仿佛刚被人从一锅滚烫的沸水中捞起来，浑身都被汗水打湿了，腰腹部挥之不去的湿冷却消弭了不少。她深吸一口气，从桌上拿起正在充电的手机。

最新一条消息是孔月旋发来的语音："茵小姐，按照您的吩咐，我已经托人匿名送过去了好几批红酒，各种樱桃口味的都有，够汪柏冬那个老头儿做十几二十个九层蛋糕了，不过你确定唐清辰那家伙真需要你的匿名帮助？"

容茵皱起眉心，正要打字，孔月旋的下一条消息已经来了："你不在的时候，你那位 Fiona 表妹跳得很欢快啊！啧啧，我还真是看错唐清辰了，本来以为他这种禁欲系老干部已经不流行了，没想到在唐氏内部，他还这么 popular！"

不等容茵有所反应，那边已经发过来一个视频邀请。

容茵接通，屏幕上出现孔月旋故意放大的脸颊："阿茵，阿茵，你看我的皮肤，是不是几乎看不出毛孔？"

容茵说："看样子已经恢复到平常了？"

孔月旋将手机拿远了一点儿，朝她比了一个"bingo"的手势："比之前的皮肤状态还好！我这也算因祸得福了。"

容茵嘱咐她："上妆别太狠，毕竟才刚恢复。"

"知道的啦！"从她身后的背景来看，应该是在自己的房间休息，身边偶尔传来小声说话的声音。容茵认得，那是之前那个助手的声音，"倒是你，怎么看起来这么惨？"

容茵抹了把脸，将下巴垫在胳膊上，趴在桌上说："大姨妈来探望我，我正在跟她进行友好交流。"

孔月旋说："你和唐清辰……闹别扭了？"

这句话几乎是废话，如果不是闹别扭，也不至于她自己联络了那么多朋友，却绕个弯让她负责做总调度，还特意叮嘱她把红酒全部匿名送到唐氏总部。容茵在 F 国留学那几年，和国内几个酒庄和红酒供应商一直有联络，对于一些高品质或口味独特的酒水，她不仅眼光独到，也拥有自己的渠道。就连孔月旋都在她的带领下迷上了越来越多有特色的酒水，自家别墅地下那个小酒窖的囤货量也在几年内翻了十几倍。

这回容茵电话打了一串，关键人物也拜托了好几位，让孔月旋帮忙从中调度。这倒不是什么费力气的活儿，相反，长久以来，容茵极少求大家帮忙办事，突然开口求人，倒是有好几个人和孔月旋一样，都乐意至极，又深感好奇。

容茵耷拉着眼皮儿，整个人看起来苍白疲惫极了。她已经 29 岁，不再是年轻的小姑娘，像这样身体不适加上心理压力大到极点的时刻，整个人的皮肤状态和精神状态看起来可以说是糟透了。可当着好朋友的面，容茵也顾不上再去端什么架子，就这么不顾形象地趴着："不是闹别扭，是谈崩了。"

"崩了？怎么个崩法儿？因为什么事儿？"孔月旋看着好友红彤彤的眼角和鼻尖，知道她肯定狠狠地哭过，不禁也跟着上火，"你之前那么帮他，哪怕到了现在还在为了他那个酒店忙前跑后，他有什么可跟你崩的？"

容茵的声音听起来透着沙哑："他听了别人乱传的话，以为我和别的男人乱搞怀孕了，然后我就把他和汪柏冬骂了一顿。后来汪柏冬因为我被气得心脏病犯了，住院了。现在整个后厨完全乱套了。"

孔月旋听到第一句话本来要爆粗口，可听到后面，也不免倒抽一口气："闹这么大？！"

容茵眼皮儿都不抬地说："是啊，所以没法收场了。"

孔月旋见她半眯着眼，一副随时都要睡过去的样子，轻声说："你也别想那么多了，不管怎么说，一切不还有我呢吗？唐氏这边我会派人盯着的，有什么动静，我肯定第一时间通知你。你现在要不要去睡会儿？生理期还这样东奔西跑，肯定累坏了……"

容茵用手捂住眼睛："月旋，你说我们是不是都老了？"

孔月旋听了这话，先是一愣，随即一笑："现代人普遍长寿，只要保养得好，五六十岁也能看起来跟二十来岁差不多，你我距离老还有挺远一截儿路呢，别乱想。"

容茵说："我以前不觉得，今天突然发现我是真的老了，跟二十出头的小姑娘没法比。"

孔月旋说："那要看怎么比了。二十岁的女孩正在享受的青春，我也有过。可我现在正在享受的一切，可不是每一个正当二十岁的女孩都能有的。"她的眼睛望着容茵，那双眼睛看起来流光溢彩，尽管脸上没有半点妆容，可整个人依然水润明艳极了，如同一朵花开盛时的牡丹，连之前一直小声说话的经纪人和助理此时的交谈声都轻了许多。身边所有人的注意力，都在这一瞬间悉数被牵引到她身上："反正如果现在让我选，我宁愿停留在现在，也不想重回到之前那个虽然很年轻但愚蠢到极点的二十岁。"

容茵笑得模糊，隔着屏幕，她又遮着眼睛，孔月旋无法判断她是在哭还是在笑。

孔月旋说："容茵，你知道为什么我一直这么喜欢你吗？"

容茵没有回答，也没有放开遮着眼睛的手。

孔月旋说："因为我一直特别羡慕你，我对你的喜欢，不仅是一种欣赏，更是一种对我所欠缺的东西的向往。你明明可以过稳定的生活，继续前途无限的工作，但你能那么快就做出决定，为了做自己喜欢做的事远走他乡，一个人支撑着自己走到今天。别人会怎么想、会怎么说，有多少人会骂你傻，有多少人会像我一样羡慕你，这些你从来都不去理会。你那么自由，就像生来就会追逐天空的鸟儿。"

容茵的声音模糊地响起："就算鸟儿不知道扇动翅膀会累，却也会迷失方向。"

"谁不会呢？"孔月旋说，"我们都是普通人，外人面前再光鲜亮丽，也不过是个会茫然、会犯错的普通人。容茵，别为了一些不相干的人或事惩罚自己。他们都不值得。"

容茵放下手，她刚刚果然又哭了，此刻眼皮儿红肿得吓人，看向孔月旋的眼睛里布满红血丝："我当时真的真的非常讨厌唐清辰，我也恨汪柏冬。别人说什么我都可以无所谓，可为什么唐清辰也会相信别人的谣言？为什么汪柏冬那样的大师也会像一个普通人一样，去传这样的谣言？我可以不在乎其他人怎么看我、怎么想我，可我一直以来那么在意、那么尊重的人，我没法不去在意他们对我的看法……"她坐直了身体，却再一次捂住眼睛，"月旋，可即便这样，得知唐清辰被帕维尔摆了一道，得知汪柏冬因为我的那番话病发住院，我心里还是特别难受。我讨厌不信任我的唐清辰，可我更担心他现在的处境，我也担心汪柏冬……我知道自己不应该，可总忍不住去想，如果他因为我有个三长两短，我和唐清辰之间，再也不可能了。"

"阿茵……"孔月旋也跟着红了眼眶，面对认识多年的老朋友，她难得露出感性的一面，"你别胡思乱想。别说汪柏冬不会有事，就算真有什么事，如果唐清辰因为这件事跟你分开，那就证明他是个不值得的人。他不值得你为他这样。"

容茵声音哽咽："我现在没法去理智地思考他值不值得。我现在才知道，真心喜欢一个人，根本就没法儿去理智思考。哪怕他不值得，可我的心还是会疼，会忍不住想去见他，可我心里又很恨他，我这样没办法再去见他。"

孔月旋被她说得掉了眼泪："阿茵，你现在需要好好睡一觉。等你睡醒了，整个人有了精神，再去思考到底该怎么做。你现在还在生理期呢，别这么哭，太伤身体了。"

容茵不记得自己什么时候挂断的视频电话，弯弯的小屋收拾得很干净，挂断电话后，她找到一条干净的毛巾，倒了一盆热水狠狠地洗了把脸。七月下旬的平城，正是一年中最热的时候，已经六七点钟了，仍然天光大亮。好在老姜考虑得周全，每个房间里都安装了空调，容茵收拾好自己，开始按照弯弯在单子上罗列出来的每一条去做准备。

厨房里有不少用过的碗盘还没有刷。老姜走得匆忙，给四合院里所有员工都放了假，要不是还有个弯弯长期住着，知道临走前把该做的事情托付他人，这么热的天气，恐怕等老姜回来，整个厨房都要臭翻天了。

容茵戴上橡胶手套，开始收拾后厨。

这样的工作，在刚出国的一段时间，是她每天都要做的基本功课。国外的学徒都是非常辛苦的，无论你多有天赋，该做的打杂一样都不能少。等容茵将整个厨房收拾干净，甚至连墙上贴的瓷砖都用湿布沾着清洁剂一块一块擦得锃亮，她站在凳子上望着窗外，才发现天不知道什么时候已经彻底暗了下来。

厨房里的灯全部开着，光亮全然不输君渡酒店后厨的工作间，容茵就这么站在那儿，看着手上戴着的明蓝色橡胶手套，又抬头环顾四周，整个厨房说一尘不染也不为过，最脏的大概就数她两手之间的这块抹布了。

窗外安静得可以清楚听到蛐蛐的叫声，她缓缓地脱掉手套，关掉灯，带上门，在前院找了一张石凳坐下来。直到这个时候，她才发现全身上下的关节都叫嚣着发出咯嘣咯嘣的声响，尤其脖子和手臂，更是酸痛得仿佛要断掉。可大概只有这样，才会让人打从心眼里觉得踏实。

她从裤子口袋里摸出手机，手机从十几分钟前就连续响了好多次，她站在凳子上时就听到了，但一直没去理会。好像只要不去看，有些事就可以延迟发生。等她再勇敢一点，再攒足一点儿力气，那时候再发生，她也好面对一些。

她垂下眸，看向手机。头顶的月亮应该很圆，这时候却被一团漂浮的乌云挡住了光芒。容茵看着屏幕上的文字，总觉得头顶的光线好像暗了一些。

第一条消息是孔月旋发来的："听说事情已经解决了，你这位唐Boss还挺有手段的。"

第二条则是杜鹤："你送来的酒都很好，我让人全都收好了。"

　　如果容茵没有收到后面的信息，杜鹤的这条信息还真让她心里挺安慰的。

　　发来第三条信息的是弯弯，小丫头的头像一只特别憨的金毛，连发来的信息都透着一股可爱劲儿："我见到唐先生了！太帅了！我们组还有一个姓杜的大师兄，他超级牛！懂很多东西！如果没有那个特别讨厌的女人，算上我的双份红包，还有酒店的特供夜宵，一切简直完美！"

　　下一条依旧是弯弯："前方探子发来密报，唐先生和 Fiona 一块儿离开了。大师兄说因为她帮唐先生解决了一个大麻烦！可我还是特别讨厌她。"

　　再往下，是林隽发来的语音："容小姐，方便接电话吗？"

　　再一次听到林隽的声音，容茵总觉得特别遥远。

　　她握着手机，坐在石凳上，赤裸的手臂一直贴着石桌，之前一味贪凉快，这个时候才觉得石桌的外沿又凉又硌。

　　过了半晌，她回了一条微信："好。"

　　电话铃声很快就响了起来，也不知道林隽是怎么在百忙之中留意到她的回复的。

　　电话接通，容茵"喂"了一声，然后就听手机那端林隽特别小心翼翼地喊了一声："容小姐？"

　　容茵答："我在。"她清了清嗓子，然后问，"汪先生，怎么样了？"

　　"情况已经稳定了。"林隽的声音很轻，好在他周围也很安静，并不妨碍容茵听清，"容小姐，你在哪儿啊？我打电话给小石，他说并没有见到你回去。我……我们都挺担心你的。"

　　容茵的声音听起来发飘："嗯，我没回去。有个朋友请我去景区玩儿，我就去了。最近这些天也挺累的，总算解脱了，我打算好好给自己放个假。"她知道自己此刻这种云淡风轻的声音听起来大概是个混蛋，可混蛋的事儿她都已经做了，也不差再加把火了，"林隽，这段时间……挺感谢你的。不过你大概也知道我和帕维尔的关系吧，我们确实私交挺好的，所以有些事，也不太说得清楚。唐氏是个很好的地方，祝你以后工作顺利。"

林隽的声音听起来有一丝颤抖："容小姐，你别这样说，你——"

"以后就别联系了吧，不然让你们老板知道了，有些事你也该说不清了。"

说完这句，容茵当机立断掐了电话。

另一端，林隽的脸色看起来比哭还要难看，因为他的老板就站在他身边，而他刚刚的电话，开的是免提。

不知道今天是犯了什么邪，每一次他都努力地想解开老大和容小姐之间的误会，可恰好每一次，都是他把事情搞得更糟了。

"老大。"林隽握着手机，试探说道，"这里面肯定有误会的，容小姐不是那种——"

"滚出去！"唐清辰一抬手，连自己桌上的手机带一堆文件，全部砸在了林隽身上。

连林隽手里的手机也未能幸免，"啪"的一声落在地上。

林隽蹲下身，将两部手机捡起来，将唐清辰的手机和所有文件整理好放回桌上，没有再多说一句话，径直出了房间。

他不是生唐清辰的气，而是知道唐清辰此刻已经气到了极点，他已经把事情搞得糟透了，不能再在这个节骨眼上捋虎须。

事实上，从他跟在唐清辰身边工作以来，无论酒店遇上多大的难关，无论董事会那些老家伙多固执多难缠，无论家里那位老头儿多么不可理喻，他从没见过哪怕一次唐清辰当着他的面失控成这样。唐清辰对外人是有雷霆手段，可对他和苏苏这样的身边人，从不曾有任何打骂的行为。林隽知道，以唐清辰的为人和风骨，是不屑用这种低级的手法来震慑手下人的。

可听了手机那端容茵轻飘飘的语气，有那么一瞬间，他看着唐清辰望着手机的眼神，以为他会把手机当场砸碎。

走出办公室，正面迎上苏苏问询的眼神，林隽摇了摇头。

苏苏抱着一摞文件，急得汗都冒出来了："又怎么了？！不是说已经解决了吗？我这儿有一堆事儿等着跟他汇报签字呢！"

林隽把她拽远了一点儿，然后从口袋里拿出自己的手机——手机屏幕已经碎成了蜘蛛网。

苏苏低头一看，傻眼了："老大弄的？"

林隽摇摇头，说："是我没拿稳，不过老大把桌上的文件都扔我身上了。"

苏苏倒抽一口冷气："你跟老大说什么了？"她忍不住责怪，"不是你进房间之前说的，要他们两个把事情说开，还说都说开就好了。结果现在你把老大惹成这样？林隽你确定你不是在帮倒忙？"

林隽的眼光也黯下去："我确实帮了倒忙。容小姐那边……明显状态不太好，说的都是气话，可偏巧老大把她的那些气话当了真。"

苏苏觉得也是服气了："你仿佛在逗我，老大什么时候连对方真话假话都听不出来了？！"

林隽没好气地瞥了她一眼："如果你的聂医生说你在工作上一点都不专业，事事做得差劲，连最基本的常识都不懂，你不会彻底气疯？"

苏苏跟他大眼瞪小眼，半晌才憋出一句话："好吧。你这个比方打得绝了。"

林隽把手机塞进口袋，朝她伸手。

苏苏："干吗？我没糖了。"

林隽抚额："我是要你的手机。我现买手机也得一会儿才能到手。趁现在，我用你的手机给容小姐拨个电话。"

苏苏有点儿佩服他了："你还打？"

林隽看了她一眼，干脆地抓紧她的手臂："那行，你打。我旁听。"

苏苏有点儿抵触："可是……这段时间我都不在啊，总觉得跟容小姐都有点儿生疏了。"

主要是这段时间以来，哪怕她不在平城，隔着电话和网络也一直对聂子期穷追猛打。随着两个人之间的交流越来越多，她知道聂子期对容茵的那点儿执念，所以也不像最初时那样乐观了。和容茵之间最初建立起来的那点儿情谊，也就这么越发淡薄了。

"要的就是你这种全程不在状况的！"林隽把她手里的文件堆在自己办公桌，拖着她到茶水间，关上门又拉下百叶窗，对她打手势，"打！"

苏苏一个哆嗦："你弄得我都紧张了！"

林隽蛇打七寸，精准定位："撮合了容小姐和老大，你才能跟你的聂医生双宿双栖，这点儿道理你都想不明白？"

打从这次出差回来，林隽跟她说话就一口一个"你的聂医生"，如果放在以前，或者说换个说话对象，苏苏觉得自己大概会很娇羞，可不知道怎么的，面对着林隽，她就娇羞不起来……或者说，窃喜不起来。

看着林隽急切的眼神，苏苏知道，现在不是琢磨这些细枝末节的时候。她从通讯录里找出容茵的电话，拨了过去。

拨了一次，又拨了一次，到第三次，苏苏的目光也透出绝望："前两次她没接，现在直接关机了。"

林隽深吸一口气。

苏苏这回也成了无头苍蝇："现在怎么办？"

林隽苦笑了一下："怎么办？凉拌吧！"

苏苏一把拽住林隽："我有办法！"她朝他挤了挤眼，像极了从前每一次两人一起捣鼓坏主意的时候，"跑得了和尚跑不了庙，咱们明天去容小姐的那间甜品屋等人，怎么样？"

林隽蹙了蹙眉："明天够呛。接下来就是电影节闭幕式，我估计至少三五天，我和你都抽不出空来。"

苏苏说："哎呀！三五天她跑不了的！而且真等到三五天后，说不定老大那边也琢磨过味儿来，自己就找去了！"她见林隽皱着眉不言语，拿胳膊肘怼他，"你怎么不说话？"

林隽看了她一眼，轻声说："我……对这件事的预感不大好。"

苏苏问他："怎么个不好法儿？"

林隽摇摇头："反正我觉得这次的事，不是轻描淡写就能糊弄过去的。"

苏苏搡了他一把："呸呸！你别乌鸦嘴！"

门外传来两声敲门声。

林隽"嗯"了一声："什么事儿？"

"林秘，唐总说让您过去一趟。"

"知道了。"林隽看了一眼苏苏，欲言又止。

苏苏瞪他："有啥事，说！"

林隽说："我本来想让你通知聂医生，让他这两天帮忙照看着点容茵……"

苏苏直接噎住，直到林隽出了茶水间，她和等在门外的小柳大眼瞪小眼看了好一会儿，才反应过来："合着这忙我要是不帮，我就成了破坏老大和容茵感情的罪魁祸首了！"

她说话的声音不大，门外的小柳一时没听清："苏苏姐，你说什么罪魁祸首？唐总让我跟你说，待会儿林秘出来，你就可以进去了。"

"知道了。"苏苏朝天翻个白眼，小声嘀咕，"我这个电话不打，就不是人了。"

小柳："……什么电话？"

苏苏走到门口，一脸严肃："小柳，我问你，如果你需要打一个电话，不打，显得你特别不地道；打了，你可能就损失一个最佳男友。你要怎么选？"

小柳一脸蒙："可我是男的啊。"

苏苏深吸一口气："那就换成最佳女朋友！你要怎么选？"

单身二十四年的小柳沉默三秒，最后说："那还是打吧。"

苏苏特别意外地看着他："说出你的理由。"

小柳一脸憋屈地看着她："不地道的人可能连朋友都没有了。反正我都单身这么久了，也不差多单身一两年的。"

苏苏："……"他们唐氏的公司文化到底还能不能好了？难怪全公司上下，从老板到员工，单身率远高出行业内正常水平！

苏苏正要深吸一口气的时候，小柳又开口了："苏苏姐，你还是打电话吧。我不想你堕落成为一个不地道的人。"

"……"不愧是林隽带出来的好徒弟啊，赶鸭子上架的功夫一流！

苏苏仰天："成，我打！"

她咬牙饮恨，拨通了手机通讯录最上面的那个电话，"喂，聂医生？有关容茵，我有点儿事想跟你商量……"

Chapter 04

鲜鱼火锅
·
师徒

时代的车轰轰地往前开，我们坐在车上，经过的也许不过是几条熟悉的街衢，可在漫天的火光中也自惊心动魄。可惜我们只顾忙着在一瞥即逝的店铺橱窗里，找寻我们自己的影子——我们只看见自己的脸苍白渺小，我们的自私与空虚，我们恬不知耻的愚蠢。谁都一样，我们每个人都是孤独的。

——张爱玲《倾城之恋》

清晨的第一缕阳光照耀在肩膀时，容茵已经拎着大包小包从附近的菜市场采买回来。她把各样材料归位，站在老姜的四合院里，灌进一大杯温热的白水，然后缓缓地吐出一口气。她突然发现，自己在不知不觉间，已经走出这种宁静又忙碌的生活太远太远。在她的那个小院落里，这个季节，茉莉和栀子花应该开得正好，每天早起，站在小院里伸个懒腰，打开院门，一边浇花、琢磨糕点方子，一边等待客人的光临。这样的生活，不正是她在客居 F 国时深深祈盼、回国后逐渐拥有的吗？

她曾热切盼望过、向往过，也得到过、拥有过，可后来因为另一个人的邀请，她在不知不觉间偏离了生活的正轨。

唐氏好吗？汪柏冬、杜鹤，甚至殷若芙，每天和这样的专业人士切磋、研讨，确实可以学到和得到很多。但不好的地方，正如弯弯所说，那些钩心斗角和疲惫不堪，迟早会磨灭一个人心中那点最自然纯粹的热忱。一旦深陷其中，人的心会逐渐偏离最初的追求。帕维尔就是最好的例子。

容茵尝过他做的甜品，每一样吃起来都还不错，可总是差了那么一点儿意思。

曾经，她以为是他工作太忙，难以事事做到尽善尽美。可在看清唐氏和帕维尔身后的布局时，她才明白，曾经她以为的失之毫厘，其实早已谬以千里。

帕维尔欠缺的并不是时间和精力，而是对于制作甜品倾尽身心的投入。

当一个人的心开始躁动了，他手上的工作就很难臻至完美。

时间都用来打压异己和追名逐利，还有多少留给创作和完善甜品本身呢？

容茵这样想着，再看到手机上那个熟悉的号码，几乎没有任何犹豫地接了起来。

"容小姐，我昨天一直打不通你的电话。"

"小石，早啊。"

电话那头，小石愣了一下，回道："早，容小姐。你……还好吗？"

"有件事我想跟你商量。"容茵说，"我和唐氏的合作告一段落了，并且结束得并不愉快。我知道你是林隽介绍来的，我欠了他人情，而且这段时间你也做得很好，我没有理由因为我和唐氏之间的合作，而迁怒于我和你之间的雇佣关系……所以接下来，是走是留，完全在于你。"

电话那端的人沉默了好一会儿，才开口："我想留下来。容小姐，我想留下来不是为了给你帮忙，或者其他什么。我想当你的徒弟……我想跟你好好学做甜品！"

小石的话让容茵的眉眼染上一抹明亮的色彩，甚至连她自己都不知道，在听到"徒弟"这两个字时，她的神情是许久未见的舒展和明媚："我还没收过徒弟。"

"我希望能成为您的徒弟，每天帮您照顾店铺这些都不用说，但我不希望每天只按照您留下的方子去做简单的这几样，我想接触学习更多。您留在书架上的笔记我看过了，也试着做过……"说到这儿，小石的声音有一丝羞赧，"但做出来的总是不对，还浪费了不少食材，后来我就不敢乱操作了。我一直想等您回来，告诉您这件事，浪费的那些材料，请从我的工资里扣除……"

容茵忍不住嘴角上扬："今天先暂停营业一天吧。"

"容小姐？"小石听起来有点儿慌，"容小姐，我，我除了浪费材料，还有偷看了您做的笔记，其他我都是按照您之前的要求来做的，今天要做的依旧是您教我做的那三样糕点，我已经烤好了豆沙小面包，待会儿可能就有客人来了……"

容茵说："你做了多少？"

"三十个。"小石摸不着头脑，但还是照实说了，"这个数量基本每天都会卖光，另外两样，我一般都是上午烤制，傍晚前几乎剩不下什么。偶尔剩下一两个我都会吃掉，从来不浪费。还有……好多老顾客都一直在问您什么时候会回来。这几样糕点虽然很好吃，但他们更希望像从前那样，每天来咱们店里，吃到的都是不一样的东西。还有一位客人说，您在店里的时候，每天都有惊喜。"小石的声音越来越低，最后一句话甚至只有他自己能听清，"别赶我走，容小姐，求求您……"

容茵垂着眼眸，她站的这个角度，刚好能看到远处小池塘里的荷花。池塘的水泛着金色的光，如同传说里金色鲤鱼的鳞片，那么耀眼，那么好看……她突然觉得大概是自己盯得太久，以至于有点儿刺眼，她揉了揉眼睛："我没说要赶你走。让你关店，是让你过来帮忙的。"

小石的嗓门瞬间嘹亮起来："您说地址，我这就过去！"

容茵笑着说："烤好的那些豆沙小面包，你看看左右邻居开门没有，送一些给他们，留下几个，给我带来。我还没尝过你的手艺呢！"

"好！"小石痛快地应了一声，随即又反应过来，"容小姐，如果我烤得不好吃……"

"如果你烤得不好吃，那些客人也不会每天都过来买，所以不要想那么多。我把地址发你，赶紧过来吧！"容茵说，"今天有的忙呢。"

小石雷厉风行，开着一辆老款的黑色大切诺基，半小时后就出现在了老姜的四合院门口。他把车停在外面，有点儿不好意思地挠了挠头，又看向站在门口的容茵："容小姐……"

容茵也看到了，大切诺基车型太大，尾巴有好长一截留在停车位外面。她觉得这情形实在滑稽，不禁笑出了声："你……你什么时候买的车？怎么这么大个儿！"

小石黝黑的脸上闪过一丝尴尬："以前跟着别人一起跑长途，去的地方都比较偏，那时候不懂事，就拿全部积蓄买了这个，开了好多年了。"

容茵说："平时你就把它停在咱们院里？"

小石直摆手："没有，院子里种了好多花，还有蔬菜，现在都长起来了，也搁不下它。我跟隔壁餐馆的郭大哥商量，平时没事就放在他家后院。如果他那边客人多停不下车，我再挪到别处去。"

容茵见他还站在那儿，朝他一招手："别愣着了，赶紧进来。今天不少活儿呢。"

小石跟着容茵一路往里走，等进到厨房，看见容茵桌上摆着的食材，以及滚开着沸水的大锅，不禁有点儿傻眼："容小姐。"

容茵："嗯？"

小石有点儿慌："咱们……咱们是以后要改行，开火锅店吗？"

容茵乐了："怎么，做火锅店不好？火锅店也可以做甜品啊，可比单纯开甜品店赚钱多了。"

小石看着容茵的侧脸，半天憋出一句："容小姐，你在逗我。"

"对啊。"容茵一边处理火锅底料的药材，一边说，"我逗你玩儿呢。"

小石："容小姐，你变了。"

容茵朝他眨了眨眼："当我的员工，我怎么也要以礼相待。当我徒弟就不一样了，当徒弟就要做好被师父欺负的准备。"

小石深吸一口气："那我还是选择当容小姐的徒弟。"

容茵说："叫师父。"

小石特别乖地叫了一声："师父。"然后又说，"师父，我来吧。这些力气活儿我来做，您在旁边看着就成。"

容茵瞥了他一眼，脱下手套递过去，一边指挥："把这些切成小段就行了。"

备好了药材，容茵另起了一锅，指挥着小石倒入熬好的鲜鱼汤，然后就开始择菜。

小石一边切羊肉片，一边说："师父，咱们准备的这些会不会有点儿不够吃啊？"

容茵深深地看了他一眼："两斤羊肉还不够吃？"

小石摇摇头，突然又反应过来："您是说……我吃？"

容茵说："不然你以为是谁吃？"

小石突然觉得脑容量不够用："所以这儿是您的……家？"

容茵笑了："想什么呢？！今晚有一桌客人，我这也是帮别人看店，又是第一次做，中午先带你试吃一下。"

小石点点头，过了一会儿又说："那咱们明天就要回去了？"

容茵说："今晚就回去。"

小石欲言又止。

容茵看着他踟蹰的侧脸，说："林隽找过你吗？"

小石迟疑着点点头："昨天找过，但那时我们都不知道您在哪儿。"

容茵说："如果接下来他再找，你就说不用找了。"

小石点点头："我知道了。"

容茵问："能做到？"

小石看了她一眼，说："您是师父，您说往东，我绝不往西。林隽再找您，我就说不知道。"

容茵有点儿感动，又有点儿想笑："不怕惹林隽生气？"

小石说："林先生不是那样的人。"他一下一下切着羊肉，从这个角度看去，他拿刀的样子似模似样，羊肉也切得薄厚适中，"您既然已经从唐氏离开了，林先生就应该知道您的苦衷。他如果听我说不知道，就知道是您的意思了。"

容茵择菜的手指顿了顿，"嗯"了一声："林隽是个聪明人。"

小石说："您从唐氏离开，是有什么人欺负您了吗？"

容茵看向小石的眼睛。他的眼珠很黑，因此认真看人的时候，会让人觉得特别专注，不过因为年纪太轻，尚且不知收敛锋芒，眼睛里透着一股锐气。若不是锐气太盛，这双眼睛倒像足了一个人。容茵撇开视线，轻声说："说不上，但我在那儿做得不开心。"

小石点了点头。厨房里除了清澈的水流声，轻微的择菜声，以及刀锋一下一下切割开肉的纹理落在案板上的声音，许久都没有任何多余的声响。

过了好一会儿，小石轻声说了一句："如果接下来再有人欺负您，我会保护您的。"

容茵没有说话，眼眶却微微有点儿湿润。她和小石相处的时间并不长，林隽把人介绍来后，她带着他学了一些基本功，接着就是教他烤制几款甜品店固定贩售的糕点。而她在唐氏工作的这段时间，全靠小石一个人撑起整个店面，每天无论多忙多累，他早晚都要向她汇报请示好几次。她从没想过会从小石身上收获这样的尊重和维护，可当她看着这个年轻男孩的眼睛，就知道他说的每一句承诺都是发自真心的。

送人来之前，林隽简单地介绍过小石的过去。当时林隽说："小石很年轻，或许欠缺经验，但也是想认真学一门手艺的。另外，这个孩子心思端正、重情义，哪怕以后他在店里做不下去了，容小姐，你也会收获一个很好的朋友。"

人生有时会在你觉得自己已经身处谷底时，给你预料之外的馈赠。

许多事大概总不会如你最初期待的那般好，可也别忘了，事情也远没有你以为的那么糟。

无论是林隽还是容茵都没有想到，小石的到来不仅为"甜度"带来了安全和便利，还给了容茵一个情深义重的好徒弟。

晚上七点整。

小石换上男服务生的工作服，到门口引客人进门用餐。哪知刚在门口站定，就看到容茵那辆墨绿色小皮卡歪歪扭扭地开了过来，差点儿冲到台阶上。

小石和从车子里冲出来的中年男子面面相觑。

老姜："……"

小石："您……请进！"能开她师父的车，肯定不是一般人啊！而且他站在这儿本身就是迎宾的，见人客气点儿说话总没错。

老姜回过神儿："你是容茵的朋友还是弯弯的相好？不管这些，今晚那桌客人来了没？"

小石指了指他身后。

老姜一回神，就见路灯底下停着一辆黑色卡宴。老姜眯着眼去瞄车牌，看清后三位的瞬间就笑容可掬地迎了过去。

小石心领神会，转身往后厨走。

有了中午师徒俩试吃的经验，容茵此时已经有了点儿轻车熟路的意思，和小石合力把鲜鱼火锅端了过去，又让小石候在厨房等叫菜，自己则绕了弯，从侧门出了四合院。

等老姜和那几位贵客寒暄过半，引人踏进四合院，还没进雅间，光是闻着那股熟悉的鲜鱼汤味，老姜的眉毛已经不自觉地舒展开。他示意几位先进房间，自己则往快步往后厨走去，自然又和早就等在那儿的小石来了个脸对脸。

看着案板上备好的菜，老姜也有点儿蒙："这是……"

小石朝他一鞠躬："饭后甜品在冷鲜柜，桌上这些是按照弯弯小姐留下的单子准备的，如果有疏漏的地方，请您多包涵。"他又指了指灶台，"还有一锅鲜鱼黄米粥，是我师父留给您的。"

说完就往门外走，忙了一天一宿没睡觉的老姜总算捕捉到了关键信息，上前拦人："这位小哥，你师父是？"

小石黝黑的脸端得四平八稳，看起来高冷十足："我师父的车钥匙应该还在您那儿。"

老姜一拍脑门，从口袋里拿出车钥匙，然后又看小石："你说你是……容小姐的徒弟？"一句话说得断断续续，实在是信息量太大，他这脑子有点儿转不过弯来。

小石接过钥匙，没有说话，只是朝他点了点头："大叔，再见。"

半晌，老姜才从被一个帅小伙叫"大叔"的打击中回过神，一边手忙脚乱地上菜，一边在心里嘀咕，他也就是这两天休息得少了点儿，吃得差了点儿，可不论身材气质还是精神面貌……老姜深吸一口气，一脸不忿，等弯弯回来了，他一定得找她评评理，就算他的年龄真是大叔了，前面加个"帅"字是不是比较妥帖？

另一边，容茵开着自己的小皮卡，跟在小石的大切诺基后头，一路回到了小院。

回郊区的路一路畅通，小石也体贴，事先打电话从甜品店隔壁的餐馆订好了饭菜，师徒俩一进门就可以开吃。等容茵吃饱喝足攒足了精神，抬头一看，才不过晚上八点来钟。

她搬了一个凳子坐在小院里，手边放着茶水和水果，脚底下燃着一盘崖柏线香。前些天她不在家的时候，隔壁的老奶奶送了两把蒲扇过来，小石一直好好收着。这会儿用来纳凉扇蚊子，真是再实用不过。

容茵手肘撑着石桌发呆，小石就在一旁削桃子。聂子期的电话就在这个时候打了进来。

小石瞥了一眼容茵手机上的名字，觑着容茵的侧脸说："这位聂先生昨天也来过好几个电话。"

容茵"嗯"了一声，接起电话："子期。"

聂子期对于容茵这么痛快地接电话很意外，他握着手机，扫了一眼坐在面前身体极度前倾的苏苏，有点儿不自在地站了起来，转身走到了窗边："阿茵，是我。"距离两人上一次在君渡的咖啡厅里的谈话，其实也没有过很长时间，但两个人之间的距离仿佛已在不知不觉间相隔山海。聂子期咳了一声，说："这两天打你手机一直不通，有点儿担心你。"

容茵实在累了，懒得动脑子去想聂子期怎么会在这个时候打来电话。她望着院子里一藤开得正好的忍冬，说："最近有点儿忙，所以关机了。让你担心了。"

盛夏时节里，忍冬清甜的香气氤氲着整个小院儿，仿佛又回到那一晚酒店的后花园。容茵觉得眼前有点儿模糊，忍不住揉了揉眼，撇开了视线。小石将削好的桃子切成小兔形状，摆在小碟里，又递了小叉子过来。容茵尝了一块，桃子又脆又甜，她忍不住缓和了眉眼："你最近怎么样？医院好像没有清闲的时候。"

聂子期沉默片刻，说："最近在固定照顾一位病人，是我老师的病人，所以还好。"

容茵说："有空来'甜度'坐，我给你烤蛋糕吃。"

许多人都被容茵甜蜜温软的外表骗了，聂子期跟她做了五年同学，又经历了上次的表白，对她说一不二的性格再清楚不过。可饶是如此，听到容茵主动开口相邀，他还是忍不住会遐想，自己会不会还有机会？

容茵上次说，如果她要谈恋爱或者结婚，一定是找到了为之心动的人。如果没有，那么过单身生活也不错。她还说在这件事上，他和她理念不合。

聂子期曾经也以为自己会是容茵说的那种人，到了合适的年龄，没有等到容茵，没有遇到自己真正心仪的爱人，也会按部就班地找个合适的对象结婚生子，然后过完安稳的一生。

经过那天的谈话，他也不止一次诘问自己：会吗？

没有容茵，也会是其他人。只要到了合适的时间，就得找个差不多的人结婚。

他以为自己是可以的。可面对着苏苏的热烈追求，看着她每次望着自己饱含热情的双眼，他发现自己并非自以为的那般成熟世故。

苏苏这样的女孩子，容貌上佳，身段火辣，工作上独当一面，生活中也不乏情趣。她是那种都市新女性，热情、大胆、敢于追逐爱情，也懂得享受恋情本身。聂子期几乎可以肯定，如果自己和苏苏谈了恋爱，哪怕没有走到最后，她也不会以这段经历要挟婚姻。如果容茵是苏苏这样，又或者她拥有的是许多女孩子那样的传统婚姻观，聂子期相信，自己的处境会比现在强上许多。

偏偏容茵看似保守，实际是最难拿下的那种类型。

她并不需求婚姻作后盾，甚至连恋情都可以不要，因为她在自己的精神领域有着绝对丰饶精彩的追逐和收获。

可这样的容茵，正因为求而不得，才越发让人欲罢不能。

如果她和许多人都一样，如果她比较容易得到，或许就不会令他这样魂牵梦萦了吧。聂子期心里这么想，却忍不住嘲笑自己男人的劣根性。归根结底，还是逃不开那个魔咒：越是求不得，越是想得到。

聂子期让自己的声音努力维持着表面的平静："好。刚巧我明后天都有空，不知道容大掌柜有没有这个时间赏脸？"

容茵听到"大掌柜"这个称呼，险些被桃子噎到，她拍拍自己的胸口说："明后天我休假，不过你要来吃蛋糕的话，当然可以。"两人怎么说也是多年的老朋友，就算当不成恋人，朋友情谊也不能说断就断。再者，上次她为了打消聂子期的念头，在咖啡厅说的那些话多少有些绝情，趁着休假给他做个蛋糕慰劳一番，也算当作赔礼了。

小石相当有眼力见儿地递过来一杯花果茶，容茵接过抿了一口顺顺气儿，说："不过'大掌柜'这个称呼咱们就免了吧。"

聂子期逗她："那……容老板？"

容茵说："叫'容茵同学'都比这个强。"

聂子期忍不住笑，两个人很久没这么放松地说过话了："那好，阿茵。我明天下午两点到。"

容茵答应了一声，正要挂电话，突然想起了什么："对了子期，如果这段时间有其他人找你……就说，我不见。"

她说得模糊，主要是不确定林隽到底会不会有什么想法。她相信以林隽的体贴性格，肯定要找机会解释当时的事。可对她而言，林隽的这份体贴恰恰是她此刻最畏惧的折磨。她巴望着这几天林隽工作多忙一些，等过了这段时间，让他发现他那位老板对她也不过是那么一回事儿，届时哪怕林隽登门拜访，为的也是他们两人间的友情，而不是掺和着其他什么人的请托了。

这样想着，容茵又忍不住自嘲一笑。对于唐清辰那样清高桀骜的人，真会有"请托"林隽这种想法吗？

他现在肯定恨死自己了。

不识大体，任性妄为，把汪柏冬气得住院，又趁着他事业遭受重创时一走了之……以唐清辰的出身和地位，何苦找她这么个坏脾气的扫把星呢？

挂断聂子期的电话，容茵的脸色明显黯淡下去。

小石在一旁说："您要是不想见就不见，没必要为了什么人委屈自己。"

容茵早就发现，小石心思细腻，胆子却挺大。或许是因为两人之间又多了一层师徒的关系，几乎是想到什么就说什么，当然这跟他心性比较单纯也有关系。可经历了在唐氏的那番风雨，与小石这样简单纯粹的交流，正是容茵所渴盼的。

唐清辰身畔卧虎藏龙，汪柏冬工于算计，林隽八面玲珑，苏苏敢打敢冲，就连后来融入的杜鹤也不是平凡角色。她胆子够大，城府也够深沉，留在唐氏那样的地方必定能一展所长、所向披靡。回想起两人之前交际的种种，容茵忍不住笑自己太傻，这个世界上怎么会有人无缘无故地对另一个人好？哪怕都是女孩子，哪怕一见如故，也总是别有内情的。更何况杜鹤本身是那样光彩夺目的一个人。

小石说："您如果有什么不开心的事，可以跟我说。我绝不会别人说的。"

容茵摇了摇头："没什么。不是因为聂医生，是我自己突然觉得有点儿挫败。"

过了许久，小石说："我觉得师父是很厉害的人，会让师父觉得挫败的，应该不是事，而是人吧？"

容茵点点头："是啊。为人比处事难多了。"

也不知道小石从前做的是什么职业，当初林隽介绍他来的时候故意隐去不说，容茵也从不问，但小石不论是站是坐，身体都挺直如松。听到容茵说这话，小石始终挺直的脊梁突然有了些许松弛，他说："在这儿，每天做甜品，让我觉得很放松，因为不用跟人打交道。"

容茵看着他说："可是我们每天打开门做生意，归根结底还是要跟人交流的。"

"那不一样。"小石说，"跟客人交流是最简单的，只要东西做得好吃，他们就会来。"

容茵说："那要是有人故意找碴儿呢？"

小石看了她一眼，说："不会。"

容茵忍不住笑了："也是，有你在，想找碴儿大概也不敢了。"

有一种人，哪怕只是站在那儿一声不吭，也能让人看一眼就觉得不好惹的。小石是这样的人，唐清辰也是。

容茵突然有点儿烦躁。她从前不是这样的，眼睛里看着一个人，就是这个人；不会看着眼前的人，心里总会和另一个比较。

小石说："其实只要你不想去做，没人能勉强你什么。"容茵看向他，就听小石继续说道，"最初，他们都劝我抽烟，我说不会。后来好几个人一起劝，还有人往我嘴里塞，但我一直不抽。几次之后，就没人再烦我了。"

过了好一阵儿，容茵放下茶杯，淡淡一笑："你说得对。自己不想做的事，没有谁能勉强。但被别人劝动了，去做了，也就不要后悔。"

路都是自己选的，没有人能真正逼谁做决定。所以，那些走过的路，那些不止一次暗自悔恨走错了的岔路口，可以回顾，可以反思，却不需要一遍遍怨天尤人。走过了就是过了，做错了就是错了，重要的是接下来的路要怎么走。

Chapter 05

冰火菠萝油
·
胆怯

我以为爱情可以填满人生的遗憾。然而，制造更多遗憾的。却偏偏是爱情。

——张爱玲

接下来几天，"甜度"和小院恢复了往日的宁静。

容茵每天天不亮就起来准备食材，这一次多了小石这个帮手，做起活儿来事半功倍。上午十点钟，清早烘焙的糕点已经贩售一空。邻居们和老客人的坚实拥趸是一方面，另一方面，好友毕罗和唐家那位少公子合伙开办的餐馆也正式开业了。容茵另雇了一个年轻小伙子，每天负责往城里的餐馆送货，再加上一传十十传百，以及孔月旋有意无意在朋友圈的宣传，"甜度"的口碑逐渐打开，甜品店的生意一时间达到开业以来的顶峰。

另一边，唐氏在众人的欢声鼓舞中真正迎来酒店发展的全盛时期。平城国际电影节完美落幕，组委会和许多出席电影节的大人物都对唐氏赞不绝口。从最细节的服务到食物酒水的品质，再到每一场活动的具体安排和密切衔接，这期间不是没有出现过问题——这么大的活动，这么密集的场次安排，这么多来自社会各界的名流大腕儿——如果说完全没有问题和意外，根本是不可能的。可出了问题，如何化解和善后，才真正体现一家酒店的专业和品质。

唐氏因此一跃成为国内酒店行业的翘楚，而唐清辰原计划借此一举攻进国际市场的计划也正式拉开帷幕。

唐氏集团上下越发忙碌，等林隽终于从一堆工作中抽出点儿时间思考个人问题，时间已经悄然滑向酷暑的 8 月。

这期间，苏苏去找过聂医生帮忙，可结果令林隽和苏苏两人备受打击。

聂医生最近工作清闲，几乎每周都要去两趟容茵的甜品小屋。可他从不和跟任何人同往，理由是：容茵最近不想见老同学以外的任何朋友。

这句话不仅把林隽回绝了，连苏苏也连带吃了瓜落儿，搞得她最近每次见到林隽都没好脸色——见不到容茵也就算了，连聂医生也趁机跑没影儿了。换作别人还好，可聂子期对容茵那点意思，就是路边一只狗都看得明白清楚。苏苏越想越觉得这回亏大了，直怪林隽想了一个馊主意，不仅没劝回容茵，还把聂子期越推越远，真是赔了夫人又折兵。

她和林隽抱怨的时候，就听林隽不慌不忙地问了一句："所以你这句话的意思，到底谁是夫人？"

苏苏语塞半晌，一拍桌子："这是重点吗？重点是，再这么下去，我和老大的'夫人'眼看就要双宿双栖了！"

林隽笑得淡然，一边整理文件，一边说："容小姐不是那样的人。"

苏苏拿眼睛瞥他："容小姐是哪种人？"

林隽拿资料夹的手微微停顿，手指在夹子外缘描摹片刻，说："容小姐不缺男人追求，但她的注意力，向来不在普通的男女之事上。"

苏苏闷了片刻，反问了一句："你的意思是说，我每天追着聂医生跑，人生境界低吗？"

林隽失笑："人生境界低说不上，但你眼光差了点儿。"

苏苏表示不服："那你说，聂医生哪儿不好？"

林隽别有深意地看她一眼："他眼里没有你，就是最明显的不好。"

苏苏愣了愣，半晌没说话。

正是吃午饭的时候，偌大办公室除了他们两人，其他员工要么去了员工餐厅，要么去酒店内部的咖啡厅小坐。苏苏一时无话，林隽也不觉沉闷，继续整理手上的文件。

"怎么不去吃饭？"唐清辰回自己的办公室拿一份资料，一进门就看到这两个人一站一坐，破天荒地没有聊天，看起来怎么都不像气氛愉悦的模样。他看向林隽："刚好我也没吃，一起吧。"

苏苏哀叹一声："老大，你怎么偏心了？我也没吃饭呢！"

唐清辰反手一指门外："有人找。"

苏苏一边翻手机，一边纳闷："谁？没人给我打电话啊！"她后知后觉地翻到了微信，不由得"啊"了一声。

伴随着苏苏的高跟鞋清脆落在大理石砖的声响，唐清辰说："怎么了？"

林隽瞧一眼唐清辰："老大，如果我没记错，你今天的午餐好像另有安排。"

唐清辰指了指他面前的办公桌："如果我没看错，你这些文件也没什么好收拾的。"

两个男人无言相对片刻，还是林隽先举手投降："苏苏一直缠着我抱怨，我也是没办法，不然也不会拖到现在还没吃饭。"

唐清辰说："去楼上吧。想吃什么，让厨房送过来。"

林隽深知唐清辰的口味，两人搭乘电梯的过程中已点好午餐和水果，手指悬在发送键上方，他抬起头："老大，要吃甜品吗？"

唐清辰一顿，目光看向打开的电梯门，先一步走了出去："随便吧，不要甜的。"

林隽："……"不甜的甜品，这要求是不是也太难了点儿？

左思右想，走进去找唐清辰会合前，他还是先给杜鹤拨了一个电话。

那头杜鹤听到这个要求，沉默片刻说："这是唐总自己说的？"

林隽也无奈了："难道我提得出来这种要求？"且不说唐氏上下都知道他最喜欢吃甜食，就这种奇葩的要求，一般人想也想不到好吧？

杜鹤说："他想吃不甜的甜品，怎么不干脆说想吃某人做的东西呢？"

林隽愣了一会儿，等反应过来之后，说是大喜过望也不夸张："你的意思是说，容小姐会做这种甜品？"

"什么叫'会做'？要说会做，我也会做二三十样'不甜'的甜品好吧？"这简直是在质疑她的专业，别的杜鹤还能忍，质疑她的专业能力实在不能忍，她翻了一个白眼，一推鼻梁上的眼镜，"林秘书，'锣鼓听音，说话听声'，明白是什么意思吗？"

林隽秒懂："我知道了。"

杜鹤生怕点不透他，继续说道："都这么多天了，我就这么眼睁睁地看着咱们唐总要么不出门，要么就和 Fiona 出双入对，看在咱们并肩作战过的份儿上，林秘书，你行行好，早点把容茵给请回来，成吗？"她从接到林隽的电话，就走出工作间，一路到了休息室。这会儿房间里没有别人，她也方便敞开说话："虽说电影节最终成品的樱桃红酒蛋糕用的是唐总找来的酒，蛋糕也是我和殷若芙一起完成的，还用到了他们殷家独门雕花技法，可这里面容茵也没少出力吧？我一直没跟你说，你是不是心里没数？酒窖最新入库的那批酒到底市值几何？其中有十来瓶，更是有市无价，汪柏冬那老头儿看到了都得眼馋，你在这儿跟我装糊涂？"

林隽听到杜鹤一迭声的抱怨，一开始也有点儿头疼，可越是听到后面，越是心惊："你说什么酒？"

杜鹤正慷慨激昂，说话时险些一只手带飞了桌上摆放的水晶球，听到林隽这句话，她更是差点没站稳："我那天打电话跟你说容小姐派人送了酒来，你不知道？"

林隽觉得后脑勺有点儿空："你说的难道不是老姜送来的酒？"

杜鹤："老姜是谁？"

林隽努力调整呼吸:"最后决定做蛋糕用的那些酒,就是老姜送来的。他看起来四十来岁,瘦高个儿,穿一身白,斯斯文文的。我记得他是一路把东西交到你手里的。"

杜鹤"啧"了一声:"你是不是傻?我刚才说了,我知道最终做蛋糕用的是唐总送来的,虽说现在我才把唐总的朋友和老姜这个名儿对上号,可你也能看出来,我压根儿就不认识他。不认识的人还用得着我专门打电话跟你说?你再想想我那天给你打电话的时间,是不是在老姜来送酒之前?你居然能把这两拨人混成一桩事儿,你说你是跟容茵有仇啊,还是有仇啊?"

林隽有点儿想哭:"我跟容小姐没仇!但我怕她现在跟我有仇!"

杜鹤哼了声:"你不是故意的就成。"

此时此刻,此情此景,真是欲哭无泪:"不跟你扯这些,那些酒现在在哪儿?"

"酒窖啊!合着刚那么一大段话我白说了?!"

"你就别跟我逗贫了!现在、马上、赶紧的,给我拿一瓶最好、最贵的来,上来前说一声,我到电梯口迎你。"

"你知道你现在说话这口吻像什么吗?"杜鹤慢悠悠地添上一句,"特别像暴发户。"

不等林隽炸,杜鹤先一步挂断了电话。她瞥一眼手机屏幕上的背景照片,嘴角抿出一缕极淡的笑,那是容茵离开那天给她烤的荷兰松饼,只有一半。另一半被她端着盘子,专门跑了一趟,送上楼给唐清辰吃了。大概是考虑到唐清辰的口味,荷兰松饼的甜味很淡,却很香,杜鹤不知道唐清辰最后到底吃了多少,起码她是把自己那半份全吃光了。

现在看着照片上的松饼,仿佛还能闻到那股香喷喷的奶香味儿。那种香味和容茵给人的感觉很像,清清浅浅,却如沐春风。

没有敲门声,门被人从外面打开,杜鹤抬起头,正对上殷若芙探究的目光。

杜鹤唇角浮着笑："是 Fiona 啊。"

殷若芙微微颔首："你怎么在这儿？"

杜鹤说："觉得有点儿累，过来歇会儿。"

殷若芙皱了皱眉："事先说好，今天下午我妈妈来做的培训课程，是经过唐总本人认可和邀请的，不是我自己搞什么特殊关系。"

杜鹤点点头："欢迎之至。"

殷若芙原本准备了一大串话，可迎上杜鹤这副态度，再多的话好像说了也是白说，如同狠狠挥出一拳却打在了棉花上，让人有气都没地方撒。她咬了咬唇，看杜鹤："杜鹤，我想跟你开诚布公地谈谈。"

杜鹤伸了个懒腰："改天吧，我这会儿有点儿事，少陪了。"

殷若芙："可是下午两点……"

"我不会迟到的。"杜鹤经过她身边时，朝她露出了然的笑容，"怎么说我也暂代着甜品部的总负责人的职位，一定准时参会。"

杜鹤走得潇洒，殷若芙紧紧攥着拳头，追出两步又停下脚步。不是她非要和杜鹤较劲，如果可以，她甚至希望能和杜鹤和平共处。母亲想要的一直是唐氏的扶持，而她想要的，也不是什么制霸行业内，她只想坐上唐清辰身边的那个位置。在这一点上，杜鹤不仅和她没有任何冲突，甚至可以成为她的一大助力。

可不知道为什么，杜鹤就是没来由地喜欢容茵，对她，则是没道理地反感。

殷若芙不觉得自己是什么国色天香的大美人，可从小到大，也鲜少受到男孩子这样的冷遇。对于杜鹤，她因为需要他的能力而舍不得疏离，想亲近却又不得其法。这阵子为了这件事，私底下她也没少向旁人打听杜鹤的喜好，母亲也给她出了不少主意，可是收效甚微。

想到原本与唐清辰约好又被临时取消的午餐，殷若芙的目光越发黯淡下来。容茵走后，随着帕维尔不知所踪，汪柏冬养病逐渐淡出，唐氏甜品部的格局也发生了巨大改变。现在唐氏正走顺风路，杜鹤和她都赶上了好时候，连母亲都说，以她的能力，现在与杜鹤同挑大梁平分秋色，其实有点儿勉强。可运气来了，哪是谁能挡得住的呢？她以为自己算是赶上了顺风顺水的一程路，可真正向前走时，却发现总有这样那样的不如意。

她也时常劝解自己，容茵已经走了，她有妈妈的帮助，又得到了唐清辰的瞩目，接下来哪怕有这样那样的阻碍，也不该轻易气馁。一点困难都没有，那还叫走上坡路吗？

可事情总和她想象的有点儿不同。唐清辰对她礼遇有加，也带她出去过一些颇有分量的场合，可两人之间总像隔着一层东西，看不见摸不着，却让她无从亲近，更无从揣摩他的真实心情。杜鹤也是一样，还有许多其他的同事，他们待她都是客气的，尊重的，但这份客气和尊重里透着显而易见的疏离，似乎还有某种她不敢窥探的鄙夷。

她关上门，在杜鹤之前站的位置找了一把椅子坐下来。

这些人是怎么看她的，如果说她刚来到平城和唐氏时还看不清，现在怎么也该看清了。在苏城时她可以说是天之骄女，尤其在家里，大家都亲热地叫她小小姐，那些叔伯师傅，每一个见到她无不关爱备至。可到了平城，曾经被捧在掌心的娇小姐也要和他人公平竞争，没人再觉得寄味斋是一个多么了不起的传说，也没人再用惊艳和钦羡的目光看着她，她心中涌起的不平和失落如山呼海啸般将她湮没。

哪怕在容茵走后，她也没能找回昔日在苏城的骄矜和尊贵。最近，她常常忍不住想，如果连她都觉得这么艰难，容茵是怎么一步步走到今天的？她连寄味斋传人的名头都没有，连母亲的殷姓都不敢提及，失去了家族的支撑和长辈的扶持，她是怎么从医科大学毕业后又成为业内小有名气的甜品师，顺利在平城落脚扎根，甚至让唐清辰和林隽这样的人都对她青眼有加的?

与容茵相比,她到底欠缺在哪儿,到底输在了哪一步?

她总觉得,弄清楚这一点,许多原本挡在那儿的障碍也就迎刃而解了。

思及杜鹤和林隽电话里的内容,唐清辰想吃不甜的甜点……不甜的点心,她也可以做得很好吃。

既然是自己拼了命也要争取的未来和恋人,为什么不去试试呢?

唐清辰知道这顿午餐不会吃得太安生。但他没想到,林隽没让后厨做出什么令他感兴趣的甜品,倒把做甜品的人给引来了。

说起来,甜品部现在这些人,一个赛一个地给他添堵。但认真说起来,相比较杜鹤,此时此刻,他更不想见到的是眼前这位。

殷若芙双手在背后紧紧绞着,脊背挺得笔直,头却微微垂着,看起来如同一个准备挨批的学生。

这副样子,林隽都不忍心看了,但午餐已经端上桌,而且唐清辰明显是让他留在这儿陪吃,现在再走,估计他们家老大光用眼神儿就能灭了他。

殷若芙声音小小的,还带一丝颤抖:"唐总,我听杜鹤说您想吃不甜的点心,这几种都是不甜的。您尝尝看。"

唐清辰本来笔记本电脑都关机了,这时候却装模作样地点了几下键盘,眼睛盯着屏幕:"嗯,放下吧。"

从林隽的角度,只见殷若芙原本绷得紧紧的肩部线条一瞬间垮了下去……林秘书险些把头扎进面前盛牛排的盘子里,殷若芙看不到,但从他的角度却看得特别清楚,他们家老大的电脑屏幕根本就是黑着的,亮得都能映出人影儿来。尴尬,实在是太尴尬了!

所幸殷若芙这姑娘虽然有点儿不会看人脸色,但也不是胡搅蛮缠的性格。眼见唐清辰从头到尾都没看自己一眼，尽管满脸失落得都快哭出来了，还是老老实实地转身走了。林隽揣测，估计是怕被心上人讨厌吧？

殷若芙明显连殷筱云功力的十分之一都没有，不然他和老大这餐饭肯定被搅黄了。

送走这位殷小姐，杜鹤姗姗来迟。林隽心里埋怨这不该来的来得挺快，该来的却一点儿都不着急。唐清辰却在看到杜鹤的那一瞬间，眉头向下压了压。

林隽对他的神情变化看得清楚，头不免压得更低了。

看清杜鹤手里擎的那瓶红酒，唐清辰也看出这是有正事儿，问："怎么回事儿？"

他以为是酒窖的库存又出了问题，却意外为什么不是酒窖的负责人直接来报，而是由杜鹤一个甜品部的负责人来说。

杜鹤大马金刀地往唐清辰对面的沙发一坐，不顾桌上摆开的丰盛午餐，径直将那瓶红酒递了过去。

唐清辰接过去，看清上面的法文，他蹙了蹙眉，看向杜鹤："这瓶酒有什么问题？"

杜鹤嘲弄一笑："唐总，您知道这瓶酒现在多少钱一瓶吗？"

唐清辰将酒放在桌上："这不是我选的酒。看来是用法国某地特产的黑樱桃酿制，可能是汪老的私藏。"

杜鹤挑了挑眉："我想，汪老本人如果见了这瓶酒，他的病大概当场就好了一多半儿。"

汪老那天闹到住院看着挺吓人，可个中内情只有唐清辰和汪柏冬本人最清楚，老头儿心脏病是犯了，可也只有那么一点点。回国后这几年他一直注重养生，药丸出于慎重更是从不离身，怎么样也闹不到要住院的地步。眼看当时后厨和仓库闹成那样，这是唐清辰和汪柏冬两个人不用言语沟通就达成的默契，与其力挽狂澜迎头撑上，不如将计就计、不破不立。

这不，依照老头儿的原话，退下来他一个汪柏冬，杜鹤、殷若芙，还有另外两组的几个年轻人，就都八仙过海各显神通了。

他要是照旧在那儿杵着，这些小孩儿不知要到什么时候才能历练出来呢！

可这只有唐清辰和汪柏冬两人心知肚明的内情，轮到杜鹤一个外人评头品足时，听在唐清辰耳中，就不那么中听了。更何况，汪柏冬的退守，不仅是为方便年轻人上位，更是方便了他们后续动作。只是这个话题对于眼下的局势而言，过于敏感了。

杜鹤觉察唐清辰面色不虞，她也不再卖关子，开口说道："这瓶酒现在究竟卖多少钱，我也说不上来，但我知道国内一共只有五瓶，咱们酒窖里有三瓶。余下两瓶，我前两天打听到，有一瓶半个月前已经开了。另外一瓶，好像在何氏兄弟的手里。"

话说到这儿，唐清辰终于确认，杜鹤此人，不仅是个技法高超的甜品师，铺展在唐氏面前的这局棋，他已入局。因为有些事，他知道得实在太清楚了。

唐清辰终于开口："你送这酒是为什么？"

杜鹤"扑哧"一声笑了："这酒我可送不起。"她扬起头，朝站在一旁安静作鹌鹑状的林隽投去一个眼风。

林隽不用抬头也知道是轮到自己说话了，他再不想说，这个时候也不得不说："酒是容小姐送来的。"他抬起头，跟着唐清辰久了，他知道他不喜欢手底下跟低头认罪似的交代事情，可看到唐清辰一瞬间黑沉下去的目光，久经沙场的林秘书仍然感到头皮发麻，"是……汪老住院当天下午送来的，比老姜送来的那批酒还要早两个小时，量也大好几倍。"

唐清辰问："一共送了多少？"

林隽看向杜鹤，后者摸了摸下巴："大概有两百多瓶吧，二十多个牌子，其中有几样很适合做切尼樱桃红酒的替代品，估计效果不会比汪老最后定下替代切尼的牌子差……其他的品质也都很不错。"好像生怕唐清辰了解得不够清楚，她又说了一句，"粗略估计，不算这三瓶最贵的，剩下那些怎么也要几十万人民币吧。啧啧，没想到我小师妹不出手则已，一出手真是惊天动地的豪气啊！"

唐清辰没说话。

林隽在旁边说："稍后我会让杜鹤一块儿做一个详细的价目统计表格出来。"

唐清辰没有理会林隽这句话，问："她亲自送来的？"

林隽那天忙得晕头转向，接到杜鹤电话时把两件事都弄混了，哪里知道容茵本人来了没有，只能把求助的目光再次投向杜鹤。

杜鹤眼睛里漾着笑意，她跷着二郎腿，足尖在空中旋了旋，说："唐总说笑了，经过那样的事儿，她怎么会自个儿再跑回来呢？"

这回，直到林隽领着杜鹤出门，唐清辰都没再说一句话。

被这么闹了一顿，林隽感觉饿劲儿都过了，喝了两口热水就进了电梯。

电梯里，林隽忍不住抱怨："你刚话说得重了。"

杜鹤哼了一声，斜眼看林隽："怎么，没人敢和你们唐总这么说话，所以我说点真话，也要被你这个大红人打压？"

林隽简直要给这位小爷跪了："我这个大红人今天差点儿折您手里，麻烦您高抬贵手，饶我一命，成吗？"

杜鹤目光流转，透过金丝眼镜，眼神近乎诡秘："成或不成，林秘书要拿什么来换？"

电梯狭小的空间里，林秘书头一回注意到，眼前这个人虽然只比自己矮了五六厘米的样子，较起真来气场却出乎意外的强大。

杜鹤朝林隽挑了挑眉："林秘书，说话呀？"

林隽咳了一声，回看他："你想要什么？"

杜鹤早就在等他这句话，顿时眉开眼笑，竖起食指："帮你渡过这一劫也不难，我就一个条件，让容茵回来唐氏。"

林隽难掩心中的惊愕："你想她回来？"

杜鹤懒洋洋一笑："怎么了，我想她回来不成啊？亏你还口口声声说是她的朋友。"

"我不是这个意思。"林隽组织了一下语言，问得小心翼翼，"我能问原因吗？"

杜鹤笑嘻嘻的，依旧是那副没正经的样子："我把她当成最尊敬的对手。"

"所以你想她回来，跟你一起工作？"林隽觉得杜鹤这个脑回路实在清奇。

杜鹤瞪都懒得瞪他，先一步走出电梯，往酒窖的方向去，一边拿出电话，拨通一个号码："转告殷若芙，我这边有正事要和林秘书忙，下午殷夫人的那个会，我没法儿出席了。"

杜鹤电话挂得轻巧，林隽则越听越觉得有意思："看起来你不太待见殷若芙。"

杜鹤扭头看了他一眼："你会喜欢绣花枕头？"

林隽忍不住笑了："如果绣花枕头真的很漂亮，枕着又很舒服，也可以啊。"

杜鹤毫不客气地点评："就算让她当枕头，恐怕都要有人扶着才能枕，我嫌瘆得慌。"

杜鹤这话说得俏皮又辛辣，连林隽这样一向八面玲珑的人一时都找不到合适的话来接，只能哑然失笑。

两人走到酒窖，找负责人拿了两台笔记本电脑，一个人查找当时的录入记录，一个人比对酒水的一般市场价格。

看起来性格气质完全不搭的两个人，坐在一起忙碌的样子，竟也分外契合。

苏苏从没想过，有一天聂子期也会主动找自己吃饭。

一路从办公室走到电梯口，熟悉的背影从模糊到清晰，苏苏的心情也从惊喜到忐忑再到茫然，看到聂子期抬起目光的一瞬间，她发现自己几乎是硬挤出了一个笑来："你怎么来了？"

聂子期笑得温和："来得唐突了，刚遇上了你们的一位同事，她说你应该还在楼上。"

电梯停在这一层，门打开，里面的人朝外张望。聂子期做了一个手势，示意苏苏先请。

两个人一同进了电梯，因有陌生人在场，苏苏的神情越发拘谨，还是聂子期主动开口寒暄："有段日子没见你，最近很忙吧。"

苏苏两手交握在身后，十根纤纤玉指几乎拧成了麻花："嗯……不过最近也差不多告一段落了。你呢？"

聂子期说："最近专门负责一位老先生的饮食起居，清闲了许多。"

苏苏"咦"了一声："你不是一直在外科？"

聂子期说："是帮我老师的忙，所以只是暂时的。也算是给自己放个假吧，顺便调试一下心情。"

医院的具体事宜，苏苏也不太了解，听聂子期这样说，她点点头，一抬眼正好看见电梯即将停落的楼层，心思一动，说："要不我们去外面吃吧，我知道附近有一家港式茶餐厅很好吃。"

聂子期笑了笑："唐总知道你们去外面餐厅吃，不会生气吗？"

苏苏做了一个鬼脸："他才不会那么小气。"

苏苏指点的茶餐厅就在距离君渡酒店不远的街边。许久之后聂子期才知道，这家餐厅其实也是唐氏控股，再想起当时苏苏的神情，不由得暗笑她真是鬼灵精。可当时的聂子期并不知晓，饭菜端上来，他只觉得口味地道，每一样菜都很好吃。

苏苏特意点了冰火菠萝油。聂子期看着她一口菠萝包，一口丝袜奶茶，忍不住说："你倒是不怕胖。"

苏苏眼波流转，低头瞥了瞥自己胸前："我应该还好吧。"

聂子期失笑："调皮。"

苏苏朝他眨眨眼："说正经的，怎么突然就想到请我吃饭了？有什么事儿，问吧。"

聂子期双手交握放在跷起的二郎腿上，脸上闪过一丝不自然："怎么我要请你吃饭，就一定是有事要问？"

苏苏放下丝袜奶茶，一手捂在胸口："难道是聂医生突然发现我其实魅力无边，想弃暗投明？"

聂子期笑得腼腆："苏苏确实魅力无边，但我暂时没有投靠的打算。"

苏苏撇了撇嘴："就知道你会这么说。"

聂子期问："你们唐氏……最近是不是内部要有大动作？"

苏苏咬着吸管又松开，她倒是没想到聂子期会问这个："你这是替容茵问的？"

聂子期的目光不自在地撇开："就算是吧。"

苏苏搅了搅奶茶杯底，浓密的眼睫如同羽扇，轻轻扇动："其实告诉你也没什么。我们老大这几年之所以这么拼，是想全面斩获对唐氏的绝对掌控。他那几个叔伯都不是省油的灯，以前由老唐先生掌舵时，也没少闹过幺蛾子。这几年酒店行业不好做，内外压力都不小，经过了这次电影节，我们老大也算是得偿所愿了。接下来你不妨等等看，唐氏想做的，可不仅仅是行业龙头。"

聂子期垂落眼眸，掩去沉思的神色："这么看来，你们唐总真不是个简单的人物。"

"是啊，一般人在我们老大面前，那是半点便宜都讨不到。"苏苏拿眼睛瞥一下聂子期，隔一会儿又瞥一下，"我说，你现在还没打算放弃？"

聂子期朝她一笑："是啊。"

聂子期回答得这么爽快，苏苏心里难掩失落，可这份失落早在意料之中，接受起来也就没有那么困难了。她在工作上向来冲劲儿十足，连林隽都经常打趣，越是难啃的硬骨头，到了苏苏手里，攻城略地的进度就越快。聂子期若是一开始就半推半就地从了她，她反而会觉得索然无味，还要看轻他，觉得他朝三暮四没有长性。

如今看到他对容茵这么一往情深，反倒让她越发期待，若是有一天他肯转身看向她，该是怎样的光景。

苏苏早不是初入江湖的懵懂少女，深知男人对待爱情的态度并非一朝一夕炼成，与其去期待一个薄情的男人浪子回头，还不如去守候一个聂子期这样足够长情的悬崖勒马。说不准哪天他突然想通，一个转身，不就落入她怀里了？

想到这儿，苏苏露出一个甜蜜的笑："聂医生，我问你一个问题啊。"

这段时间两人交手也有数个来回，聂子期身旁追求者众，可像苏苏这样古怪精灵的却没几个，一看到她展露的笑，他本能地端起神情，做好提防："你说。"

苏苏说："如果你明知道一个病人已经治不好了，你是会劝他留院观察等着试验新药，期待奇迹发生呢，还是顺其自然，让他干脆早点回家过几天安生日子算了呢？"

聂子期沉思片刻，答道："从医者的角度，我会向患者和家属说明他当前的身体状况和医药方面所有最新手段，这个决定，需要患者自己来做。"

苏苏歪头："那如果这个人是你非常要好的朋友呢，或者说，"她紧追不舍，笑容有一丝狡黠，"如果这个病入膏肓的人就是你自己呢？"

聂子期微微一笑，他听懂了苏苏的意思，类似的问题哪里用得着她这样暗示，他自己也早已问过自己无数次。

聂子期说："如果你指的是生理上的疾病，那我会选择后者。"

苏苏眼睛一亮："怎么讲？"

聂子期说："医者也是人，尽人事，听天命，是我自己的生命观。不管我能走到哪一步，凡事尽力而为，却不强求一个结果。"

苏苏半晌没说话。直到聂子期提醒她，她才发现丝袜奶茶早被她吸得见了底，发出籁籁的声响，连隔壁桌的两个年轻女孩子都忍不住朝她看了好几次。

最后一道冰激凌端上来，苏苏吃得无精打采。直到和聂子期告别，回到自己的办公室，她才恍然回神，好像这一餐饭，也没和聂医生聊什么重点，更没聊一句和容茵相关的事。

这是不是说明，她其实还挺有戏的？

隔着一扇窗，办公室内的人，接到林隽传回的酒水价目表后，一言不发地看了许久。

直到太阳西落，热烈的余晖将滴水观音肥厚的叶片镀上一层琉璃般的金色，笔记本电脑的屏幕也因反光而显得晃眼，他才回过神。房门传来轻轻的敲门声，然后是苏苏的声音："老大，我走啦，已经七点多了。"

以前苏苏也偶尔会这么说，主要是提醒他别走太晚，唐清辰却没有像往常那样答应。

又过了半小时，天色渐暗，这回来的是林隽。他敲了敲门，而后推门走进来："老大。"

唐清辰仍然保持着之前的姿势，手肘撑着皮椅扶手，眼睛望着窗外："有事？"

林隽说："老爷子打电话，问您今晚回不回去。"

"不了。"唐清辰沉默片刻，又说，"告诉他，我同意殷筱云到君渡酒店甜品部授课，不等于同意婚事。寄味斋入驻唐氏的事，我也不会同意，让他别白费心思了。"

林隽轻声说："您有没有想过，可能老爷子也不是非要您和殷小姐结婚不可？"

唐清辰绕过椅子，手指垫在下巴有节奏地敲了敲："你想说什么？"

林隽觑着唐清辰的面色，说："容小姐比殷小姐更符合老爷子的要求，她也是殷家人，而且是殷筱晴的女儿，不是殷筱云的。老爷子对当年的事难以释怀，那不妨给他一个开释的理由，更何况……"

唐清辰见他迟迟不语："把话说完。"

林隽吁了一口气，低声说："更何况，容小姐是您真心喜欢的人。"

唐清辰挑了挑眉，神情调笑："你怎么看出来我是真心喜欢容茵？"

林隽的神情透出几许费解："您如果不喜欢她，怎么会……"

"如果我是真心喜欢她，怎么会轻易就信了舅公打来的电话，还让你去调查？容茵会信吗？你，相信吗？"唐清辰的笑透着嘲弄。

他看着林隽，几次想将那几句话学给林隽听，可话到唇边，却每每说不出口。

她那天说的话，不仅又深又狠地戳进汪柏冬的心，更如一把利刺，深插在他的心头。她是怎么说的？她说："你们家上下从你到唐清辰都从心里面烂透了，总要以最大的恶意去揣度别人才觉得安心。这里我一分钟都不想多待，因为多待一秒，我都觉得恶心！"

真狠，真绝情，可说得也真对。

总是以最大的恶意去揣度别人，才会安心，他不正是这样的人？可每一个和他打交道的人，又有谁不是这样的？他已经习惯这样去预判和思考，凡事做最好的准备，也做最坏的打算，不然如何能在去 F 国谈判铩羽而归后，短短三载时间就成长为业内最有名的危机公关高手？处事如此，待人也是如此。他已经看过太多人性的丑陋和黑暗，你来我往间的尔虞我诈，关键时刻的背叛和哗变，以及状似深情款款后的机关算尽……古人说："谈笑间，樯橹灰飞烟灭。"后世的人只知感慨周瑜羽扇纶巾，气度非凡，又有谁曾细想过，这其间暗藏多少杀机，煞费几番苦心？已经写满文字的一张纸，如何还回忆得起最初的洁白？就像已经阅尽千帆的人，早已习惯不去盼望久等的归人。

可直到容茵点破这一切，他才发现，不知从何时起，他已经逐渐成长和蜕变成少年时期的自己最厌恶的那种人。表面云淡风轻，其实心中早已踏遍千山。强者只会不断追逐更强大的对手，胜者只会不停攀登更高的山峰。他已经很久没这样对一个人心动过了，可终于有一天，他遇到一个倾心相待的人，可那个人看着他的心，说了一句："你的心真肮脏啊。"

于是他自己也低下头，发现原来自己已在不知不觉间，为了一个目标和理想，走出了这么远，改变了这么多。

别说人无法变回曾经的自己，就算可以，他也不愿意去改变。不把自己变得无坚不摧，如何去摧毁更坚硬的壁垒？已经淬炼出锋芒的刀锋，也不会愿意轻易归鞘。

可在攻城略地得到更多的同时，如果说他还想多要一样东西，该要怎么办？

喜欢一个人，也希望能得到对方心底最纯粹的那一点喜欢，应该要怎么做？

许多人都以为年少时的恋爱最纯真，可只有经历世情的人才知道，看遍山风水色，尝过人情冷暖，最后焐在心头的那一点暖，才最难得。

他有幸见过那一团真淬的火焰，却又在不经意间甩袖覆灭，现在想重新觅得，事到临头才发现，向来所向披靡的唐某人，竟然也有了一丝怯懦。

独自驱车离开唐氏大楼时，天色已经彻底暗了下来。

城里正是一天中最拥堵的时候，车子走走停停，看着窗外霓虹夜景，不知道怎么就开到了老姜的四合院。

熄火下车，迈进院门，绕过影壁，刚好撞见老姜送客人出门。两个人对上视线，老姜第一反应就是往后挪步。

等他送走宾客，唐清辰站在那儿看着他："我有那么可怕？是上次进酒的钱少给你结了，还是弯弯从我那儿走后舍不得，闹腾着不想在这儿干了？"

"去去去！弯弯最近乖得很，你别乌鸦嘴！"这个时候店里生意正好，唐清辰事先也没打声招呼说要来，没有多余的雅间。老姜也不见外，干脆把人领进自己后院的房间，端茶倒水切果盘，也不麻烦服务生，都他自己一个人来。

唐清辰见他这样就冷笑："说吧，你这又是怎么了？"

老姜"嘿"了一声："不是你上回把人家小姑娘鼻子不是鼻子、脸不是脸地撅回去的时候？我亲自上阵，伺候您唐大少爷，还伺候出毛病了？"

唐清辰皱眉："不记得了。"

老姜给自己沏了一杯普洱，听了这话气得直拿手指点他："就那回，你带容小姐头一回来那天！事后要不是那领班跟我说，我还不知道怎么回事儿呢！听说把我们小汪弄得哭了好一顿鼻子！可确实是我们没理啊，没等我回来，领班就按照我之前的吩咐把人小汪给辞了。"说到这儿，老姜就气不打一处来，"你说你，每回都搞突然袭击。谁知道你突然带个女人来？人家小汪对你有意思也不是一天两天的了，就那一回，就撞在枪口上！依我看，就是你那天自己心情不好，拿人扎筷子！"

唐清辰端起盖碗，撇了撇茶沫，说："那你看不出来我现在的心情也很不好？"

老姜气得跷着二郎腿，一个劲儿地抖腿："上次累了我一天一夜，到现在还没歇过来呢！有啥要求直接说，一般事儿我不伺候！"

唐清辰说："还是那句话，是短你钱了，还是少你人了？"

老姜一拍桌子："当时你一个电话我就蹿了！要不是弯弯机警，容小姐又实厚道，一声不吭地留下来帮忙，我可就折了一个大单子！"说到这儿，他斜眼瞧唐清辰，挺起了胸膛，"且有你后悔的！"

唐清辰敏锐地捕捉到了关键点："谁的单子差点折了？"

老姜"嘿"了一声："还有谁啊？你事先关照过的那位呗！不是说来年三月要在咱们国内办个甜品大赛，古女士也是国际组委会力邀的评委之一？我可跟你说好，别人我不管，我们弯弯是一定要参加的。"

唐清辰不理这茬儿，继续问："那关容茵什么事儿？"

老姜拿眼睛瞥他，拖长了音儿："哟——我还以为你不会问呢！"

唐清辰面色沉静如水，可说出来的话险些让老姜当场蹦起来："再多哟几声。这么听着，真有大内总管的范儿。"

老姜差点被他气得背过气儿去："你说谁是太监！"

唐清辰递了茶水过去："挺大岁数了，稳重点儿。"不等老姜消气，他又添上一句，"闪着腰就不好了。店里的生意如今可全都指着你。"

老姜深吸一口气："不跟你要贫嘴。"这么多年，在互损这个环节就没有谁能赢过唐清辰。老姜自我安慰，他一个人势单力孤，说不过唐清辰，不丢人。而且现在，明显是他说的话先刺着唐清辰了，才让人家反应这么大。这么想着，老姜嗍着牙花子，皱眉耷拉眼，哀叹一声："说起来那两天也是把容小姐累坏了，整个四合院，上上下下、前前后后，从买菜到做饭、洗碗、上菜，平时十几个人的活儿全都她一个人做，等我傍晚回到了家，一切都那么井井有条，连厨房的墙砖都擦得锃亮。连弯弯都说，后厨有两年没这么干净过了。"

唐清辰垂着眼帘说："你最后这句话要是让别人听了，还让不让人来你店里吃饭了？"

老姜笑眯眯的："平时也干净，可怎么也没这么干净过。说起来真要感谢容小姐。"

唐清辰说："那也没见你去登门道谢。"

老姜一拍桌沿，顾不得准头儿，手掌根儿火辣辣的疼，扬起脖子拔高声调："去啊！我一直都说要去，这不是拨不出空儿来吗？"他偷瞄着唐清辰的脸色，"要不，我明天一早去？"

唐清辰"嗯"了一声。

老姜又凑近了问："唐总去不去？"

唐清辰又"嗯"了一声。

老姜笑眯眯的："那敢情好，有唐总陪我一块儿，心里底气都足。"

唐清辰瞥了一眼四周，声色淡淡："隔壁客房还空着吧，收拾一下。"

老姜掏了掏耳朵："啊？"

"我今晚睡这儿。"

到了后厨，老姜嘱咐弯弯第二天早点起床帮忙准备早餐。弯弯见了老姜这副摩拳擦掌的样儿，说："从唐先生那儿讹了多大一笔钱，把你高兴成这样儿？"

老姜顿时不高兴了："有你这样说你的衣食父母的吗？"

弯弯一脸诚恳地说："我师父教过，衣食父母是顾客，不是老板。"

老姜瞥见身旁男人安静的笑颜，冲到嘴边的话又咽了回去："丫头片子，就知道搬你师父压我。"

弯弯说："我这说的都是实话呀！"好不容易将最后几份甜品做完，她走到水龙头边，边洗手边问老姜，"我让你打电话跟唐先生说道说道，你偏不说，非说他自己会来问。你看看，这都过了多少天了。要是容小姐和唐先生闹崩了，有一半责任在你。"

老姜气得鼻子都要歪了："关我什么事儿？怎么也是唐清辰自己占

一多半责任！"

弯弯说："知情不报，做人不厚道。"

老姜哼哼道："你懂什么，这报信儿跟做蛋糕是一个理儿，最关键的是什么？火候！懂吗？"

弯弯说："您这两年眼神儿越来越不好使，可悠着点，别火大了。"

趁着弯弯去卫生间，老姜和坐在一旁安静饮茶的男人说："你看看这丫头，这两年让你惯得越发没个样子了。"

男人笑着说："也不是我一个人惯得。"

这个马屁拍得老姜浑身舒坦，他哼了一声，问："我跟唐先生说好了，明年3月那个甜品比赛，给弯弯留一个报名名额。至于到底能闯到第几关，就看这丫头自己的本事了。"

男人沉默片刻，说："一直听弯弯说起容小姐，难得有点儿好奇，她做出的甜品真有那么好吃？"

老姜说："前两次她来，刚好你都不在。你若有心情，什么时候我陪你去一趟她的甜品屋。"

"她不回唐氏工作？"

老姜说："我看难。"

男人说："也不用专程去。明年初不是还有比赛吗？她肯定也会参加。"

老姜难掩惊诧："你也要参加？"

男人浅浅一笑，他看起来样貌平平，可这一笑，竟有点儿云破月来的意思，让人挪不开视线。

"我不可以参加？"

"不是。"老姜沉吟片刻，说，"你要是参加自然好。从前唐清辰还问过我两次，我都帮你回绝了。"

"下次再提起这事，你可以告诉他了。"

  "成。"老姜说，"难得见你对一个人感兴趣。怎么，听弯弯那丫头讲了一堆故事，有兴致了？"

  "弯弯很聪明。不知不觉间，国内除了汪柏冬，也终于有几个有意思的人了。"

 Chapter 06

Bittersweet
·
误解

雨声潺潺，像住在溪边，宁愿天天下雨，以为你是因为下雨不来。

——张爱玲《小团圆》

第二天早上，吃早饭时，老姜端着一碗豆浆泡油条，炸得金黄酥脆的油条在豆浆里泡过，咬在嘴巴里，既有豆浆和油条的香，也有绵软的口感。老姜咬一口油条，就一筷子咸菜，跷着二郎腿和唐清辰说了这个好消息。

　　唐清辰面前也是豆浆、油条，外加一碗红辣辣的腌芥菜丝。他倒是没挑剔什么，只是一口油条，一口豆浆，吃得整整齐齐，朗月清风。

　　老姜看了一眼自己碗里泡着的半根油条，有点儿嫌弃："跟你一比，显得我吃东西特没格调似的。"

　　唐清辰说："不错。觉悟高了，懂得自我反省。"

　　他有什么可反省的？谁家吃豆浆油条不是这样？老姜将芥菜丝裹进油条，恶狠狠地咬了一口，又灌了一口豆浆。

　　过了片刻，他又撇嘴："我怎么感觉跟你说了这件事儿，你一点都不高兴啊？显得我们叶先生像倒贴似的。"

　　唐清辰终于开了尊口："是你劝他的，还是他自己想去？"

　　老姜转转眼珠："我也确实劝了他好多遍……"

　　"归根结底还是他自己想去。"唐清辰一语中的，切中要害，说，"这事有什么可说的？他若参加，组委会和电视台高兴还来不及，哪还用事先打招呼？"

老姜说："这不是想着，他怎么也算咱们自己人不是？而且这个竞赛也是你跑了好多趟 F 国极力促成的，哪能不跟你打声招呼？"

唐清辰说："你要是真想感谢我，不如想想待会儿怎么替我说情。"

老姜咋舌："啥？"他第一反应是，"我为啥要感谢你，我又没欠你啥！"说两不相欠也不恰当，但怎么说他和唐清辰一直以来都是互惠互利的，怎么让这小子一张嘴就成了他要谢谢他了！第二反应是：替谁说情？向谁说情？老姜一脑子糨糊，直到吃早餐上了唐清辰的车，他才茫茫然回过神："见了容小姐，我要说什么？"

唐清辰瞥他。

老姜："行行行，我明白了！一定替你多说好话！"

这几年出门在外一向有司机负责开车，再不济也还有林隽，像这样和老姜一块儿出门，还是自己开车的机会真是少之又少。可没办法，老姜那个车技，唐清辰亲眼见过，有一次他开一辆悍马，愣是把车子开到安全带上，拖都拖不下来。往事不堪回首。

唐清辰看见老姜抽烟，降下车窗，伸了一只手过去："给我一支。"

老姜惊得差点叼不住烟："你不是戒了好些年了？"

唐清辰不说话，手一直伸着。

老姜忙不迭地从口袋里摸出一根点燃，递到他指间。

唐清辰抽烟的样子和平时判若两人，皱着眉，抽得特别狠。连老姜这样的老烟枪看了都直摇头："多少年没见你抽烟了，还是这个样儿。"

半晌，唐清辰才徐徐吐出一串烟圈，嗓音微涩："不心烦抽什么烟？"

老姜"哧"的一声笑了："也对。富贵闲人哪用得着跟咱们似的，成天犯愁？"说到这儿，他又忍不住乐了，"你说要是让别人听了这话，肯定觉得咱们特身在福中不知福吧！"

唐清辰说:"家家有本难念的经,甭管别人说什么。"

老姜沉吟半晌,说:"我看你挺喜欢容茵的,我这儿你都带她来了,家里那些事儿,也别总瞒着,该说就说。"

唐清辰没言声。

老姜缓缓地劝:"你不理会别人怎么说,可那些人有心无心的话,容小姐听了,心里难免有想法。就比如那位殷小姐的事儿,别看我不在唐氏上班,隔着这么老远,我都听说不止一次了。换了是我,我也气。"

唐清辰唇角微扬:"知道你醋劲儿大。"

老姜"啐"了一声:"你这是句话都要占点便宜的毛病,什么时候能改?!"清早往郊区方向开,路上车少人少,趁着唐清辰转弯减速的空当,老姜也没那么讲究,径直往车窗外弹了弹烟灰,"你觉得女人醋劲儿不大,那还叫女人吗?再者说了,不吃醋,那还叫爱吗?"

唐清辰说:"从你嘴里说出这个字,也是新鲜事儿。"

老姜吐了口烟,笑了。他已是年过不惑的人,平时看起来再斯文好看,笑的时候,眼角的纹路还是骗不了人的:"怎么,我就不能说'爱'了?真要论起来,这件事上,你得管我叫声'师父'。"

唐清辰眼底漾着淡淡笑意,从善如流道:"那师父你说,为今之计,该怎么做?"

"得,冲着唐公子今天这声'师父',我也得使出点儿拿手绝活。"

唐清辰仍然绷得挺均匀:"先说一句,别让我一哭二闹三上吊,做不来。"

眼看车子拐过一个弯,已经能望见不远处的那片厂房,虽然没来过,但这块地方老姜并不陌生,知道已经快到了。他嘿嘿笑了一声:"你也忒瞧不起哥了不是?等着瞧。"

八月的清晨,应该算得上一天中最舒服的时候。天亮得早,阳光充足,气温还没中午那么高，连院子里的花草都透着一股子新鲜水灵劲儿。

这些天，容茵和小石已经渐渐摸索出了师徒相处的默契。这个时间，小石在里面看着烤箱，顺便准备待会儿要用的托盘和纸盒。容茵则拿着喷壶在院子里浇浇水，发发呆。

这株忍冬是怎么来的，不用问小石，容茵自己也能猜得八九不离十。上一次她从这儿离开时，院子这一隅还空荡荡的。而那之后没几天，她在君渡酒店的后花园认识了忍冬，唐清辰告诉林隽，林隽再告诉小石，忍冬……就移来了这个小院。

一株植物上有两种颜色的花儿，怎么看都让人觉得是一件十分神奇的事。大概是容茵在忍冬面前发呆得实在太久，小石站在门口看了一会儿，说："容小姐，过段时间，那个可以摘下来晒干泡茶。"

"真的吗？"容茵回过神，看向小石，"你知道得真多。"

"会有点儿苦，不过味道很清香，清热解毒的。"

"我知道它的功效，只是一直以为这东西只能用在药里，没想到还能直接泡水喝。"

"它还有个名字。"小石踟蹰片刻，还是说了，"叫鸳鸯藤。"

容茵愣了愣，明知道现在这株花已经代表不了什么，可还是耳根一热。

唐清辰那天只说了它叫金银花和忍冬，却没说这个名字，那么，他也知道吗？

"好久不见，茵小姐比从前更美了。"

容茵在听到这个声音的一瞬间转过身，见帕维尔站在院子门口，双手朝她伸出怀抱："你站在那儿的样子美得像一幅画。茵，不和我来一个拥抱吗？"

不单是容茵，连小石的神情都在一瞬间变得警惕。

帕维尔露出一个伤感的表情，指了指面前的木门："那边那位帅哥，方便过来帮我开个门吗？"

小石的眉眼透出抗拒，可还是看向容茵。

容茵放下喷壶，走到院子里的石桌旁坐下："小石，帮帕维尔先生开门。"

一进院子，帕维尔夸张地抽了抽鼻子："你们在烤蛋糕？闻起来可真香！"他看向小石，"能给客人来一份吗？顺便再帮我倒一杯柠檬气泡水，谢谢。"

小石的脸色看起来硬邦邦的："客人需要先付钱。"

容茵打断他："只有白开水，小石，倒一杯给他。"她看向小石，投给他一个安抚的眼神，"你进去忙吧，待会儿该有人来取货了。有事我会喊你的。"

小石送了一杯水过来，在门口多站了一会儿，像在判断帕维尔会不会有什么失礼的举动，而后才心事重重地进了甜品屋，却始终敞开着房门。

容茵将小石的每一个举动都看在眼里，感动的同时又觉得这小孩实在可爱，眉眼间的阴霾不自觉间消散少许。

帕维尔像在等这个瞬间，立刻说："茵，你这样穿真美。"

容茵穿了一条原色亚麻裙，方领，无袖，细细的带子系在腰间，衬得她腰身纤细。大概是这段时间有了小石和帮手的缘故，不用她自己跑里跑外，晒太阳的时间也少了，她的肤色变白了一点，是健康的浅蜜色。整个人看起来如同一块芳华内敛的玉石，莹润却不耀目，只想让人捧在掌中好好珍藏。

唯独看起来不太好的是，她比从前在君渡忙碌那段日子还要瘦，脸颊小了一圈，下巴更尖了，眼睛也因此显得更大，连眉峰处的眉骨都更为凸显，细看之下不难发现她精神不济，脸色明显透着憔悴。

帕维尔捏住水杯，手指轻轻摩挲着玻璃外壁："不过你看起来过得并不开心。"

容茵蹙了蹙眉："你今天登门，应该不是为专程恭维我的穿衣风格，或者探讨我的心情好坏吧。"

帕维尔笑了，阳光下，褐色的发和褐色的眸光华闪耀，相得益彰，眯起眼笑的样子看起来性感迷人："才十多天不见，说话就这么见外了。"

容茵说："你的所作所为，很难让我对你不见外。"

帕维尔盯着她笑得莫测："怎么，你都离开唐氏了，还一心向着唐清辰？"

容茵歪了歪头，笑容清淡："我倒是好奇，你和唐氏有什么仇？"

帕维尔耸了耸肩，整个人看起来松弛极了："不是你想的那样。唐清辰是个很好的 Boss，对待手底下人也很尊重。我对他一点儿意见都没有。"

"那你是为了钱？"容茵看着他的眼，似乎是想从他的神情变化中寻找蛛丝马迹，"是何钦、何佩两兄弟？"

"你还知道何钦？"帕维尔忍不住笑了，那样子像看到一个小孩子偷穿了大人的衣服，觉得滑稽，眼神又透着爱怜，"事情远没有你想的那么简单。可爱的容茵，做美味的糕点，你是高手。可论起算计人心，你还是初段选手。"

容茵没有讲话。她一直以为孔月旋过敏的事和关键时刻帕维尔的倒戈都是何钦的手笔，她对唐氏的事了解不多，可看唐清辰和林隽、苏苏等人平时的行事，不像是会到处树敌的类型。除了同行竞争，容茵想不出还会有什么人下这么大功夫对君渡不利。

隔着桌子，帕维尔忍不住了摸摸容茵的发顶："这么漂亮的脸，可不应该用来为男人的事发愁的。"

容茵猛地向后躲开，她看着帕维尔："还没请教，你今天来这儿到底是为什么。"

帕维尔勾着嘴角，边笑边从口袋里摸出一张信封，放在石桌："既然你已经知道何钦，也用不着我费口舌多做介绍。"

容茵看清信封上印的公司名和地址，觉得自己已经猜到帕维尔的用意："还说你不是为了何氏办事？"

这里面十有八九是钱或者银行卡，如果她今天接受了这笔钱，从前在唐氏时和帕维尔的关系就真的跳进黄河也洗不清了。容茵做事向来极有分寸，当着杜鹤的面嘴硬是一回事，可现在要她真和帕维尔同流合污，她就是无路可走也绝不会同意。

"Relax，茵，我话还没说完。"帕维尔见容茵对信封颇为抗拒，干脆帮她打开，抽出里面的邀请函，"你看清楚，这里面不是钱，我怎么会做对你不利的事呢？"

邀请函朝着她的方向掀开，容茵定睛，看清上面的字迹，她摇摇头："我不会同意的。"

帕维尔看着她笑了："我需要一个理由。"他露出极为无奈的神情，"没办法，你们中国人有句话：受人之托，忠人之事。说的大概就是我现在的情形吧。我不劝你一定要答应，但，茵，我带回你拒绝的这个结果的同时，也需要你给出一个足以说服对方的理由。"

"那几位宾客食用甜品过敏的事，是不是何氏授意你做的？酒窖和仓库被人损坏重要食材的事，是不是你做的？在加入了致敏食材的甜品上故意打上我的名字，走之前，又专程过去工作间见我一面，难道不是要让唐氏的人以为我和你们狼狈为奸？"容茵冷笑连连，"难道你们以为，我在君渡酒店混不下去，就要转而投靠何家？一个曾经为了离间我和合作公司而不择手段的企业，凭什么让我心甘情愿为他卖命？我就是无路可走，从此不再涉足这个行业，也不会给何氏打工。你既然是代为转告，就转告得彻底一点，告诉他们，死了这条心吧！"

容茵说完就起身，却被帕维尔紧追着拉住了手："都说了是给他们一个理由，怎么又跟我生气了？"

容茵皱眉，她一向异性缘不错，却极厌恶这种故作熟稔的死缠烂打。她甩开帕维尔的手："有事说事，没事请你滚蛋！"

"喔，喔！"帕维尔举起双手，以示清白，"对不起，是我犯了忌讳。我只是不想你就这么离开，茵，告诉我，你没生我的气。"

容茵气急了，朝他笑得冷冽："哪怕从头到尾是何氏授意，你难道没当何家的狗？接连两次陷害我，让我走投无路，难道不是你做的？"

"如果我说不是我做的，你会相信吗？"帕维尔蹙着眉心，眉头压得低低的，"茵，我和何氏是有一些交易，但整件事不是你想的那样。你看事看人太单纯，听我的，如果你拒绝了何氏，也一定不要答应唐清辰的邀请。这趟浑水，你不要蹚！"

帕维尔极少露出这样正经的神情，而且他的话里透露出的信息让容茵忍不住心头发寒……就在她发愣的关节，突然眼前一暗，帕维尔的吻就这么压了下来。

容茵想闪躲，却抵不过他的力气，只是过了几秒钟，对她来说却仿佛一个世纪那么久！等她挣脱开帕维尔的怀抱，小石也已经冲了过来，若不是她拦得及时，帕维尔又身手敏捷，那一拳肯定要打断他的鼻梁。

容茵反手狠狠抹了一把嘴唇，可那种仿佛被蚂蚁爬过的感觉仍然挥之不去，她眼眶泛起红色："你逾界了，帕维尔。"

帕维尔微微一笑，在小石再次迈出步子之前倒退几步："我知道我今天不受欢迎，对不起，害你不高兴了。我改天再来拜访。"走到门口时，他转身看容茵，"你如果拿我当真正的朋友，就好好想一想我的话。有些事不是看起来那么简单，我是算计了许多人，可从没算计过你。茵，祝你接下来的日子，每一天都有好心情。"

直到帕维尔走得不见人影，容茵紧紧绷着的肩背才放松下来，转头看到小石关切的眼神，又想起被帕维尔强吻那几秒钟，容茵只觉前所未有的难堪，一句话都没说就推门进屋，快步跑上了阁楼。

距离小院不远的车子里，老姜好久都不敢大声喘一口气。

真不能怪他功力不到家，他确实准备了一箩筐的主意办法，还有从各种角度哄容茵开怀的话，可谁知道他们来的时间点这么背！两个人停妥车，刚走到小院附近，就看到帕维尔递出信封的那一幕。

别说唐清辰，就是他看了这样的情景，也难免会多想。

后来容茵气鼓鼓地站起来就走，那个高鼻子的外国小帅哥先是牵紧小手，两人没说几句话，这小伙子又摁住容茵的后脑勺来了个激情四溢的热吻……其实老姜还挺想把整场戏看完的，奈何身边这位大爷不干了，几乎是看到两人亲在一起的一瞬间就甩袖子走人了。

"那个……"老姜咳了一声，"我觉着啊，此事必有蹊跷。"

唐清辰没说话，随后猛地一踩油门，车子一路笔直地倒出细窄的小路。轮胎摩擦着路上的石子细沙，声响格外刺耳。其实在这条路上是能倒过车来再开走的，可明显这位唐大少爷已经心情不爽到了极点，宁可这么折腾轮胎，也不愿意把车倒好再开出去。

回到主干道，唐清辰沿着反方向开了很长一段路才拐过弯，朝着返城的方向风驰电掣驶去。

老姜开车手潮，坐车晕车，车子开出去没多远，就降下窗子想吐。

可唐清辰愣是目不斜视，一声不吭地把车子开进了城，直到遇上拥挤的车流才勉强降下速度。

老姜心知肚明，这是心里不爽到极点了，拿车子和他撒气呢。可谁让他打着包票一路过来，到头来却没把事办好呢！而且啊，能看到唐清辰这样的人吃一回瘪，怎么说也是人生一大乐事，晕一回车遭点罪，多大点事儿？！

悍马倒车的声响很大，正在阁楼发呆的容茵听到了动静，下意识地向窗外看去。最近每天早晨起来她都会打开窗子换换空气，也是因为这个，才没让她错过这个声音……她抬起头，几乎是看清车型的一瞬间，就冲到窗边，看到的却是那辆悍马一路飞沙走石倒出去的情形。

车子她见唐清辰开过，距离又隔得并不远，她甚至看清了驾驶座那个人的身影，还有他一闪而过紧绷的侧脸。

容茵扶着窗子，过了好一会儿，才感觉到成串的眼泪滑落脸颊。

怪不得帕维尔会突然凑过来亲她，怪不得她的话说得那么重，他却依然笑得得意扬扬。她从不觉得帕维尔对自己有那方面的意思，虽然这家伙嘴巴花得厉害，可从两人相识至今，他对自己也仅止于嘴上说说而已。要论暧昧，甚至比不上他和同部门的小芹还有其他几个女员工，更别提他和柯蔓栀之间那种暗涌的情愫。

可不知道帕维尔和唐清辰之间究竟有什么纠葛，偏偏他每次都要挡在他们两人中间，从前在唐氏制造的那些麻烦是这样，这一次，又是这样。

容茵缓缓地靠着墙坐在了木地板上，抱着双膝无声地掉泪，本来就有那么多事混淆不清，中间还隔着汪老被她气得病倒的事……天知道唐清辰怎么会想到今天来这儿找她，如今又被她看到那一幕，她要怎么样才能解释得清？或者说，经过今天帕维尔故意制造的这场事故，唐清辰还会想听她解释吗？

以他那么心高气傲的性格，从今往后，她想见他一面，恐怕都很难了吧。

容茵从来不觉得自己是一个脆弱的人，可自从认识了唐清辰，她才发现自己竟然也有那么多的眼泪。

这个世界上，哭解决不了任何问题，除了拖延时间和制造麻烦，只要冷静下来开动脑筋，甚至多吃些苦，任何困难都能挺过，任何难题都可以化解……这些是她从前的生活和处事观念，可直到最近她才发现，遇上感情的事，很多时候除了掉眼泪，她没有任何办法能去挽回和解决什么。

哭并不一定是弱者的体现，有时候是因为，除了哭，你什么都做不了。

整整一天，容茵都没下楼。

好在整套流程小石已经做熟，除了较往常少卖了一些容茵亲手做的蛋糕，也没有其他更多实际的损失。

很晚的时候，小石一个人坐在厨房吃冷面，突然听到下楼的脚步声。他连忙站起身，手在围裙上搓了搓，一抬头，正对上容茵肿得如同两颗核桃的大眼。

小石看得傻眼，直到容茵开口说话，才回过神："师父，您刚说什么？"

容茵知道自己这个样子实在不体面，可当着小石的面，她也不在乎这些，她抽了抽鼻子，说："我问，还有没有面，也给我来一碗。"

"有，有。"小石一边从冰箱的冷藏柜里拿出一碗冷面，一边开火烧水，"我做好了放在冰箱里，等过一遍热水，就可以吃了。"虽然是夏天，但容茵毕竟是女孩子，从前他跟着上一个师父学做面的时候就学过，哪怕是夏天，女孩子也不能吃太冷的东西，尤其是冷面，吃进胃里很难消化，还容易落下病根，日后生理痛。

小石手脚麻利，很快将从冰箱拿出的冷面过了两遍热水，吃在嘴里温温的，不会太冷，又不会觉得夏天吃热得难受。面上浇了红辣椒汁和酸酸的番茄水，切得细细的黄瓜丝和细碎的姜末。一碗吃下肚，容茵辣的嘴唇红肿，眼睛也红肿肿的，看起来如同一只受了气的兔子。

小石看得心酸，却不知道该怎么安慰，只能烧了热水沏了一壶花果茶，讷讷地递给容茵："对不起师父，我做调料时只顾自己的口味，忘记你不太能吃辣了。"

"没事，很好吃。"容茵嗓音沙哑，"以后晚上可以经常吃这个，又方便，又好吃。"

容茵是南方人，平时几乎不做饺子、面条一类的食物，师徒两人每天吃饭，哪怕做面，也总是吃容茵煮的意大利面。小石活得粗糙，对衣食住行几乎不挑剔，但他向来爱吃面，心里早就惦记上自己学的那一手面了。今天听容茵说喜欢吃，心里高兴得不得了，动作麻利地收拾完碗筷，转身去库房挑了一个西瓜，准备给两人切点西瓜，当餐后水果。

切好西瓜，小石看了一眼墙上的时钟，发现已经晚上十点钟了。他端着西瓜走出厨房，发现二十分钟前泡好的那壶茶，容茵一点儿没喝。他刚来这儿上班时，记得容茵特别喜欢喝这个牌子的花果茶，常常一个人就能喝光整壶。小石也尝过，味道不像市面上的普通花果茶那么甜，而是酸甜之中有股淡淡的花香，直到喝完茶，那种温柔的花香仍然萦绕在口、久久不散。

小石一声不吭地将茶水倒出来喝光，想了想，换了玻璃杯，又从橱子里找出一只铁罐，沏了一杯新鲜的绿茶，连同西瓜一块儿端了过去。

等他走近，才发现容茵好像在做什么糕点。

这还是容茵从唐氏回来以后第一次做常规以外的糕点。小石不敢打扰，轻手轻脚地放下东西，悄悄地站在一旁观看。

台面上放着一盒巧克力豆，灶上的小锅里，浓稠的巧克力酱正咕嘟咕嘟冒着小泡泡，空气里那股浓醇的气息如同醇酒一般，让人莫名觉得温暖。小石虽然爱好做糕点，自己却不那么喜欢吃太甜的东西，但却是个实打实的巧克力爱好者。看到容茵准备用巧克力做糕点，他雀跃的心情如同那锅正在加热的巧克力酱，一点一点冒起了泡泡。

他注意到容茵正在捣弄一碗红红的浆果，旁边散落着几颗紫红色的车厘子。这个时节车厘子卖得少了，价格也高昂，除非是做甜品用，平时容茵和他是从来不吃的。碗里的浆果看起来比车厘子的颜色更红一些，应该还添加了一些别的东西，小石不禁懊悔自己刚刚来得太迟了，不然就能从头看到容茵是如何创制这道甜品的了。

他有预感，这道甜品绝不是从哪本书上学来的。容茵的动作看起来行云流水，但在每一个步骤间，都会停下来思考一会儿。也就是说，这应该是容茵原创的一道甜点。

之前容茵去唐氏工作的那段日子，偶尔也会发一些小视频和照片在朋友圈，其中那道"天涯客"尤其令他印象深刻。小石虽然年纪不大，却是个武侠迷，当时光是看到这个名字的，都令他心旌摇曳。等看到小视频里那道甜品的真容，更是令他激动不已。原来甜品不仅仅是各色蛋糕、面包，或饼干这么简单，也不光是甜和更甜的分别，在容茵这样的人手里，与其说她创造的是甜品，不如说是艺术品更为恰当。

看到天涯客最终完整地呈现在眼前的样子，小石觉得自己仿佛看见一扇大门向自己敞开了。也是从那天起，他才真正坚定决心要跟着容茵一路学下去。

时钟上的分针一格一格地走过，等最后一步做完，容茵缓缓抬起头，发现小石就那么一动不动地站在那儿，看着她面前那道成型的甜品，几乎入了神。

容茵一眼就看到放在不远处桌上的绿茶。她实在渴了，顾不得凉热端来就喝，却在舌尖品尝到绿茶味道的瞬间，动作有了瞬间的迟滞。

小石后知后觉地发现容茵的眼圈又红了，不禁手足无措："我刚沏茶的时候兑了一些凉水，我……我记得以前的师傅教过我，泡绿茶不能用太烫的水，会把叶子烫坏。师父，是水太烫了吗？"

容茵摇摇头，她将面前的盘子推过去："尝尝味道。"

小石不敢相信，指了指自己："我？"

"对啊，这儿除了我就是你，当然是你先尝。"

小石低下头，盯着盘子里那个巧克力颜色的心形蛋糕，摇了摇头："我舍不得吃。"

"蛋糕做了就是给人吃的，你不趁新鲜吃掉，浪费的是甜品师的心意。"容茵递了一支甜品叉给他，"这个味道会有点儿奇怪，尝尝看，你能不能接受。"

小石突然抬起头:"师父!"

容茵正在喝余下的半杯水,听到他这一声"师父"险些呛着:"又怎么了?"

"我觉得以后师父做的任何作品,都不能就这么直接吃掉!"

容茵瞟了他一眼,难得有了一个笑模样:"那要怎么着,先供起来?"

小石说:"师父,咱们店铺最近生意这么火,店里虽然每天都有新品尝鲜和打折款,但顾客没办法及时了解到这些。而且现在用现金付款的顾客越来越少了,大家都用微信。最近经常有客人问我,有没有微信公众号可以关注,还有人问我有没有VIP卡。"说着,小石的眼睛越发晶亮,"我觉得我们可以做一个公众号,尤其是师父原创的糕点,一定要第一时间在公众号上发布出来,这样也算是有版权的了!而且客人也能第一时间知道甜品店的最新产品和活动!"

回国后,容茵也留意到了国内手机软件和公众号的飞速发展,甚至连大医院的挂号都可以通过公众号进行,这一点还是后来和聂子期聊天才知道的。最开始她连一些付款软件都玩不转,但真正上手了,自然也就切身感受到其中的便利。她也不是没有关注过公众号,但她回国时间不长,一天之中绝大部分精力都用在经营店铺和创制甜品上,几乎没有时间去过多留意和"甜度"同类型的店铺这方面的发展。她不禁有点儿迟疑:"咱们这么小的店铺,能行吗?"

小石说:"当然能行,咱们就从今天这款甜品开始。"小石拿出手机,又将甜品店内的灯全部打开,接连拍了好几张照片,但都不满意,他抬起头看容茵,"师父,咱们家有专业的照相机吗?"

容茵说:"我去楼上拿。"

等她找到相机下楼,发现小石已经抱着一台笔记本电脑在申请公众号了。容茵只能自己对着甜品盘拍照片。身后小石突然问了一句:"师父,您想好这道甜品叫什么名儿了吗？"

容茵刚摁下快门，听到小石这个问题，站直了身体，说了一句："Bittersweet，中文名叫……苦甜交织。"

小石走过来，将容茵拍摄的几张照片翻看了一遍，从他的神情来看似乎颇为满意。他说："师父，公众号我已经申请了，但系统审核还要几天时间。你要不要注册一个微博玩玩？"

"微博？"容茵有点儿迟疑，在国外时她也玩过"脸书"和Twitter，不过她的朋友都是能在现实中经常见到的，而她本身也不喜欢在网络上展现各种日常，因此注册之后没多久账号也任其长草，最后干脆完全荒废了。

小石推着她到电脑前："你注册一个玩玩。现在像你这种有一技傍身的人，在社交媒体上可火了。"

容茵经不住他缠，只能打开网页按照流程注册了账号。

另一边，小石喝了半杯矿泉水，直到嘴巴里没有什么特殊味道了，这才郑重其事地拿起甜品叉，切开了面前的巧克力心形蛋糕。

蛋糕只有普通女孩子巴掌大小，甜品叉从上到下切开的瞬间，里面流出些微紫红色的液体，这个配色和设计看起来很有几分时下年轻人偏好的哥特式风格。小石叉起一块送入口中，蛋糕最外层是非常薄脆的巧克力外皮，内里的蛋糕层口感湿润且扎实，却不像一般的巧克力蛋糕那么甜腻。容茵选取了可可含量极高的黑巧克力，吃起来不仅不甜，甚至能尝出明显的苦味。这种苦中蕴含着极为浓醇的可可香，而舌尖沾上的紫红色汁液，则带着莓果和车厘子的酸甜。

吃了一口之后，小石敏锐地觉察到，这不是一款一般意义上的甜食爱好者会喜欢的蛋糕，但绝对是一款大多数成年人尝了一口就无法拒绝的蛋糕。

巧克力的丝滑苦醇和微微焦香，莓果内馅的酸甜微涩，让这款蛋糕的口感和口味都丰富到了极致，酸、甜、苦、涩、香，多层口感层层递进，吃完小小一块心形蛋糕，仿佛也完成了一场对自己内心的自问自答。容茵创作的这款蛋糕，并没有想着去讨好哪一类人，而是在寻找同类，因为它足够特立独行，更通过它自己的味道代替甜品师诉说了千言万语。

如果你读懂了生活，便会喜欢这款蛋糕的味道。

吃完蛋糕，小石又喝了口水，然后他抬起头，朝容茵龇牙一笑："师父，我觉得您还是现在在微博发一下这款蛋糕吧。我真的等不及想看咱们那些老顾客尝了这款蛋糕之后的反应了！"

容茵历尽千辛万苦，总算注册好微博账号，听到小石这样说只觉得眼前一黑："我觉得我现在需要好好睡一觉！"

小石说："咱们这就叫打铁趁热！我再去给您添一杯茶！"不多时，他捧着杯子回来，站在容茵身边，一边瞄着屏幕上的信息，一边飞快地在手机上操作着什么。

容茵刚把微博字体和颜色设置成自己喜欢的样式，又用手机下载了客户端登录，紧接着就发现了问题："是有谁给我买水军了吗？怎么突然涨了这么多粉丝……"

小石蹲在旁边嘿嘿地笑。

容茵怒极，伸手拍了一下他的脑袋："有钱不花在正路上！我又不是什么微博大号，哪用得着买这个？！"

可紧跟着，一条接一条的微博私信就把她震晕了。

小石特别有成就感地说："咱们家的老顾客就是热情啊！我刚在微信群里发了一条消息，没想到这么快就有人关注还私信你了！"

"什么微信群？"

小石无辜脸："你不在的时候，好多顾客成天问我你什么时候回来，后来我看大家都挺热情的，就加了他们微信，把大家都拉到一个群里。这样，店里有什么优惠和新品上市的消息也好及时通知大家。后来，好多顾客都直接私信红包给我，让我把他们需要的东西提前打包好留着，省得来得晚了被抢光。"

容茵咬牙，怪不得最近几天这小子总是莫名其妙地开始打包东西，她一直以为是哪个顾客打电话预订，而她忙里忙外一时没听到。想不到他直接依靠微信红包就把当天的蛋糕面包全都包销出去了。

小石像一只大狗似的蹲在那儿，眼巴巴地看着她的手机屏幕，又戳戳她的手腕："师父，好像有好多人给你私信，这是好兆头！你要不要先发几张图片试试水？"

试水？容茵沉思片刻，把照片从相机导入到手机中，和小石商量着选了最好看的3张出来，配上一句话，一起发了上去。

小石早就在那刷着微博等更新，又一次刷新后，就见一条带照片的微博赫然出现在屏幕最上方。

"Bittersweet，明天的新款，只做给懂的人尝。"

小石愣了愣，"扑哧"一声笑了出来。

容茵被他笑得脸都红了："怎么了，是不是特别土？"

小石笑着说："没，就……还挺有师父你的风格的，非常文艺，非常有味道。"

容茵被他说得更加不好意思了，破天荒地连厨房都没收拾就上了楼。可等她一个人躺在卧室的小床上，听着手机时不时传来的声响，她又忍不住拿起手机逐条去翻看那些评论。

有的评论语气特别活泼："啊啊啊啊啊！女神这个蛋糕风格很另类，很不像你啊！不过我还是特别喜欢！"

还有说得特别平实的："看起来还不错。明天新款有折扣？"

还有一看就知道是谁发的："新款蛋糕九折限二十份，先到先得，我已经代替大家尝过了，非常特别，非常好吃！"

这除了小石还能是谁？有意思的是小石的用户名，Knight-S，头像是一幅夜景，看起来像从什么图片截下的一角。

容茵突然发现，小石这个家伙看着敦厚，有着同龄人不具备的老成持重，和那些普普通通来平城讨生活的年轻人没什么分别。可随着对他的了解越多，越发现这些其实都是表象。他话不多，做饭有一手，熟谙许多生活技能。他穿着朴素，却并不像缺钱的样子，在人际交往上别有自己的一套办法，而且人脉远比容茵一开始以为的要广。简而言之，小石这个孩子，年纪轻轻，来历可不简单。

可是容茵并不是初出江湖的傻白甜少女，她本身就不是对别人隐私好奇心旺盛的人，随着年龄和阅历的增长，也越发懂得去尊重和体谅每个人的为难之处。不论小石是什么出身和来历，怎么认识的林隽，又为什么阴差阳错地来到她这儿，最后还那么坚决地拜她当师父，起码她看得出小石待她的心意是真诚的，想好好地学做甜品的心思也是真实的，这些对她而言就足够了。

翻着微博发着呆，冷不防刷出来一条评论："看起来是有点儿难过的甜品，吃起来也会很难过吗？"

评论人的 ID 很古典："满座衣冠胜雪。"个签更有意思，是一句诗："满座衣冠犹胜雪，更无一人是知音。"

容茵愣了一下，嘴角微微弯起，回复道："吃起来大概会让人觉得释然吧。"

隔了约莫一分钟，对方回了一个微笑的表情，并说："好期待。"

容茵突然觉得有点儿搞笑，看对方回复的内容，应该并不知道在网络上微笑的表情并不代表现实中礼貌的微笑，而是有点儿嘲讽的意思。这么说来，对方应该年纪有点儿大，或者不太经常上网？

直到迷迷糊糊睡着之际，容茵突然明白过来，小石绕了这么大一个弯，又是注册公众号，又是让她开微博，其实是想帮她转移注意力，不要那么难过。

她不禁露出一个笑容，好像还挺成功的。

想到第二天客人尝到新蛋糕后的反馈，以及微博上可能会出现的留言，竟然也在期待第二天快点到来。

这好像是从唐氏回来以后，第一个这么放松地睡过去的夜晚。

 Chapter 07

三鲜锅贴
·
决断

以年轻的名义，奢侈地干够这几桩坏事，然后在三十岁之前，及时回头，改正。从此褪下幼稚的外衣，将智慧带走。然后，要做一个合格的人，开始担负，开始顽强地爱着生活，爱着世界。

——张爱玲

Bittersweet 很快成为"甜度"的招牌甜品，可容茵仍然坚持每天只做二十份。虽然每天不到中午就会被一抢而空，客人们看起来也没有丝毫抱怨的情绪。

有人在容茵的微博底下留言说："'苦甜交织'感觉是容小姐非常用心的作品，这样好的甜品，感觉能不能买到也要随缘。有时候没买到就会想，又多一个客人尝到了这种味道，有一种特别替容小姐高兴的心情。"

而这条评论竟然被点赞了三百多次。

这位留言的客人，后来经小石提醒，容茵终于在现实中对上了号。那是一位四十来岁的女士，她不常来，来的时候就点一杯淡茶，一块蛋糕，有时是 bittersweet，bittersweet 点不到，她就换一种，总之是不会太甜的类型，然后在店里坐一下午才离开。她常常穿白色、灰色或驼色的连身裙，低跟鞋，长发微挽，脸上看起来不着脂粉，却非常有气质，是那种看起来就让人觉得非常舒服的女人。

容茵也算阅人无数，总觉得打扮这样精致的气质女性，怎么看也不像会住在这附近的类型。可若不住在这附近，她又几乎每周都会来，也不知道她是通过什么途径认识了这家小店。

　　容茵自觉因为经济原因和当时一些无法突破的心理障碍，店铺选址实在有些偏僻，却没想到还能通过微博与这样的顾客发生交流。每每想起这位客人的留言，她的心里都会涌起一股暖流，总觉得人与人之间有时会产生非常奇妙的缘分。

　　短短一周时间，容茵的粉丝已经突破了五千，而小石的微信公众号也同步开了起来。这家伙非常用心地做了模板，还设置了签到有奖和每日折扣区，听说后台增长的人数比起容茵的微博有过之而无不及。

　　容茵也发现，每天看微博评论是一件非常有意思的事。她突然进入了一个前所未有的灵感爆棚的阶段，几乎每隔一两天，都有一款新的蛋糕或者甜品制作出来。小石也越发专业起来，每天晚上两个人一起做完账目，容茵创作甜品的时候，他就在旁边拍照和做笔记，把容茵用到的每一样材料和用量都精准地记录下来。

　　容茵不觉得自己记忆会差到需要用笔记，可随着这段时间灵感越来越丰富，通过作品表达心意的欲望随之爆棚，有时候竟然真的会出现记忆混淆不清的状况。每到这个时候，小石的笔记和照片就派上了用场。

　　时间不知不觉间向九月进发，"甜度"的生意越来越红火，尽管好友毕罗的漫食光餐厅因为被同行陷害而被迫歇业，甜品店随之少了一大块进项，可连着几个晚上，容茵和小石盘账的时候发现，店铺的营业额近一个月始终呈上升趋势，也就是说，没有了好友餐厅的支撑，"甜度"的生意也没有受到实质的负面影响。

　　这家看起来小小的甜品店，已经在不知不觉间被容茵和小石两个人做出了口碑，甚至有成为一个网红品牌的趋势。

　　另一边，唐清辰自打那天从郊区折返，就常常把自己一个人关在办公室里。工作上的事倒是从不耽误，操练起林隽和苏苏这些得力干将，强度堪比他刚走马上任那两年。好在公司中层以上大多数都是未婚人士，唐氏在员工福利上一向大方，这些人倒是少有抱怨的时刻，有些好战分子甚至私下和林隽打听，公司最近是不是又要有什么行业内的大动作。

林隽有苦难言，虽然唐清辰心情好和心情不好的时候，外人看不太出来，但他作为首席秘书长，却是看得一清二楚。这么说吧，这位老大心情好的时候，也爱损人，但那损人的话听起来是让人哭笑不得的，却不会让人觉得被冒犯。而当他心情特别糟糕的时候，话就特别少，无论别人说什么，他都持续低气压。而最近，林隽感觉自己每天生活在低压地带，这样过了十一天，他终于忍不住了，跟苏苏吐槽："再这么下去，我看用不着到冬天，我就先被冻死了。"

聂医生最近对苏苏跟从前有点儿不一样，用"若即若离"四个字来概括他最近的行为特点最恰当不过。若不是苏苏早看清对方不是渣男体质，真要开始怀疑自己的眼光了。因此听到林隽的抱怨，她也提不起精神替他操心："有那么严重吗？我看老大除了话少了一点，脸冷了一点，工作效率比平时高了一大截，其他也没什么不好的。"

林隽恨铁不成钢："你就不能关心一下老大的心理健康？"

苏苏眼珠转了一圈，最后还是向上翻："如果我真那么关心老大的心理健康，你恐怕要替容小姐抱不平，说我想乘虚而入了。"

林隽："亏你还记得容小姐。"

"记得，怎么不记得？"苏苏叹了口气，"我生命中最重要的两个男人，我的衣食父母，和我的灵魂之光，都笼罩在她的阴影下。就算我想忘，这辈子恐怕也不可能了。"

林隽半晌没说话。

苏苏虽然说得轻巧，可不难听出其中的埋怨。林隽突然发现，有时候生活不经意的一个转弯，原本并肩同行的朋友就渐行渐远了。当初吃到容茵做的甜品后鼓动苏苏陪他一起挖墙脚的事，都还那么清晰，那么鲜活，就好像发生在昨天。可如今一想，才发现已经是半年前的事情了，而苏苏对容茵，也从最初的欣赏和喜欢，变成如今这样"见面不如不见"。

　　林隽不敢深想他自己和苏苏又隔开了多远的距离。那天大家一起吃完烧烤之后，他用了很长时间才消化苏苏喜欢聂医生这个事实。随后，他渐渐想明白一件事，其实自己对苏苏的感情，与其说是难过，不如说是失落更为恰当。那感觉就像两个同性的好朋友在一起久了，其中一个突然谈了恋爱，另一个则会在很长一段时间里觉得嫉妒空虚。

　　林隽知道，自己或许是喜欢苏苏的，但那种喜欢，始终没有强烈到非要和她在一起不可。可看到她这么轻易就调转方向奔向别人的怀抱，心里又会生起许多的不甘心。归根结底，不过是人性中的自私和占有欲在作祟罢了。

　　但林隽现在摸不清的是，苏苏自己到底有没有想明白，她对聂子期的喜欢，到底是一时兴起之后的求之不得，还是真的发自内心地喜欢上了一个人。喜欢和想得到，其实是不一样的。可很多人一直分不清这两者的区别。

　　作为苏苏曾经最好的朋友，他怕的是苏苏太晚想明白这个问题。

　　眼看唐清辰在办公室一坐又是一上午，期间什么人都没见。林隽纠结再三，还是拿出手机，翻出微信通讯录，发了一条消息："小石，在吗？"

　　已经接近中午，小石刚从烤箱里取出今天烤制的最后一盘饼干，好不容易松了口气。听到口袋里手机的响声，纳闷这个时候会有谁找自己，便摸出手机看了一眼。

　　小石："在。林哥，有事？"

　　林隽："是有事儿。"

　　这里毕竟是甜品店，虽然提供饮料和三明治、面包一类的简餐，但因为容茵坚持不做气味浓烈的食物，因此正餐时间客人一向不大多。小石找了一个靠最里面的卡座坐了下来，等了好一会儿也不见林隽回复，有些摸不着头脑，干脆给林隽发了一条语音："林哥，有什么事儿你说。我这会儿正休息，手头上不太忙，待会儿就不一定了。"

他这条语音刚发出去，那头就回了过来："小石，我能不能预订两份最近店里超级火的那个 Bittersweet？"

小石回得也很快："可以是可以，容小姐一直都是每天中午做这个，但是，你是来店里吃吗？"

林隽发了一个哭泣的表情："我倒是想，可容小姐会见我吗？"

小石："那你是想让我发快递？"

林隽："可以吗？"

小石："林哥，你老实说，这个蛋糕到底是给你自己点的，还是给你的那位 Boss 点的？"

林隽："……你没发现你林哥点了两份？"

小石这回更犯难了："如果是快递，肯定瞒不过容小姐。这个甜品现在特别火，容小姐每天只做二十份，到下午都是很快就抢光了。不过见过有客人带走的，还没见过快递的。"

林隽咬牙："那要不，我这会儿赶过去？我不进院子，等容小姐做好你拿给我就行，从墙头！"

小石半天没答复。

林隽也觉得自己这个回答实在太傻了，可他有什么办法？他进不了店，又不能快递，难道他看起来是很爱爬墙头的类型吗？

屏幕闪了闪，小石的回复来了："林哥，你真是为你们老板操碎了心。"

林隽欲哭无泪，心里想，谁说不是呢！一边快速打字："那就这么说定了！我这就出门！"

"那个，苏苏……"林隽站起身，"我出去吃个午饭，如果老大找我，你就说我下午上班前一定回来。"

苏苏漫不经心地应了一声。就他们老大现在这个状态，找人也没好事儿，除了派活儿就是加班，亏得林隽出去吃个午饭还这么牵肠挂肚的。

趁着中午人少，容茵和小石在厨房简单做了点儿面食，端到阁楼上吃。容茵最近染上了个坏毛病，吃饭的时候总喜欢喝点小酒。

做葡萄酒原本是她的副业，从前在 F 国时趁着周末和休假，她也走访了许多地方，F 国郊区最多的就是大大小小的酒庄，有些酒庄，国内的酒商甚至没听说过，但产出的葡萄酒和果汁的品质一点都不比大牌差，而且因为缺乏品牌效应价格也便宜得多。要说缺点，那就是出产量小，没法做标准化大批量生产，而且每年出产的品质和味道也会有些微的差异。但容茵很喜欢这些小酒庄的风格，有几家去的次数多了，渐渐地也就和庄主熟了。

后来和国内的朋友联系上，容茵就有了代做引进葡萄酒的想法。不过她始终把这个当作兴趣和赚外快的出路，并没有过分沉迷。但也正因为她没有把这个当作正经营生，在许多事上不太计较，反而让国内的一些酒商对她印象特别好，她和孔月旋就是因酒相识。孔月旋最喜欢喝各式各样的小甜酒，后来从一个进货很神的酒商那儿刨根问底，认识了容茵。后来两个人在 F 国还见过两次面，关系也越走越近。上次君渡酒店出了那桩事，她能在那么短时间调来那么多葡萄酒，又说动孔月旋从中帮忙斡旋，其中一部分来自她自己的库存，另一部分则是源自她长久以来积累的好人缘。

容茵从前是很少喝酒的。她喜欢了解葡萄酒酿造的过程，喜欢看酒液倒映在玻璃杯中的迷人色泽，心情好的时候偶尔喝一杯和朋友庆祝，这是她从前习以为常的生活方式。可最近她发现，喝酒原来是这样一件让人心醉神驰的事儿，难怪从前孔月旋那么嗜酒。葡萄酒这种东西，一杯微醺、两杯刚好、三杯面孔酡红、身体发热，可精神却是极致亢奋的。一开始容茵只是晚饭时喝一些，后来中午时也会忍不住。好在每天吃过午饭，她只需要做 20 份苦甜交织，楼下一切有小石看着，而她往往会选择在这个时候睡上一觉。醒来后只觉得身体慵懒，万事无忧。

小石原本是有些担心的，可后来见她极有分寸，从来不会喝到身体难受、烂醉如泥的程度，也就随她去了。

午餐两人吃的是小石早上备好放在冰箱里的面条，九月的天气还热着，只过一遍热水就可以吃了。容茵只盛了一小碗面，她更喜欢就着红酒啃鸭脖子。鸭脖是隔壁家奶奶做的，香辣可口，许多住在附近的邻居买过一次就上瘾了，几乎天天都要去订。容茵倒是没那么大瘾，但每周都要买上两次。如今有了红酒搭配，吃得更起劲了。

楼下传来响亮的门铃声，小石站起身从窗户望去，见是一个打扮精致入时的中年女子，便对容茵说："有客人，我去招待一下，师父你安心吃饭。"

容茵刚喝光一杯红酒，本来要倒第二杯的，听到小石这句话，不知怎么的突然没了兴致。她点点头，起身去卫生间洗手。鸭脖的味道有点儿重，每次吃完，她都要用洗手液洗好几遍。擦手的时候，她望向镜中，见自己脸颊微微泛红，嘴唇也红艳艳的，看起来倒是比平时多了两分精神，不禁朝着镜子里的自己微微一笑。

就在这时，小石又跑了回来："师父……"

容茵扭头，见小石的面色有一丝迟疑："怎么了？"

小石："来的那位客人，点名说要见您。"

容茵问："认识吗？"

小石摇摇头。林隽和唐清辰他都是见过的，连从前常常被林隽挂在嘴边的老姜之前也见到了。他知道这段时间以来，容茵挺抗拒唐氏那边的人，可今天来的这个女人，怎么看都不像是唐氏的风格……

容茵迟疑："男的女的？"

小石这回描述得很具体："女人，看起来四十来岁的样子，穿戴挺好的，就是人挺傲，不正眼看人。"

容茵拿毛巾的手微微攥紧："我知道了，你先招待一下，我这就下去。"

小石答应一声，蹬蹬蹬下了楼。

容茵再次看向镜中的自己，唇边仍然挂着笑，可怎么看那笑容都有点儿僵硬。她打开镜后的柜子，拿出眉粉，想补补妆，却发现自己握着眉笔的手正在发抖。

她垂下头，在镜子前默默站了好一会儿，突然拔步走回桌边，拿起之前只倒了一杯的白葡萄酒，拔掉塞子狠狠地灌了几大口。半甜型的白葡萄酒蕴含着杏子和果仁的香气，平时慢慢喝，会觉得酒体又滑又香，哪怕就着最简单的小零食，也是一种享受。可这样如同牛饮的方式，几乎是尝不出味道的，还险些呛着自己。容茵捂着胸口闷闷地咳了两声，走回卫生间，描眉，涂口红，最后换上一件干净的连身裙。她一直没剪头发，这会儿已经能扎成一个马尾了，她把头发重新扎好，连脸颊旁的碎发也都梳了上去，整个人看起来爽利不少。

容茵走下楼梯。

殷筱云选的位子很好，几乎刚拐过弯，就能从楼梯窥见她的面容，容茵却已经将从前的胆怯和畏缩悉数抛之脑后。

她看了一眼桌上的气泡水，朝小石看了一眼："去沏一壶红茶，殷女士喜欢喝。"

小石说："好的。师父，你要喝什么？"

容茵眉眼浮起一丝笑："就铁罐子里的绿茶吧。"

小石无声去了。容茵在背对着门的位子坐了下来。殷筱云很会选时间，这个时候，甜品店没什么人来，她们可以全然不受打扰地聊上一会儿。

容茵扫了一眼墙壁上的时钟，朝殷筱云微微一笑："我只有十五分钟的时间，十五分钟后我要开始工作了。"

殷筱云的目光缓缓从容茵脸上移开，她几乎很难把面前这个看起来精神凛冽的女孩子，和几个月前她刚来平城时在君渡酒店大堂惊鸿一瞥的那个女孩联系在一起。那个时候的容茵，更符合她记忆里一贯的印象，低调，朴素，每次看向她，眼睛里都透着一丝仓皇。

不是殷筱云刻薄，但她不得不承认，她很享受面对那个样子的容茵。

容茵的五官长得并不像殷筱晴。殷筱晴是狭长的凤眼，容茵则更像爸爸，眼睛又大又圆，脸颊鼓鼓的，下巴微尖，从殷筱云一贯的审美来看，这种长相或许是许多年轻男孩子喜欢的类型，却不如她妈妈那样子显得有气质。

而此时此刻面前的这个容茵，神态和气质都太像她的妈妈了。

殷筱云自己也生着一双凤眼，她嘴唇微薄，随着岁月的积淀，饶是保养得宜，嘴角两边也显出有点儿凉薄的细纹，紧绷着脸不笑的时候尤为明显。

容茵见她这副样子，先一步笑了出来："您看起来挺不高兴的。"

殷筱云心里不是不惊讶的，甚至有一点恼火："你这个样子，半点没有见到长辈的规矩。"她朝容茵身后的某个方向睨了一眼，目光更冷凝，"还收了个男徒弟。两个人孤男寡女的，住在这么个小房子里，像什么样子？！"

小石沏茶的地方离得并不远，而且他耳朵非常好使，将泡好的茶端给两人，他站定在容茵身后，说："肮脏的人看谁都肮脏。您或许是我师父的长辈，但长辈说话也该有长辈的样子。我这个人脾气不大好，别让我再听到像刚才那样的话。"

说完，他头也不回地转身就走，到厨房去准备容茵接下来做蛋糕要用到的材料去了。

殷筱云深吸了一口气，容茵却抢在她前面把话说了："您再把时间浪费在苛责他人身上，咱们今天可就聊不到您想聊的话题了。"

容茵涂着石榴红色的口红，柳叶眉描绘得清清楚楚，一双眼没有眼影、眼线一类的装点，看起来却神采斐然。殷筱云看在眼里，心里微微叹息，原本以为借着上次何氏的手笔坐收渔利，逼迫容茵离开唐氏之后，她顶多就是回到这家小甜品店苟延残喘罢了，却没想到这个举动不仅没有击垮她，反倒是激发了她内心的斗志。她现在这个样子，哪里看得出半点过得不好的迹象？

是她把自己的女儿养得太娇惯了，又下意识用看待自己女儿的眼光去判断容茵。

现在看来，是她太小瞧容茵了。

过了约莫一分钟，殷筱云说："我今天来，是希望你能答应我一件事。"

容茵说："您说吧。"

殷筱云不禁精神一振："你答应了？"

容茵微微笑着，眼睛里透出奇怪的神色："您这话说的，我又不是十几岁的小孩子，在答应您之前，我总要先听一听您要说什么事儿吧。毕竟，我也只是一个普通人，能量太大的事，我就是有心，也不见得担得下来不是？"

容茵现在说话的腔调，越来越有平城人的味道。尤其是这样似有若无的嘲讽，听在像殷筱云这样人的耳朵里，终归是十分不舒服的。

但她还是忍了下来："我希望，如果接下来唐清辰或者林隽再来找你，邀请你回唐氏，你不要答应。"

容茵其实并没有再回唐氏的打算，但面对着殷筱云，她并不想这么轻松地让她如了意："理由呢？"

小石用玻璃小茶壶沏了一壶红茶，茶叶并没有留在里头，茶汤的颜色红艳欲滴，光看成色就知道是上好的祁门红茶。殷筱云不禁在心里赞了一声，容茵看起来一副温温软软的性子，倒是很会调教人。一个看起来大老粗的年轻男孩，据说也没在她手底下干多长时间，竟然都学会了如何泡一手好茶。她倒出一杯茶，吹了吹热气，轻轻啜了一口。

红茶要趁热喝，殷筱云最喜欢喝红茶，怎么会不知道这个道理？可她心里并没有那么着急想要喝茶，这壶祁门红茶虽好，哪里比得上她从苏城带到平城的珍藏？可不把这杯茶慢慢喝完，当着如今这个容茵的面，她发现自己好像没那么有底气，把剩下的话一气说完。

"这些天，你外婆会到平城一趟。"殷筱云瞄见容茵眼中闪过的惊愕，终于露出一个满意的笑容，她伸出手，在容茵放在桌上的手腕轻轻拍了拍，"你也有好些年没见过外婆了，要见见她吗？"

容茵发现自己凭着一股酒意积蓄出的勇气和锐气，在这一瞬间如同被针刺破的气球，一泻千里："她为什么要来平城？"

"当然是为了你表妹的婚事。"殷筱云的脸上难掩得意，"当初我陪你表妹一起来平城，就是为这件事来的。寄味斋和唐氏本身也有合作在谈，你妹妹虽然在做甜品方面欠缺了一些经验，也不比你会为人处世，但这段时间以来，她是个什么样的女孩儿，唐氏的小唐总也一直在看着呢。这么长时间观察下来，唐总对若芙是一百个满意。这不，我前天晚上和你外婆通了电话，两家人商量着这几天一起吃顿饭，把婚事定下来。"

"婚事？"容茵觉得自己耳边嗡嗡作响，眼珠缓缓转到殷筱云身上，"你是说 Fiona 和唐清辰？"

殷筱云说了一句"小唐总"，让容茵有点儿反应不过来。

殷筱云笑了："就是唐清辰，从前我和他爸爸，就是上一任唐总，也是见过面的，大家都是老朋友。我也想不到，婚事的进展会这么顺利。都什么年代了，结婚也不比从前，总要尊重年轻人的意愿不是？原本我还担心，如果若芙见了面不喜欢该怎么办。"她顿了顿，唇角的弧度抑制不住地上扬，"没想到呀，这两个孩子一见如故，彼此对对方是越看越满意。我这心啊，总算能放下来。"她觑着容茵的神色，温声说，"趁着家里要办喜事，到时你也来，见见你外婆。当年你妈妈就是太着急。那个时代不比现在，你妈妈和你爸当年结婚，把外婆气得不行，你妈妈脾气也倔……要不然，也不见得会走到那一步。"

容茵眼睛里原本氤氲着一片水雾，所以迟迟不肯抬眼与殷筱云正视，听到她说最后一句话时，眼睛里却已结水成冰："我爸爸和我妈妈，门当户对，情投意合，不存在什么气到双方家长。殷家不同意，是因为我爸不肯入赘改姓，我妈也不赞同家里的强硬作风。他们最后也不是走到哪一步的问题……"她抬起眼，看向面色已经冷下来的殷筱云，"爸妈出车祸前的那段时间，殷老太太已经松了口风，同意让爸妈一起回家聚一聚。可那天回到殷家老宅，你们因为寄味斋的账目问题大吵一架，不欢而散。你当场跑出了家，我妈开车和我爸一起出门找你，后来就出了车祸……我妈当场就死了，我爸瘫在床上过了整整十年。根据当时的尸检报告，车祸的原因，是我妈妈在开车过程中突然昏迷。"这些都是唐清辰委托他人帮忙调查到的，至于当天在殷家究竟都发生过什么，除了她已经去世的父母，就只有面前这个女人最清楚。

此刻，殷筱云的脸色已经铁青。

容茵紧紧攥着桌布一角，盯着她说："我妈妈身体一向健康，不如让殷女士来告诉我，她为什么会突然昏迷"

殷筱云瞪了她一眼："我不知道你在胡说些什么。"

"是我胡说，还是事实，你心里应该比我更清楚。"说到这儿，容茵笑了笑，"实不相瞒，在唐氏那段时间，我和唐清辰处过一段时间，您口中的一见如故，大概发生得实在有点儿晚。"

殷筱云没想到容茵竟然也学会了厚脸皮，敢在她说完殷若芙和唐清辰的婚事后，还把当初两人谈恋爱的事讲出来，一时间目瞪口呆。

容茵笑得眼睛眯成两弯月牙："不过既然表妹这么喜欢，我这个做姐姐的，虽然从来没有姓过殷，怎么也要给点面子，让一让表妹不是？"说着，她站起身，双手撑住桌面，上身微微前倾，俯身看着殷筱云，"不然我也真的怕，哪天一不小心，要步我爸妈的后尘。他们是人好心善，从不设防，可我不一样，现如今我是光脚的不怕穿鞋的。小姨，你说外婆到底知不知道当年车祸是怎么回事儿？你的女儿又知不知道，你为什么一门心思鼓动她，凡事都要跟我争个你死我活？"

殷筱云几乎反射地扇过去一巴掌："你在胡说些什么？！"

容茵结结实实地挨了这一巴掌，脸颊顿时浮现三道血红的印子。殷筱云的指甲保养得很好，她做了一辈子甜品师，本也不会留太长的指甲，可大概最近人逢喜事精神爽，她新修剪了指甲，还做了美甲，一巴掌过去，容茵脸上甚至被她指甲的边缘刮破了皮，出现了细小的血丝。

容茵自己倒没什么，她既然敢说这番话，也早猜到殷筱云会反应激烈。可殷筱云却被自己吓了一跳，她看到容茵脸上的红印和血渍，又看了看自己的手，嗫嚅着说不上话。

容茵却好像被她这一巴掌越发打出了血性，站直了身体说："说也说了，打也打了，您以后大概也用不着来我这儿了。不送。"

殷筱云难得风度尽失，脚步仓皇地出了门。

两个人闹出的动静太大，小石闻风而至，看到的是殷筱云夺门而去，再扭头走近，待看清容茵脸上的巴掌印，顿时就不干了："您怎么一声都不吭？！我……"

容茵一把揪住小石，把人拽住："闹什么？她也没讨到什么便宜。"

小石难以置信，把容茵上下一顿打量："您动手了？"

容茵转身往厨房走："没有。"

小石顿时意难平："那您还说……"

容茵从冰箱里取出冰块，用毛巾裹住，轻轻贴住脸颊："有时候动手不见得是因为占上风，也可能是因为心虚。"

小石对此不敢苟同："可要是我，占了上风让对方胆战心惊，更要乘胜追击！总不能到头来挨个巴掌还不还手吧。"

容茵一边指挥小石把莓果酱再多捣一些，一边说："我不可能对她动手。"

小石瞪眼："为啥？"

容茵看了他一眼，唇角一翘，笑了："因为她是我小姨，亲的。"

小石半天才消化了这个消息："那她怎么……"两人的谈话声一直断断续续的，也没有刻意遮掩，而小石要做的工作也都是一些基本准备工作，就算不刻意探听，也把两人对话听了个八九不离十。容茵这么一说，他前后一串联，顿时憋得半天都没说出一句话。

直到容茵把两批蛋糕都送进了烤箱，他才开口："师父，那岂不是说，你小姨……可能害死了你爸妈？"

容茵轻手轻脚地关上烤箱门："是啊，不过这都是我瞎猜的。我没证据，而且估计诉讼期也快过了吧，没法告她。"

小石说："我倒是认识好几个律师朋友，没准儿能帮上您！"

容茵摇摇头："我也就是吓吓她，出出气，告她……"背对着小石，她的神情尽是无奈，"寄味斋这个老字号，现在外表看似光环笼罩，内里其实早亏空得一塌糊涂，许多老师傅都金盆洗手或者跳槽了，这几年全靠她在支撑。她带着我表妹一路北上，说得冠冕堂皇，不过是希望通过联姻，让唐氏多拨点钱给家里的产业，说不定还能长期结交一些平城的人脉。我要是真告了她，这个家也就散了。我外婆今年都是七十好几的人，寄味斋要是完蛋了，她肯定也要垮。"说到这儿，她转过身，朝小石挤了挤眼，"我就是再恨她，也不至于这么谋财害命啊。也太缺德了。"

想不到容茵平日里看着总是一副温和清淡的样子，家里竟还有这么一摊烂事儿。小石的眼圈也跟着泛了红，他看着容茵把毛巾放在了一边，就把准备好的酒精棉递了过去。

容茵笑着说："我还真没给自己脸上抹过……会不会特别疼？"她半闭着眼，"要不你来吧！"

小石盯着容茵脸颊上的伤口研究了一下："不上酒精也行，就是怕伤口感染，要不抹点芦荟胶？"

容茵咬牙："还是先用酒精棉，再涂芦荟胶吧。"

小石动作干脆利落，等容茵疼得整张脸皱成一团时，已经把芦荟胶都涂好了。

接到林隽"已偷偷在墙根儿蹲好"的微信，小石悄悄包好两份苦甜交织，正要出门的时候，容茵喊了他一声。

小石胆战心惊地转过身："什么事啊师父？"

容茵看着他："今天多做了两块，送完东西一起回来吃。"

"好。"小石麻利地走到院子外，把打包好的两份蛋糕塞给早就等在墙根底下的林秘书，又快步往隔壁饭店跑。

林隽追在后头小声说："哎，你怎么连一句话都不说就走啊？！你知道我等了你多久吗？！"

小石瞟了他一眼，也压低声音说："你以为我师父做这个蛋糕容易吗？你以为我出来一趟容易吗？要不是刚好隔壁大叔也订了这款蛋糕，我都不见得找得着借口出屋！"如果是平常还好，今天容茵刚挨了打，他跟没事人似的往院子外溜溜达达，那还是人吗？

后半截林隽听懂了，可前半截林隽怎么听怎么觉得奇怪："容茵怎么了？这蛋糕很难做？"他一直以为每天只卖二十份是小石这家伙想出来的主意，搞饥饿营销呢！毕竟现在大家都玩这个套路，也见怪不怪了。

小石把蛋糕送到隔壁，跟人礼貌道别，揪着林隽一路把人送上了车，俯低身说："林哥，我喊你一声'林哥'，是因为以前你帮过我，你又比我大，我诚心地管你叫哥。但你老板这事儿做得太不地道，脚踩两只船伤我师父的心不说，还不把他手里的人管好，让人跑到这儿闹了一波，还把人打了。今天这蛋糕仅此一回，没有以后了！"他站直了身，看林隽，"以后，你来，我一如既往，你为了你那个老板来，恕不接待！"

林隽听得一头雾水，直到小石进了院子才反应过来，这小子这是……认容茵当师父了？

这一口一个"师父"叫的，比从前叫"林哥"还亲热。不过……他蹙眉品了品小石话里的意思，低哼了声"不好"，踩下油门飙车返城。

回到屋里，小石怎么想怎么觉得亏心，趁着暂时没有客人来的空当，还是和容茵说了实话。

容茵端了两份"苦甜交织"，招呼小石一起坐在了距离门口最近的一张桌子旁。只要客人不是特别多，她就会这样，自己找一张桌子坐下，泡一杯茶，拿一本书看，或者做做笔记，琢磨一下甜品的改良做法。后来有了小石，师徒两个人就一起坐着，观察一下客人的反应，偶尔嘀咕两句对某种甜品口味的看法。

小石看着自己面前那份苦甜交织，觉得眼眶酸酸的，特别难受："师父，对不起。我已经跟林哥说了，以后他来，我一定好好招待，但不要带唐氏任何其他人。"

容茵叉了一块蛋糕，边吃边说："我知道你没有坏心，林隽也是。我不生你们的气。"

不就是订了两块蛋糕吗？难为林隽还大老远从城里专程跑这一趟。别说林隽这蛋糕没准儿都送不出去，就是真送出去了，唐清辰尝了，那又能怎么样？毕竟看今天殷筱云敢打上门来的模样，他和殷若芙的婚事……恐怕真的有眉目了。

小石说："师父，你要是不开心，等今晚关了店，我给你做烤鸡吃。你再叫几个朋友，咱们闹一闹，不醉不归，成不成？"

容茵倒是认真把这条建议听了进去，她思索了片刻，又决定放弃："好像也没什么合适的人。"

孔月旋在剧组脱不开身，毕罗最近正为了她那家餐馆停业的事犯愁，其他几个朋友最近也各有各的烦恼，剩下能想到的几个人，聂子期或许有空，可容茵始终留意着跟他保持距离，苏苏已经好久没有音信了，大概也不是很想联系吧。再数下来，林隽，杜鹤，还有……唐清辰。

真是喊谁都尴尬，干脆就她和小石两个人吃也不错。

小石对容茵的朋友圈也有所了解，他默默地数了一圈，发现自己提了一个特别傻的提议，绝望之际突然灵光一闪："要不叫上老姜？还有你说过的那个……弯弯，怎么样？"

容茵见小石兴致高昂，勉强点了点头："你去打个电话问问，看他们今晚有没有空。"

小石还真忙得挺起劲儿的，拿容茵的手机 copy 了一份电话号码，不一会儿就折返回来："老姜说他和弯弯都有空，还说要多带个朋友，也是做甜品的，他说师父你一定会喜欢他这位朋友的。"

容茵琢磨片刻："应该是他们火锅店那个挺神秘的大神吧。"

"大神？"小石对这个称呼表示震惊。

容茵说："我吃过他做的桂花杏仁豆腐，很好吃。我自己学不来，后来专门跑去偷师，没想到凑巧他不在，我就跟弯弯学的，弯弯就是他的徒弟。"

小石点点头表示了解。他在容茵对面坐下来，看着她故意散下头发遮住脸颊，突然后悔自己这个提议是不是太冲动了。可他心里又觉得不平。除了想多喊点儿朋友热闹一下，让容茵不那么寂寞之外，他心里还揣着别的心思。当着林隽的面撂了那两句狠话，并不能让他解气。老姜看起来似乎和唐清辰关系挺铁的，不如把人叫来，亲眼看看姓殷的女人都把他师父欺负成什么样儿了！

到了傍晚，小石把院子收拾出来，又和隔壁饭店的大哥借了桌椅一字摆开，然后开始烤鸡。除了鸡，还有羊肉串、玉米和各种蔬菜串。有一部分半成品是直接从饭店买的，大家都是邻居，平时买这类东西价格也算得便宜；蔬菜串是容茵亲手串的；至于这个叫花鸡就有水平了，据说是小石的拿手绝活。容茵并不是多擅长做饭，烤叫花鸡从前只在电视上看过，眼见小石干得热火朝天，也来了兴趣，就站在一旁看着他做。

老姜和弯弯准点抵达。老姜依旧是那一身白衫，还真别说，虽然已经不是玉树临风的英俊少年，但老姜绝对是容茵见过的男人里面，把白衣衫穿得最自然最不浮夸的人。弯弯不知道什么时候把头发剪短了，一脑袋自然卷，看起来活泼可爱极了，连容茵都没忍住，一见面就上手摸了摸。

"平时没见你头发这么卷啊。"容茵摸着，感觉像摸小羊似的，都乐了。

弯弯白了她一眼，嘟着嘴："哼，上次让你里里外外干了那么多活儿，我一进门就被老姜劈头盖脸一顿骂，你可坑死我了。"

容茵笑着说："是我不好，以后这些活儿就都留给你做，你们老板肯定不骂你。"

老姜在旁边连连点头，弯弯急得脸都涨红了："那可不行！我要是什么活儿都干，都干的话……对，我师父都该有意见了。"说完，就把站在身后、一直没吭声的男人拉了过来。

老姜在旁边介绍："这位叶先生，叶诏。叶诏，这就是容小姐。"

容茵先一步伸出手："容茵。叶先生，久闻大名。"

叶诏三十出头的样子，身高和老姜差不多，看起来样貌平平，但一双凤眸眼尾微翘，微微一笑的样子，很是招人："容小姐，彼此彼此。"

老姜在旁边打趣："你们两个说话，真有高手过招的风采。"

容茵也有点儿窘："是叶先生太客气了。老姜你也很低调，之前只说请了位高人在后厨帮忙，也没听你说过是叶先生。"

说起叶诏，也算得上是个奇人。这人出名最初是因为拉小提琴，据说他家里是音乐世家，可大概是成名太早，这厮到了二十三岁那年获遍国内外大奖之后，突然销声匿迹了。过了好几年，有人在纽约一家西餐厅见到了他的踪迹，但他在那儿不是拉小提琴，而是做甜品。据说他做的甜品，就连白宫政要和好莱坞的明星都追捧连连。叶诏只参加过一次国际甜品大赛，那次他毫无悬念地夺得桂冠，连另外两位劲敌都在现场大方地送上祝福。一时间叶诏收获多家酒店、餐厅甚至是电视台的邀请，许多媒体争相报道他的传奇事迹，各种标题也写得相当浮夸。那一年，叶诏二十七岁。

但在那之后，叶诏就再一次消失在大众视野中。容茵怎么都没想到，曾经那个她在网络上看过无数遍的比赛视频中的偶像叶诏，竟然会在五年之后出现在平城，而且就蜗居在老姜的四合院里。

容茵越想越觉得，人生真的处处是奇迹。经过了下午与殷筱云的那一役，虽然自己没讨到什么便宜，可心里好像有什么旧的东西被打破了，整个人都变得轻松洒脱起来。她忍不住看向老姜："姜老板，您这火锅店，卧虎藏龙啊！"

老姜看着容茵神采奕奕的眉眼，本来想跟着调侃两句，不期然看见她左侧脸颊的伤痕，一晃神，到嘴边的话又咽了回去。

叶诏轻声笑了："想不到容小姐本人这么有趣。"

弯弯说："她是挺好玩的。第一次见她，我觉得她挺刻板的，后来发现她人可好了。"

叶诏说："是啊，帮你把厨房免费做了一次大扫除，怎么可能不是好人？"

接连两次挨自己人挤兑，饶是弯弯也觉难以招架，嘟着嘴往一边看桌上的食材去了。

老姜一个人站在容茵的左侧，而弯弯和叶诏都在另一边，所以那两个人都没注意到。他咳了一声，拽了拽容茵的胳膊，把人拉到一边，指了指自己的脸，低声问："容小姐，怎么回事儿？"

下午容茵本来一直都把头发散落着遮挡脸颊，刚刚人没来时，她忙着洗菜干活儿，为方便又把头发扎了起来。若不是老姜提醒，她还没注意到这件事。对上老姜关怀之中透着严肃的眼神，容茵有点儿不好意思：

"没事儿，您就别问了。"

老姜瞄了一眼不远处正给弯弯分配任务的小石，眼睛里透出一丝寻味："你这徒弟，挺向着你的。"他又看容茵，"是殷家那边来人了？"

容茵没想到他连这个都知道，一时间不太自在。

老姜察言观色的本事比起唐清辰毫不逊色，一瞬间就明白是怎么回事儿了，不禁暗自点头，林隽选来放在容茵身边的人选，还真是挺合适的。尽管这小子后来是真心跟在容茵身边当学徒做甜品，但维护容茵的这份心思，不正是当初林隽选中他的关键吗？

说到底，还是唐清辰会用人呐！

容茵沉默片刻，说："这件事我不想别人知道。请您来，是小石的提议，他也是为了我好，想着我前段时间太累了，叫几个要好的朋友来，大家一块儿热闹热闹，没有别的意思，您别多想。"

老姜一看容茵那个神色，就知道这件事确实不是容茵的主意。他看得出来，容茵骨子里也不是那种精于算计的女孩子，不禁说："我明白，我都明白。"

容茵轻声说："我虽然跟他处过一段，但那都是过去的事儿了，现在听说他过得挺好的，我也不想打扰他。希望您能体谅我，让我保留一点自尊。还有，要是您以后有机会见到汪老，代我说一声'对不住'。"

老姜一一答应下来，两人一齐走回人群中，跟着另外几人一块儿忙碌起来。

小石忙着做他的叫花鸡，弯弯负责烤玉米和蔬菜串，老姜一瓶接一瓶地检查容茵摆在桌上的酒，馋得眼睛都直了，还不住地问容茵："这些都是……咱们今晚喝的？"

容茵笑了："您要是喜欢，我还有点儿小收藏，待会儿带您参观一下。"

叶诏说："也带我一个。"

容茵转身，看见叶诏，不禁一笑："这是当然。"

叶诏问："准备了什么甜品？"

说到这个问题，容茵也来了精神："我准备了西西里奶酪卷，不过叶大神既然来了，怎么也要给我们露一手吧？"

叶诏沉思片刻："锅贴怎么样？"

"锅贴？"容茵不太确定地问，"是煎饺？"

"不太一样。"叶诏说，"带我去厨房，做一点给大家吃。"

容茵有点儿不好意思："会不会太麻烦？"

叶诏的目光投向正在专心致志攻克烤鸡的小石："总不会比那位小哥的叫花鸡更麻烦了。"

容茵一下乐了，小石头也不抬地说："我听见了，叶大神，虽然我师父也要尊你一声"大神"，但你这么说真是不厚道啊。"

叶诏说："麻烦才好吃。主动承担麻烦事儿的，都是能人。"

小石一锤定音："叶大神，待会儿留个鸡腿给你。"

弯弯不满地嚷嚷："喂，那我呢？！"

小石："另一只鸡腿是我师父的。"

老姜特别懂得讨巧："鸡腿我就不奢求了，鸡翅膀留给我就成。"

"喂喂，你们！"弯弯气得简直想把烤玉米撂下不管，"你们这样也太过分了，吃个烤鸡还讲内定名额的！"

眼见容茵和叶诏往房间里去，老姜抱了两瓶酒，也跟上："容小姐，借你的厨房一用。"

"调酒？"见老姜点头，容茵笑着说，"尽管用。"

小院里一片热火朝天，门口却静悄悄地停下一辆车。车里的人心事重重下车，走到院门口，似是被院子里的动静吓了一跳。等回过神，他难以置信地怔怔地看着院子。

隔壁餐馆的大哥经过门前，朝他客气地打招呼："是聂大夫啊！"

聂子期朝他笑了笑："大哥。"

那人朝他摆摆手："你也是来参加聚会的吧，他们都开始有一会儿了，快进去吧！"

聂子期有一丝尴尬，下意识地一推门，才发现门没有锁。

小院里灯火通明，他刚一进院子，小石就瞧见了他，小声嘀咕了一句："这鼻子比狗还灵了！"

弯弯不认识这人，大声说："甜品店不营业啦！明天请早吧您！"

聂子期走上前，发现院子里除了小石，就只有刚刚那个说话的女孩子，女孩子看起来是泼辣爽快的性格，不过他完全不熟，只能看向小石："容茵在吗？"

小石不太愿意回应，但还是指了指里面："在里面。"

聂子期道了谢，朝屋子里走去。

弯弯在他身后小声问："这人谁啊？我容容姐的追求者？"

小石朝她竖了竖大拇指："这都看出来了，真是慧眼！"

"那是！"弯弯一甩脑袋，又有点儿犯愁，"唉，说起来我容容姐桃花运真是好。你看这前脚走了一个唐先生，后脚又来了个……"

小石替她说完："这个姓聂，是个大夫。"

"大夫啊，那不太好。"弯弯撇了撇嘴，一副特别有经验的样儿，"工作太忙，不顾家。"

小石跟他抬杠："那唐清辰就好？还没结婚呢，就脚踩两只船了。"

"啥？啥啥？"弯弯一脸的问号，眼睛里闪耀着熊熊的八卦之魂，"唐先生脚踩两只船，跟谁？"

小石冷着脸："这我师父的私事，我不能乱说。"不过他熟谙四两拨千斤之道，问弯弯，"你那两天不是去唐氏帮忙了，就没看出点什么来？"

"嗯……还真别说。"弯弯把手上的几串香菇翻了个个儿，洒了些五香调料粉，用手指尖刮了刮下巴，"有个叫Fiona的，看起来不大安分。"

小石心说，怎么又来了个Fiona？但他面上绷得挺淡定："这不，你也看出问题来了。"

弯弯"嗨"了一声："话不能这么说。我只是看着那个姓殷的对唐先生挺主动的，而且成天把唐先生挂嘴边，好像生怕谁不知道唐先生对她最特别一样。"她从旁边桌上拿了一把生羊肉串，手脚麻利地在炉子上摊开，"可是你说，像唐先生那样的人才，人长得好看，身价又不一般，身边有莺莺燕燕围着，不也是正常的事儿吗？我看了唐先生，我也喜欢啊！所以我觉得，个别女生的主动靠拢，不能说明什么问题。"

小石闷了好一会儿，说了一句："你说的那个女孩，姓殷？"

弯弯说："对啊。中文名叫什么……若芙还是芙若来的，记不清了。反正名字里带个'芙'字。"

小石说："今天下午她妈妈找来了，说她要和唐清辰结婚了。"

弯弯眨巴眨巴眼睛："她妈妈来找容小姐？"

小石："对。"

弯弯说："那就更不是什么事儿了。"她朝小石隔空点了点，"一看你就没什么对敌经验，被人两句话都带跑了。如果她女儿真要和唐清辰结婚了，也轮不到她来通知容容姐啊！而且，哪怕真要结婚，这个节骨眼上她不忙别的，偏跑来见容容姐，你觉得说明什么？"

小石让她唬得一愣一愣的，乍一听还觉得挺有道理，不禁顺着她的思路想："说明什么？"

弯弯诡秘一笑："说明不论这位殷小姐和咱们唐先生发展到了哪一步，都不是那么顺利，而且这里面啊，我容容姐占了很大一部分原因。所以她来，是想替她女儿扫清障碍。"

小石的脸色更难看了："说的好像我师父非他不可似的。他爱跟谁跟谁，我师父有的是人追！"

弯弯一看他这样就乐："你这人还挺护主儿的。"

小石拔掉插销，从烤箱里取出烤鸡晾着，找了院子里的水龙头洗手：

"反正我就知道，是我师父去给姓唐的酒店帮忙，结果回来了每天都不开心。和一个女人谈恋爱，却让她每天愁眉不展，这能叫靠谱的男人？"

弯弯不同意了："你也不能这么说，谁谈恋爱还不吵个架了？又不是童话故事，从此，王子和公主过上了幸福的生活，全文完。我觉着啊，你护着你师父没错，但谈恋爱的事儿，咱们这些外人得少掺和，别不小心帮了倒忙。"

院子里这俩小孩儿辩论得热闹，房间里的气氛则有点儿微妙。

容茵原本正在旁观叶诏做锅贴，突然就瞧见老姜神色微妙。她转身，就见聂子期站在门口，脸色憔悴，最令她惊讶的是，他脸上还挂了彩，一只胳膊挂了脖子上。容茵看了看他窗外，有点儿惊讶他这个样子是怎么过来的："你自己开车过来的？"

聂子期笑容里透着疲惫："看着严重，其实没大碍。"

容茵端详他脸上的伤痕，看起来应该才上过药："我去倒杯热水给你。"

聂子期朝老姜和叶诏颔首："打扰你们聚会了。"

叶诏说："客气了。"

容茵递了一杯水给他，说："本来想喊你的，后来想着你这阵子应该挺忙的。你这伤……"

聂子期大概这一路国来也是真的累了，就近找了一张沙发坐下，喝了好几口水，才说："医疗纠纷。病人家属下午来闹事，帮我一个同事挡了一下，就这样了。"

老姜露出了然的神色："原来您是做医生的。"

聂子期说："都忘了问，您怎么称呼？"

老姜介绍："姜行云，朋友都叫我老姜。这是叶先生。"

聂子期一一问好，又看向容茵："心情有点儿差，不知道怎么的，开车就开到你这儿了。打扰你了。"

"如果真拿我当朋友，就别说这样见外的话。"容茵站起身，朝他笑着说，"我也不跟你见外，刚才叶先生正要给我展示怎么做锅贴你就来了，我现在得好好学着去。你自便。"

聂子期的印象里，大学时期的容茵是洒脱却高傲的；重逢后，他才发现自己过去跟她同窗五载，却只了解她的表面。真实的容茵，并不是大学时代许多人眼中的学霸或者什么女神，工作上她认真果决，生活里则对人防备颇重。他见过她生气的样子，也见过她冷脸无情的样子，可越了解到更多的她，就如同一幅画被缓缓展开直到可以一窥全貌，她在他心里的分量也越重。他没想到的是，数日不见，她竟然也会这样言笑晏晏地跟他说话。那个记忆中洒脱俏皮的容茵，好像不知不觉间又回来了。

聂子期也站起身："我也帮忙。"

老姜在一旁阻拦："别，别！您是病号，又是医生，劳苦功高，我们这也就是瞎忙活，待会儿您就等吃就成了。"

聂子期一看他面前的桌子："您这是在调酒，调的是什么？"

老姜看出他是努力想融入，朝他一招手，一脸神秘："我这酒啊，是我独门秘方儿，刚好遇上容小姐这珍藏的好酒，待会儿我给你们露一手！"

容茵头也不回地说："我们肯定捧场，聂大夫就免了吧，他还有伤在身。"

聂子期连忙表态："不碍事，我这胳膊就是扭了一下，不耽误喝酒。"

老姜倒是意外这位看着斯文俊秀的医生说话竟这么爽快，再观察他时不时瞧向容茵的眼神，心里还有什么不明白的？手里调酒的步骤不耽误，老姜心里却暗暗为好友叫急。这才真是一波未平一波又起，瞧这点事儿折腾的。

趁着去卫生间方便的工夫，他拨通了唐清辰的号码，电话那头刚有人接起，他就开口："我说，这回这件事儿你必须听我的，如果你还打从心底里想跟容小姐好的话！"

电话那头顿了顿，片刻之后，响起林隽含冤带屈的声音："姜哥，是我，林隽。"

老姜愣了一下，反应过来："怎么是你？你们老大呢？"

"屋里跟何氏的人谈正事儿呢。"林隽说，"这是他的私人手机，所以没带着。不过我估计这会儿您打他另一部手机，他也没空接。"

老姜一边暗道自己这是急糊涂了，拨号前都没看仔细点儿，一边说："听你这声调……怎么，出什么事了？"

林隽从下午回到公司起，就没逮着机会跟唐清辰说上想说的事儿，这会儿正憋得一肚子气。可是唐清辰突然约见何钦，别说别人，连他这个秘书长事先都没听到一点动静，应该是唐清辰自己临时起意。他是又急、又气、又担心。房间里的人从下午谈到这会儿，他和何佩两个人在另一个房间里大眼瞪小眼，中间喝了不知道多少趟茶水，跑了多少趟厕所，连晚饭都是一起吃的。他觉得刚才何佩跟他一起从卫生间出来时，看他的眼神儿都带着幽怨了。

房间里那两位不知道谈什么谈到现在，留下他和何佩两个人两两相望，一脸蒙，他觉得自己恐怕晚上做梦都要梦到何佩那张幽怨中带着茫然的小脸儿了。

老姜的电话简直是及时雨，终于把他从继续跟何佩眼对眼的状态中解救了出来。林隽找了一个僻静的拐角，小声和老姜说了大概，又说："您是不知道，我这真的有好多事儿想跟我们老大说。中午那会儿我去了趟容小姐那儿，您猜怎么着——"

老姜听他吐苦水听得正不耐烦，听到这儿立刻打断："我用不着猜，我现在就在容小姐这儿呢！"

电话那端，林秘书的抱怨戛然而止，过一会儿他琢磨过来："所以您打电话给老大也是……"

老姜说："现在有两条路，林隽。"

林隽素来知道老姜和唐清辰交情最好，无论是工作上，还是私底下，唐清辰什么事都不会刻意瞒他。听到老姜肯点拨他，林隽如获至宝："您说，我听着呢。"

老姜说："林隽，照说你也在你们唐总身边干了五六年了，怎么也算是元老级人物，但你知道为什么有时候，有的事儿，你们老大还是不会直接委派你吗？"

林隽神色凝重："我不明白。"

老姜说："你吧，够聪明，也够忠心，就是有时候……悟性上，差那么一点儿。"他咂咂嘴，问，"我问你，你今天中午，为什么要来容小姐这儿？唐清辰事先知道吗？"

"唐总不知道，但他最近的状态挺不对劲儿的，我这么在一旁看着，知道他心里其实一直惦记着容小姐，可眼下公司实在太忙，最近总部这边一些关键位置上有人员调度，填补上去的人老大心里不满意，可又没有更合适的人，许多事他都亲自盯着。家里边老爷子也实在不让他省心，见他现在还用着殷小姐，就总想更进一步。"林隽把自己的观察所得和心里想法一五一十说给老姜听，"当初容小姐之所以会离开唐氏，这里面有很多都是误会，也是我把事情办砸了。我想着，既然老大心里都是容小姐，容小姐呢也挺喜欢我们老大的，我怎么着也得给俩人制造点儿机会，也给我们老大一个台阶下。我就托小石给我拿两份容小姐最近做的蛋糕出来，好带回去给我们老大尝尝。"

老姜点评了句："你这是把自己当鹊桥使啊。"

"谁说不是呢？"总算找到个合适人倾诉，林隽越说越委屈，"结果这不就让我撞上了，要说这个殷筱云，做生意的本事没有多大，搅和起事儿来，那真是一把好手。小石跟我说的时候都急了，告诉我以后要是再为了老大的事儿去，就别进他们院门。我这心急火燎地想回来跟老大汇报一下，结果一路耽误到现在……"说到这儿，他突然想起来，"您怎么会在容小姐那儿，她现在瞧着怎么样？"

老姜言简意赅："脸上瞧着，那一巴掌打得不轻，抓花了好几道。也亏得容小姐不是特别计较这些的人，换作别的女孩，早抱着镜子哭死了。"

林隽听得心里酸酸的，一时没言声。

老姜又说："林隽，既然唐总那边有正事要忙，而且是跟何氏，我看有些事，就要你代为处理了。"

"代为处理？"林隽琢磨片刻，"您是说，殷家的事？"

老姜说："我知道你心里犯什么难，这也是我之前要说的。你吧，要么就是有时候欠点考虑，要么就是你想到了，却不敢做。其实你怕什么呢？"

林隽没说话。

老姜说："你如果真心想在唐清辰手底下做一辈子，就记好了，要想做到独一无二不可取代，有些事，你们唐总没说出口但一直想做的，你就要替他去做了。他是什么性格的人你也了解，对待自己人，典型的刀子嘴豆腐心。你看他事后是不是嘴上骂着你，但心里感谢你。"

林隽："……"他以前觉得唐清辰说话就够噎人的，现在听了老姜说话，他才发现，奇葩都是成群结队出现的。自家老大说话噎人的习惯，也不是一天练成的。真是多亏了老姜这帮损友！

老姜说："你想怎么做，就去做呗。要我说，如果你擅自做主对容小姐做了什么事儿，没准儿你们老大会怨你多管闲事。但如果是处理殷家母女，你觉得他会怪你手伸得太长吗？"

林隽犹豫半天，还是说："可这归根结底是老大私人感情上的事。"

老姜说："不止吧，我听弯弯回来的转述，据说这位自诩将来要做咱们唐总丈母娘的殷女士，私底下小动作可不小。不如你趁这机会好好调查一下，殷家母女来到平城之后都见过谁，做过什么，说不定会有惊喜。"

林隽问："您是……知道了什么吗？"

老姜用耳朵夹着手机，洗干净手擦了擦，又把手机拿好："不至于，我也老了，没那个精力管那么多。"他知道林隽心里打鼓，笑了笑说，"不过林隽，我虽然没动手查，但我这鼻子，闻到了不一般的东西。不如信一回你姜叔的经验主义，怎么样？"

这些天以来，林隽心里也憋着一股劲儿，听到这儿，他咬了咬牙，说："行，我知道该怎么办了。容小姐那边，您帮忙劝着点儿。"

"放心。"老姜笑得别提多开心了，"我们今晚在小院里开烧烤party，我敢保证，容小姐今晚肯定过得开开心心的。"

电话说到这儿就挂断了，林隽瞪着手机屏幕，实在难以置信，老姜到了最后竟然还放大招勾他馋虫！从下午起就提心吊胆、晚饭都没吃安生的林秘书流着泪继续打电话去了。

回到楼下，弯弯已经捏着一只鸡腿香喷喷地吃上了，另一只手里捧着的酒杯里的粉红色液体怎么看怎么眼熟。

老姜咋舌："这酒谁给你倒的？"旋即，他又反应过来，"你这是把谁的鸡腿给占了？"

弯弯瞟了他一眼，小模样别提多得意了："我小石哥给的啊！人家才没你那么小气，一共烤了两只鸡呢！足够咱们几个人分了！"

旁边容茵解释说："酒是我倒的。"

她正端着叶诏煎的锅贴吃得香甜。三鲜馅锅贴外皮酥脆，海参、海贝和虾仁混搭的馅料丰富又实在。海贝吃起来是淡淡的甜，虾仁则饱满紧实。叶诏的馅儿味道调的特别好，大口咬下去，深深的满足感油然而生。跟这锅贴相比，她做的西西里奶酪卷都显得逊色了不少。

叶诏倒是十分捧场，一连吃了两个她做的奶酪卷，点评说："用了最好的乳酪，好久没吃到这么地道的风味了。"

小石则是吃两个煎饺，来一份奶酪卷，哪个都不耽误，显然觉得这二位大神做的东西就没有不好吃的。

至于老姜，一听说倒酒的人是容茵不是弯弯，顿时笑得一脸和蔼，连忙问大家伙儿："味道怎么样，是不是还挺特别的？"

容茵说："桃子味，还有点儿……青柠檬味儿，是挺特别的。"

弯弯说："没新意，我都喝过好几次了。"

叶诏朝他举了举杯示意，没说话。

老姜"嘿"了一声："我再去给你们露一手！"

弯弯在旁边阴恻恻地说："老姜，你这厕所上得挺久啊！"

老姜瞪了她一眼："一边去一边去。小孩子家家，管得挺宽。"

叶诏说："弯弯，你得体谅姜总，毕竟是上了年纪的人。"

弯弯做了个恍然大悟的神情："我知道了，上厕所比较容易……嗯哼。"

老姜没好气地看了叶诏一眼："你也跟着瞎起哄。"他转身去房间里调酒，看样子是准备对着容茵的丰富藏酒大干一场。

容茵拿了一支烤玉米，啃了一口，小声问坐在旁边的聂子期："你今天来，是有事儿吧。"

聂子期举着弯弯递给他的两串烤羊肉串，半晌没动，听到容茵这样问，看向她："是。有一点事想不明白。"

容茵说："说来听听。"又指了指他手上的羊肉串，"不趁热吃就该膻了。"

聂子期听话地吃完两串，不想弯弯及时地又递了两串过来，他只能接着吃起来，可紧接着叶诏也递来了一杯之前容茵倒好的桃子味特调酒。他看出这几个人是故意的，哭笑不得地接过酒，一口酒一口肉地吃了起来。

羊肉串肥瘦相间，肥的地方烤得流油，瘦肉又香又嫩，上面的五香粉咸香微辣。桃子酒初尝清甜，喝了一杯下去，发现身体不觉间热了起来。二十多串羊肉进肚，聂子期也来了精神，一口气吃掉弯弯分给他的半只鸡，这才才回过神，有点儿不好意思地解释说："好几天没正经吃饭了。"

容茵说："你吃得多，做烧烤的人才有成就感。"

聂子期脸颊绯红，沉沉地吐出一口气，看着远方的夜空，问容茵："你说，我们当初考医科大学，立志想当医生，到底是为了什么？"

容茵没想到他会突然提这个，沉默片刻，说："反正我当初是真想毕业当医生的，因为只有这样才有可能治好我爸。"

容茵父亲的事，此前一直是容茵刻意回避的一个话题，聂子期虽然隐约也听一些同学提起过，但始终没有特别深入的了解。此时听容茵主动说起，他不禁看向她的侧脸："那后来为什么你又……"

"临近毕业的时候，我爸去世了。"容茵耸耸肩，"其实那时我挺幼稚的，也挺自私的，总觉得我考大学当医生的全部目标和心愿，一夜之间就全没有了。后来的事你也知道了，我去了 F 国，考蓝带学院，学习做西点，一切从头再来。所以如果你要问我，到底当医生是为了什么，我觉得这个问题对我来说，有点儿太崇高太遥远了。相反，我觉得，你做了这么多年医生，应该比我更清楚这个问题的答案。"

聂子期沉默许久，说："但是最近，突然有点儿不确定自己的坚持，到底是不是有意义。"

容茵指了指他的手臂："是因为这个事？"

"不全是吧，但也有一部分。"聂子期苦笑着说，"当医生，酬劳确实比其他一些职业要丰厚一些，但个中的辛苦，只有同行才能体会。更多的时候，除了辛苦，还存在许多误解和委屈。我们科室今年已经有两个人转业了，上个月我还去吃了一顿散伙饭。"

容茵观察着他的神色："但你……不会是因为这些事就萌生退意的人，对吗？"

聂子期苦笑着垂头："比起我对你的了解，还是你对我的了解更深。"

容茵笑了："那是因为你这个人挺好懂的。"

聂子期突然问了一句："阿茵，如果现在，我是说如果，突然有人给了你一笔巨款，比方说，五千万，甚至一个亿，但条件是让你做一些……可能会导致你退出这个行业的事，你会去做吗？"

容茵说："你还别说，这个问题，我过去也经常给自己做假设。"她眨了眨眼，"比方说，万一我中彩票了呢！"

"然后呢？"

容茵耸了耸肩："然后我就发现，假如我中了一个亿，我还是会开着这家甜品店。那一个亿，我既不会用来去开更多个分店，也很难通过吃喝玩乐统统花光。拥有一个亿听起来好像挺有幸福感的，可从另一个角度看，真把钱拿到手，恐怕烦恼要比现在还多。每天做甜品固然是为了养活自己，但更重要的，是我能获得一种单纯赚钱给不了满足感和成就感，还有大众和专业领域、专业人士对我的认同和认可。"她看着聂子期，"其实这也是每一个做医生的人追求的吧。每治愈一个病人，每解决一个疑难杂症，那种成就感是其他任何事都替代不了的。都说救死扶伤是医生的天职，现在虽然有些人挺浮躁的，碰瓷、医闹、打人，但这些人终究是少数，更多的人都能和大夫互相体谅，也会发自内心对医生这个职业怀有一份敬重。"

聂子期问："为什么不去开更多个分店，那样不好吗？"

容茵笑了，她看着聂子期："只开一家店，我不仅是老板，更重要的是，我还是那个可以每天专注甜品的甜品师。可开很多很多家店，我就只能当个每天坐在家里算钱、数钱的幕后老板了。那不就背离我当初做这一行的初衷了吗？如果真的只是为了赚钱，那为什么非要做甜品师呢，一开始就做个更赚钱的行当不是更好？"

聂子期失笑："恐怕像你这么想的人，会很少。"

容茵却神情认真地看着他："但你选择问的是我，不是别人。"

许久，聂子期都没有说话。

一旁弯弯和小石也在吃东西，容茵和聂子期的聊天他们虽然没直接参与，但也听得分明。听到这儿，弯弯说："我觉得容容姐说得挺好的。"

小石说："有钱是挺好的，但钱太多，就是烦恼了。"神情里也很赞同容茵的观点。

聂子期忍不住淡淡地笑了，他看着容茵恬静的侧脸，突然明白什么叫物以类聚、人以群分。能和容茵这么融洽地处在一块儿的人，果然都是和她想法差不多的人。他看到容茵披散下来的头发，说："用不用扎起来？"他指了指，怕她吃东西不太方便。

容茵摆了摆手："最近脸胖了，这样比较显瘦。"刚刚没留意让老姜看到了伤痕已经够麻烦了，她可不想再被聂子期问候一顿。这家伙虽然平时看着挺温柔的，遇上事也是个较真的主儿，到时肯定又要刨根问底一番。

老姜调了好几种酒，大家也都很捧场。后来烧烤也吃完了，几个人就边喝酒边打牌。容茵让小石去把楼上的几个房间收拾了一下，又对大家说："时候不早了，我这还有两间空房，要不大家伙儿就在我这儿凑合一晚？弯弯和我睡一个房间，子期睡小石的房间，还有两个房间，姜老板和叶先生你们二位，睡一个房间或者两个房间都可以。你们自己商量。"

叶诏说："不必麻烦，我和老姜一个房间。"

见小石要去楼上收拾，弯弯也起哄要去一块儿帮忙。容茵看着小丫头蹦蹦跳跳上楼的背影，感慨了一句："年轻真好。"

叶诏说："当着咱们姜总的面，这么说话是不是不大厚道？"

老姜相当配合地哼了一声。

容茵忍不住笑了："好像是有一点儿。"

"另外，"叶诏说，"我从不觉得，年龄小就代表年轻。"他微微笑着，说，"许多年纪小的人，心态也不见得年轻多少，他们愚鲁、冲动、做事不经大脑，更不懂得考虑别人的感受。拥有一个健康正向的心态，一份自己深爱的职业，岂不是比一张白纸的十八岁要好得多？"

听起来和之前孔月旋的话差不多意思，但却是不一样的角度和表达方式。容茵静了片刻，笑了："你说得对，很多时候，不是年龄本身的问题，是我们自己的心态问题。"

老姜低声说："聂医生看样子有心事啊。"

聂大夫趴在桌子上，脸色酡红，虽然半睁着眼，可是已经说不出一句完整的话了。

叶诏说："就麻烦姜老板了。"

老姜难以置信："你让我这么大岁数一个人，把他扛上二楼？"

叶诏说："毕竟我肩不能扛，手不能提，太文弱是我的错。"

这是大概三天前，老姜当着弯弯的面吐槽他的话。老姜不知道这家伙是长了顺风耳，还是弯弯又一次当了叛徒，反正人家就是知道了。更重要的是，叶诏这家伙简直是记仇到极点了！

老姜恶狠狠地哼了一声，走过去托起聂子期的身体："聂大夫，您自己也使着点儿劲儿，悠着点，不然我这把老骨头可就被你压垮了。"

小院里，九月的晚风如同情人的手，格外温柔。穹顶之上，漫天星子清晰可见，深吸一口气，可以闻见淡淡的忍冬花香。容茵和叶诏并肩站着，忍不住绽出一抹笑。

真好啊，这样的夜晚。

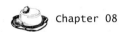

Chapter 08

烧尾宴
·
爬墙

极端病态与极端觉悟的人终究不多，时代是这么的沉重，不容我们那么容易就大彻大悟。

——张爱玲

城市的另一边，唐清辰和何钦各自坐在桌子一端，许久，两个人谁都没说话。

　　最后还是何钦先开了口："唐总的意思是说，帕维尔这个人用不得？"

　　唐清辰皱了皱眉："何氏是你的产业，你愿意用一个操守上有瑕疵的员工，与我无关。"

　　何钦说："那你刚才的意思是——"

　　这段时间以来，唐清辰心里承受的压力可不仅仅来自何氏一方，此次做出决定主动邀何钦相谈，或许在林隽看来是一时冲动，但其实是他权衡许久得出的最佳方案。只是何钦这人太滑头，跟他说正事时，他总要先跟你打几轮太极，哪怕把你兜里的东西都掏出来看个分明，也不见得肯亮出自己的底牌。如果不是没有更好的选择，唐清辰也不乐意跟他打交道。

　　见他揣着明白装糊涂，唐清辰忍不住用手指关节敲了敲桌面："我是不知道他给你灌了什么迷魂汤，但你就那么愿意相信他给你空口打的白条？"

　　何钦忍不住乐了："Easy。唐总，您这两天是不是遇上什么不开心的事儿了？天干物燥，上火伤身呐！"

说起来，唐清辰跟何钦也是老相识。两家都是住在平城的老人儿，两个人从十几岁的时候起就认识彼此。但唐清辰不待见何钦这个人总是贼头贼脑的做派，何钦也看不上唐清辰总是云淡风轻端架子的样子，所以从不一块儿玩，成年之后更是渐行渐远。若不是唐清辰继承唐氏集团之后立志要将唐氏旗下的酒店行业做大做强，而何氏又是从太爷爷辈儿开始就是做酒店的，也不至于这几年三番两次总在关键事上针尖对麦芒，渐渐地发展成今天这样你死我活的趋势。

唐清辰忍不住看何钦："好好说两句话，很难吗，何钦？"

何钦咬着腮笑得深沉："您如今取得了莫氏的支持，拔一根汗毛，比咱们腰还粗，您这是站着说话不腰疼啊。"

唐清辰说："所以你就为了这个，策反了帕维尔，让他买通了那些人，三番两次在电影节上整出那些幺蛾子？"

何钦咂了咂嘴，轻啜一口摆在面前的红酒："话也不是这样说。有来有往，互通有无嘛！"

跟这家伙从下午四点半说到现在，总算切到正题了，唐清辰心里微微松动，面上却做出越发冷淡的样子："什么意思？把话说明白。"

何钦说："年初的时候，我弟听说你们想独个儿吃下曼菲公司的项目，有点儿着急。那时在临安，我弟弟听到一些风声，坦白说，对何氏很不利，所以他的做法激进了点儿……"

放在平时，唐清辰早就反唇相讥了，但他敏锐地觉察到，何钦接下来要说的话，很可能是他一直在等的关键所在。

果不其然，接下来何钦说："帕维尔在你的酒店干了有两年多吧，老实说，最初他通过我弟找上我的时候，我第一反应就是，这肯定是你小子玩的计策，让他假意投靠我们家，打入何氏内部，最后再来个里应外合……"他看着唐清辰笑容越来越冷淡的面容，差点儿笑出声，其实唐清辰这厮也挺有意思的。他是那种高兴的时候淡淡绷着个脸，不高兴的时候反倒淡淡笑的典型。以何钦的经验，唐清辰这回若不是真的诚心相邀，这时候大概早就翻桌子走人了。何钦越想越想笑，忍不住"扑哧"一声，真的笑出了声。

唐清辰："很好笑？"

何钦忍不住拍着桌子笑："是挺有意思的啊，你不觉得吗？咱俩让一个二十出头的小子摆了一道，还都觉得自己让对方给阴了。"

唐清辰说："你早就知道了。"

何钦笑眯眯的："也没比你早多少，也就这几天吧。"

唐清辰说："早知道何总如此热爱养生，下次我多喊几个人陪你一起。"

何钦呆了一呆："啊？"

唐清辰道："陪你一块儿，打太极。"

何钦忍不住又笑了："对不住，哈哈哈哈哈。"

唐清辰看了一眼腕上的百达翡丽，说："你再多笑一会儿，我怕何佩在隔壁屋要担心得哭出来了。"

何钦笑得声音更大了。

唐清辰也无奈了，生意场上狭路相逢这么多回，他也是第一次知道，何钦这家伙笑点这么低。

下一秒，门被人从外面猛地推开，何佩神情紧绷，还透着一丝尴尬："哥，你没事儿吧？"

唐清辰抚额，何钦这回更要笑得停不下来了。

何钦一边摆手，一边说："你让人在楼下雅间定一桌宴，就你前几天最喜欢吃的那桌，我和唐总下去接着谈，你和林秘书也一起。"

"还吃？"何佩在隔壁喝茶水喝得都要吐了，厕所也跑了无数次，他现在真是听着"吃喝"两个字就怕，眼睛都瞪得外凸。更重要的是，这俩都聊了好几个小时了，竟然还没聊够？

何钦说："你不饿？"

何佩苦着脸说："不太饿，刚刚茶水喝太多了。"

唐清辰语气淡淡的："茶叶是林隽随身带的，顾褚紫笋，品质上乘。"

何钦笑眯眯的："那我待会儿也尝尝。"

何佩："……"别再提了行吗？刚刚那位林秘书已经巨细靡遗地给他科普过一遍了，而且他也身体力行地感受过这顾褚紫笋究竟有多好喝，他哥竟然还要喝？

唐清辰瞥了他一眼，说："林隽带的茶叶不止这一种，你没跟他说换个口味？"

何佩："……"所以，所有人都欺负他人傻钱多年纪小是吧？！

何钦站起身："行啦，咱们一块儿下去吧，待会儿边吃边聊。"

晚餐是何钦最近颇为引以为豪的烧尾宴。烧尾宴盛行于唐朝，当朝宰相韦巨源曾在家中摆下烧尾宴，宴请唐中宗。烧尾宴的名字取自"鲤鱼跃龙门"的典故，相传鲤鱼要经天火烧掉鱼尾，才能化为真龙，意头很好。因此，何氏酒店自打推出这个宴席之后，前来预订的客人络绎不绝，据说后厨的订单已经排到了半年后。不过，能让何佩这家伙都念念不忘的宴席，显然不会仅仅靠一个意头博出彩。唐清辰尝了几道菜，便发现了其中的意趣，不禁在心里大为扼腕，家里那个弟弟收购四时春的计划迟迟不推进，后来还跟那个丫头合伙去开办什么海棠小苑，把家里一堆生意都丢给他这个大哥。若是年初时拿下了"四时春"这个老字号，唐氏何愁没有超烧尾宴的古典宴席？

一时间思绪飘远，何钦喊了他好几声才回过神。

席上另外两个人借口去露台抽烟，非常有眼力见儿地把谈话空间再度留给了两人。

何钦说："唐总，我让人调查帕维尔的时候，发现了一点儿有意思的事，你要不要看一看？"

看一看？不是听一听？唐清辰挑了一下眉头："好啊。"

何钦叼着根牙签，笑着把自己的手机递了过去。

是一段视频。唐清辰刚要打开，何钦就体贴地递过一副耳机。他瞥了何钦一眼，插上了耳机线，戴上耳机。

视频一打开，传来的就是帕维尔的声音："怎么，你都离开唐氏了，还一心向着唐清辰？"

······

看完整个视频，唐清辰自然也看到了容茵被帕维尔强吻的整个过程，以及容茵打他的那一巴掌。

手机交还给何钦的时候，他看到了对方眼底揶揄的笑意。

何钦笑眯眯的："我这也算是意外收获了。唐总，这位容小姐会离开唐氏，我心里也挺遗憾的，更没想到的是，容小姐对何氏发出的邀请，一点兴趣都没有。你说这是为了什么呢？"

唐清辰神色镇定："不管为了什么，都跟你无关。"

"好，好，跟我无关。"何钦一点都不生气，还是那副笑模样，"能帮到唐总就成。"

唐清辰耳根微烫，举起酒杯尝了一口红酒，低声说："不过还是谢了。"

何钦顿时笑得更开怀了。

唐清辰说："说点正事。不知道何总有没有重新考量过曼菲的这个项目。"

何钦皱了皱眉峰："什么意思？"

唐清辰说："如果你我同时退出这个项目，你觉得曼菲会怎么做？"

何钦一脸骇笑："退出这个项目？你，和我，一起？"见唐清辰点头，他更是连连摇头，"不可能。为了这个项目我们准备了大半年，你们也一样。你手底下的那个苏苏，一天到晚有空就往临安跑，现在眼看就临近最后签约的日子，你跟我说要一起退出？"大概是对唐清辰提出的这个提议震惊到了极点，何钦也不淡定了，接连抛出好几个问题，"你现在说退出，到时又反悔怎么办？还有，就算我们两边都说话算话，一起退出，到时岂不是便宜了第三方？这对我们又有什么好处？放着曼菲现成的合作案不去做，想打入国际市场，难道还有比这更好的渠道可以打开局面吗？"

"有。"唐清辰此前一直没言声，直到听到何钦的最后一个问题，唐清辰才开口，"我现在有比和曼菲更好的合作方案，你要不要听？"

何钦点点头，抱着手臂："我听，你讲。"

唐清辰说："此前曼菲的项目是属意寻找一家国内酒店行业的龙头企业，辅助他们在国内铺开曼菲·二十四桥这个项目，寻找二十四个最美旅游城市，依据当地经典和建筑特色，探寻中国古典文化之美。我问你，如果没有曼菲，这个项目由我、你和莫氏三家一起来做，能不能做得起来？有没有可能，比在曼菲的掌控之下，拥有更大的自由度，做得更具有中国古典韵味、更专业也更成功？"

何钦皱眉沉思片刻，说："可是……没有曼菲的支持，我们这个项目岂不是……"

"我们可以有更多大胆的构想和更为本土化的设计，摊子也用不着铺那么大，先从七个最具有当地建筑特色的旅游城市做起，难道合我们三家之力，还做不起这样一个项目？"说到这儿，唐清辰笑了笑，以手指点了点桌面，"你有没有想过，这个项目如果做得够好，还能够带动当地旅游业、酒店业的发展，提高当地人员就业率，这样一来，我们甚至有可能得到当地政府的邀请和支持。"

何钦眼睛一亮，随即又陷入沉默。

唐清辰见何钦的态度已经有所松动，在天平的一端继续加码："你调查了帕维尔这么久，难道就没查出来，他在唐氏和何氏两边搅动风云，到底图的是什么吗？"

何钦愣了片刻，看清唐清辰眼中透出的冷色，不禁勃然大怒："你别告诉我是曼菲搞的鬼！"

唐清辰微微一笑，朝他举了举杯："恭喜你，终于上正道了。"

"靠！"何钦脑筋转得极快，琢磨一阵，脸色一阵青一阵白，"老子真是……阴沟里翻船！"

"谈不上阴沟，曼菲公司怎么也算得上是一条大河。"唐清辰说，"不然也劳动不起我和你两家耗时半年，殚精竭虑。"

"殚什么虑？！我手底下的人都累得人仰马翻了好吗？！"何钦越想越气，狠狠一捶桌子，起身就要走。

唐清辰一把将人拦住："急什么？你以为他们是国内的公司吗？你那一套整人的策略，面对曼菲这种国外大财团，可一点都奈何不了他们。"

何钦脸色涨得通红："老子咽不下这口气！"

唐清辰说："报复一个人最重要的是什么？"

何钦当机立断："当然是夺走他最看重的东西，或者人。"

唐清辰说："还有什么比我们联手抢先一步开动项目更有力的反击呢？"

何钦沉默片刻，突然就笑了，他举起酒杯，在唐清辰手里的酒杯上狠狠碰出清脆的响声："唐清辰，你这个朋友，我交了！"

唐清辰说："别说这些套话。今晚签约，我就信你。"

何钦眼珠一转："这个嘛……"

唐清辰说："何钦，跟你打交道这么多年，你肚子里有几根花花肠子，我比你弟还清楚。你真的觉得我今天来找你之前，没做好万全准备？你以为我没有给自己留后路？"

何钦瞳孔微微一缩，笑嘻嘻的："所以唐总，你都给自己留了后路——"

唐清辰说："我的后路，就是截断你所有的退路。"他拿出自己的手机，调出几张聊天记录，逐一甩在何钦面前，"你看清楚。"

何钦一张一张看过去，没有预想中的勃然大怒，脸色反倒越看越是和缓，最后更是大笑了起来。他朝唐清辰竖起大拇指，"有你的。你比我厉害，我走出三步，你已经算到了十步。这一回，是你赢了。"

唐清辰放下酒杯，率先伸出了手："是共赢，何总。"

隔着一面玻璃窗，露台上的两个人都听到了何钦大笑的声音。

林隽忍不住说："想不到何总私底下这么活泼。"

何佩："……"他沉默片刻，还是接了口，"他不是活泼，他就是……笑点比较奇怪。有时候我没觉得自己有说什么好笑的话，他就已经笑得不行了。"

林隽说："总比我们老大强，他每次笑都挺瘆人的。"

何佩说："所以啊，我一直想不通，你是怎么在他手底下干这么多年的。"

林隽说："唐家所有人里面，他是最正常的一个。"

何佩朝他投去一个同情的眼神："要不，你以后——"

"不用了，我觉得何总笑点这么奇怪，我也瘆得慌。"林隽先一步拒绝。

何佩丢给他一个白眼："我是想说，让你以后跟着我干。"

林隽的脸色并没有显得多好看："你比我还小呢！小屁孩一个。还是我们老大好。"

两家的谈判就在颇为诡异的气氛中落下帷幕。

回到唐氏总部大楼，已经是晚上十一点多。唐清辰打开冰箱的保鲜柜，见里面放着两盒蛋糕，打包的样式和花样看着都异常熟悉。

他心弦一动，想都不想伸手去拿蛋糕，却突然发现，刚刚跟何钦你来我往那么多个来回都镇定如初的手指，这时竟在微微颤抖。

手机响了两声，他拿出扫了一眼。

屏幕上显示是林隽发来的信息："老大，冰箱常温层放着两块蛋糕，是我今天去'甜度'拿回来的，容小姐最近独创的一款蛋糕，名字叫Bittersweet。老大，你……最近两天有时间的话，去看看容小姐吧。家里这边你放心，我来处理。"

唐清辰原本紧绷的神经突然松懈下来，他陡然记起，那天容茵走的时候，那张私人电梯卡，被她直接甩在了林隽身上。亏他刚才鬼使神差，竟以为她又回来了。

从保鲜柜里取出蛋糕，打开外面的包装盒，里面巧克力色的心形蛋糕露出真容。

他给自己倒了一杯气泡水，吃起了蛋糕。酥脆的巧克力外皮，蛋糕细腻密实，又苦又香，最里面的馅儿酸甜微涩，那一丝甜味极淡，却极醇，似有若无间，让人不由得想再尝一口。所以取名叫Bittersweet吗？苦甜交织，倒真贴切。

唐清辰回过神时，发现自己已经打开了第二个蛋糕，他看着眼前那个巧克力色的心形，静默许久，无声地一口一口把蛋糕吃光。

窗边泛起熹微的亮光时，唐清辰才意识到，自己竟然在窗边坐了整整一夜。

许多人都以为让他唐清辰对谁低头是最为艰难的一件事，但他自己心里清楚得很，这几年，为了唐氏，为了集团的利益，他有意无意间已经对现实、对资本、对许多人，低过许多次头了。哪怕那个亲自去做的人是林隽、苏苏，或者手下其他什么人，但之所以能获得对方的首肯，是因为人家看透了背后肯先一步低头的那个人，是他。

他并没有许多人想象得那么刚正不阿，生意人，利益至上，哪有那么多的宁折不弯？集团内外那么多人的利益要兼顾，公司上下那么多人要养活，手头那么多在处理、待处理的项目要推进，如果他真在乎一个虚无缥缈的面子，那么唐氏在酒店行业不会有今天的盛况。

他以为自己没什么不能低头的，也没什么还未为唐氏牺牲的，可直到这一天，他在窗边浑浑噩噩地坐了一宿，才想明白，成年人的世界里，最艰难的是想拾起那一点真心。

他不想承认自己其实也有软肋，不想对着容茵承认自己做错了，更不想去面对经过生活砥砺已经逐渐面目全非的自己。

那个许多人口中津津乐道，曾经冲冠一怒为红颜，甚至让家里那个老头子紧张兮兮的唐清辰，不知道什么时候，连他自己都找不见了。他几乎想不起当年为什么喜欢那个女孩子，到现在，甚至连她的容貌都记不清了。只记得她的侧脸很好看，尤其是那低头一笑的样子，曾无数次出现在年少时他的午夜梦回里，令他辗转反侧。

原本以为一辈子也不会忘掉的耻辱，早在岁月的洗练中淡漠了。他能记起当时为了那个女孩子跟好哥们儿争得面红耳赤，也记得家里老头儿被他气得暴跳如雷，把他锁在房间里整整半个多月，甚至清楚记得老头儿有一天回来，一五一十告诉他，他是怎么跟女孩谈判的，以及她最后又说了怎样一番话。

唐清辰的记性很好，当时当着唐父的面，刚听到录音时，那种惊怒、难过、尴尬，一丝一毫，他都记得特别清楚。

他一直记得老头儿偷偷录下的录音里，她是这么说的："我是喜欢唐清辰，如果他不是唐氏的太子爷，我仍然会喜欢他，但这喜欢到底有多深，我自己也不知道。我不要您的钱，如果您真心想让我离开唐清辰，那就帮我在 M 国安顿下来，我想在那上学、定居。钱买不来梦想，但我知道有人能帮我加快实现梦想的速度。这个要求，您答应吗？"

唐父一心想拆散这对小鸳鸯，虽然女孩子提出的要求苛刻了点儿、具体操作起来比直接打钱麻烦了点儿，但这一切解决起来终究比他预想的要容易。

生活不是偶像剧，没有什么误会或伪装，更没有什么神转折。

后来那个女孩子果然如愿去了 M 国，这么多年过去了，哪怕唐清辰本人已无意打听她的近况，但大概身边共同经历过这件事的人都很在意他的感受，总是时不时地向他说起她的近况。听说她后来在 M 国开了一家中餐厅，傍过几个男人，中国人、外国人都有，结了婚，又离了婚，听说后来又有了新的情人。用旁人的话说，是个挺能折腾的小娘们儿。

每次听人说起，他都没什么表情，兄弟哥们儿以为他在硬撑，连唐父都隐隐透出替他着急的意思，可没人知道，或者说，没人愿意去相信，他心里早就没有任何感觉了。

老头儿估计是年纪大了，心也软了，见他迟迟不结婚，甚至连个固定的女伴都没有，在家里面托这个托那个，婉转地表达过自己当年做得过了的意思。

可唐清辰真的早就不生气了。当年的种种他都记得很清楚，但不代表他还在恨着谁。

其实有时候他甚至也希望，自己还会记恨，还会生气。

这张世故的面具戴得太久了，不知道究竟骗过多少人，但最先骗过的那个人，其实是他自己。

该生气的时候笑，该笑的时候淡漠，该难受的时候面不改色，该淡然的时候要强撑气场。

伪装得太久，连他都分不清，有时候自己的一些反应和判断，到底是出自客观理智的分析，还是出自本能和真心。

认识容茵这半年，林隽总说，他笑的次数比从前多了。后来林隽也含糊地说过，见他发脾气，别人害怕，但他不害怕，因为这样，他才更像一个真实的人。

可林隽不知道的是，让伪装太久的人捧出真心，如同要硬生生地剖下早已融入血肉的面具一般。

他这么静坐了一宿，想的不是要不要去见容茵，而是见了她要说什么，要怎么说。

容茵是个外圆内方的人，自小特殊的家庭经历让她对情感的要求更纯粹。唐清辰不觉得自己学着许多年轻小伙子那样捧一束鲜花，每天用昂贵的礼物狂轰滥炸，就能挽回容茵的心。如果做不到用真实的自我和她重新开始，那还不如像现在这样，继续与她保持距离，也好过招惹她，让她徒增伤心。

窗外天光大亮，唐清辰看了一眼墙上的钟，已经八点钟。他冲了个澡，简单洗漱过后，换了一身正式的三件套西装下楼。头一天与何氏的谈判以双方正式签约告一段落，虽然唐氏现在已经尽归他手，但有一些该走的流程还是要走完，比如召开一个简短的董事会。

林隽一宿没睡好，早上起得很早，索性直接来了公司。推门进了办公室，却没想到唐清辰到得比他还早。

他揉了揉眼，顶着两个熊猫眼一脸震惊："老大？"

唐清辰的脸色也不怎么好看，眼下的青影清晰可见："规矩都没了，进屋也不敲门。"

"不是，我不知道您已经在了。我进来是想到昨天有一份文件好像漏了一页纸。"林隽解释着，走上前，把一份重新打印好的文件放到唐清辰桌上。他觑着唐清辰的脸色，"老大……"

唐清辰说："九点半召开董事会，人都通知到了吧？"

"通知到了。"林隽轻声说，"老爷子也知道了，说今天也会过来一趟。"

唐清辰神色平淡："你昨晚微信里说的是什么意思，你要处理什么？"

林隽说："殷家的事。"

"殷家？"唐清辰皱眉，"殷若芙，还是殷筱云？"

林隽说："老大，他们母女的手伸得未免太长了。昨天我去容小姐那儿，小石跟我说，殷筱云去那儿胡说八道了一通，还打了容小姐。"

唐清辰的脸色瞬间冷了下来："你昨天怎么不说？"

林隽心里苦："您昨天从何氏走的时候，都已经晚上十点多了。我说要陪您回来，您说不用，想一个人静静。"

唐清辰记起，昨天似乎是有几次，林隽对着自己欲言又止。他以为他是不太赞同跟何氏的谈判，压根儿没往别的地方想。

林隽又说："昨天晚上他们弄了一个烧烤晚会，老姜给您打了一个电话，那时您跟何总两个人在房间里，我就替您接了。老姜想说的也是同一件事，您可以给他回个电话。"

"我知道了。"唐清辰沉默片刻，突然问，"你知不知道，容茵喜欢什么？"

"啊？"这个问题可让林隽犯了难，他琢磨半天，不确定地说，"容小姐，应该挺喜欢做甜品的吧。另外上次我和杜鹤一起整理那批酒的时候，听他说，容小姐和平城几个酒商关系挺好的，她自己也有一些偏好的藏酒。"林隽顿了顿，又说，"电影节那段时间，容小姐不在家，您让找花匠去她家那个小院移植的那一株忍冬。昨天我去容小姐那儿，见忍冬花开得挺好的，大老远都能闻到香味。"

唐清辰说："看你平时跟她走得挺近的，怎么连她喜欢点儿什么都不知道？"

林隽一肚子委屈无处可诉，天啊地啊，这可真是欲加之罪，何患无辞！他确实和容茵关系不赖，可也仅限于一些工作上的交流，而且他一直把容小姐当未来老板娘看待。了解人家女孩子喜欢什么，这不应该是男朋友该做的事儿吗？

可他只敢在心里吐槽，哪敢当着唐清辰的面说？林秘书有泪只能往肚里咽。

林隽突然灵机一动，说："杜鹤跟容小姐的关系一直挺好，要不我把他叫来，您问问他？"

唐清辰说："那我问聂子期不是更合适？"

林秘书脑子慢了一拍，后知后觉地反应过来，他们老大，这个意思大概是醋了……

也是，问杜鹤，和问聂子期，在他们老大眼里，大概就是问新晋情敌和老牌情敌的区别。要说电影节那段时间，他们老大也算是占尽了天时、地利、人和，和容小姐的关系更是近水楼台一日千里。结果现在反过来要跟别人打听容茵喜欢什么……说起来也是挺没面子的。

林隽绞尽脑汁，突然又有了主意："您可以问小少爷啊！他女朋友，那个毕罗小姐，不是和容小姐关系挺铁的吗？"

唐清辰挥了挥手，一脸嫌弃："知道了，你出去吧。"

林秘书委屈巴巴地退了出去，临关门前，他眼尖地瞥见唐清辰拿手机的动作。哼！还不是要用他的计策，跟自己亲弟弟求救？当着他的面还装出一副此计不通的样儿！这要不是自家老板，这种人就不值得帮！

当天傍晚，在院子里整理晾晒了一整天材料的容茵突然接到好友兴师问罪的电话。

毕罗的电话打得也是相当有水平，上来第一句话就问："阿茵，你是不是有什么事儿偷偷瞒着我？"

容茵脑子没转过弯来，让小石撑着袋子，把一些处理好的陈皮收回去："没有啊，我有什么事瞒你？"随后，她第一反应看向小石，"对了，我新收了一个徒弟，算吗？"

那头毕罗没好气地说："徒弟算什么？！我说的是男人！"

容茵下意识就接口道："我徒弟就是男孩子啊。你这是听谁说什么八卦了？"

毕罗："嘿！你还真跟我也打上太极了。我问你，你跟唐清辰怎么回事儿？"

容茵一听这个名字，再想到毕罗最近和唐律越来越热乎那个劲儿，不禁脸上一热。这件事她确实从头到尾都没告诉过毕罗，认真计较起来，还真是她不厚道了："我……也不是故意瞒你。其实，我也不知道我跟他之间算怎么回事儿。按照现代人的观念，我俩应该是和平分手了吧。"

电话那头半响没言声，过了一会儿，毕罗的声音再度响起，已经透出怒意："他跟你分手了？这什么意思？俩人好的时候瞒着我和唐律不说，现在闹分手了倒求到我这儿来了？！我不管了！"

手机传来"嘭"的一声，听起来像是毕罗把手机甩在什么东西上了，容茵正蒙圈，就听那头传来一个清亮的男声："是容小姐吧，我唐律。"

"啊，你好。"容茵忍不住眼睛发亮。看这意思，阿罗这丫头和唐律感情处得不错啊！都开始两个人共用一个手机打电话了。

"咳，是这样。前段时间餐馆关门的事儿你也知道，阿罗最近脾气比较暴，你可别往心里去。"

容茵没想到他一上来先是替毕罗解释，一时间对唐律的好感又多了两分，她忍笑说："我知道的，我们俩都认识多少年了，哪会在意这个？"

"刚才是我大哥给毕罗打了一个电话，毕罗一听就着急了，也没听我大哥的话，一下子就把事儿捅到你这儿了。"唐律语调里含着淡淡的笑，"容小姐，既然都已经说漏了，那我就多说几句。我大哥这人，刀子嘴豆腐心，对你，他也是实在没辙了，这才想到从阿罗这边下手。我估计，大概待会儿他就到你家门口了吧。友情提示，你要不要收拾一下？至于见不见他，见了面怎么折磨他，那就全在容小姐你了。我虽然是他弟弟，但也是你的朋友，这事儿我不替他求情。"

唐律说得一环扣一环，还入情入理，容茵感慨这年头的年轻人一个比一个精，哪还生得起什么气？不禁笑着说："我知道了，谢谢你，唐律。"

唐律说："那我就先挂了。"他顿了顿，说了一句，"等你的好消息，容小姐。"

容茵正想问"什么好消息"，身旁小石突然冒头："师父，那个……好像是唐清辰？"

小石是见过唐清辰的，虽然当初是林隽选的人，但要送到容茵这边来帮忙，怎么可能不过唐清辰的眼？之所以用个"好像"，不是因为不记得唐清辰长相或者隔着距离看不清人，而是他怕吓着容茵。

容茵挂断电话，听到小石说这句话的第一反应就是进房间。

小石一看容茵这个反应，也紧跟着进了屋。

刚走到院门口的唐清辰："……"

很快，他从林隽那儿要到了小石的手机号。

容茵把自己关在房间里发呆，房间外的走廊上，小石扫一眼手机上的陌生号码，不自觉地皱起了眉。

他接起电话："哪位？"

"唐清辰。麻烦开一下门。"

小石放轻脚步，往楼梯的方向走，刻意离容茵的房间远了一点："唐先生，这里是容茵的家。开不开门，不是我一个做学徒的说了算。"

唐清辰挑了挑眉："那你把电话给她。"

小石叹一口气，要不是他能来这是当初承了林隽的情，而林隽又是这位唐总的手下，他真不想替他向容茵说这个话。他叹了口气："我师父把自己锁在房间里了，我帮你问一下。如果师父不说话，我就当她是不同意了。"

手机那头没了声音，小石以为他是答应了，走回到容茵的房门外，敲了敲门："师父？"

房间里，容茵没言声。这么多天以来，她设想过无数次和唐清辰重逢时的场景，也在心里演练了无数遍，见到他第一句问候该怎么说，可当他真的找上门，甚至跟她仅有十几米之隔时，她发现自己害怕了。

人生走到了这一天，容茵突然意识到，自己不过是红尘中的俗人一个。她做不到无爱无恨，所以对于生活、对于未来，包括对于近在咫尺的唐清辰，她有着许多许多的忧虑和恐惧。

曾经的她以为只有对于厌恶的人才会有恨和恐惧，比如对殷筱云。可直到最近她才懂得，越是爱一个人，越是会生出无限的幽怨和恐惧来。

她怕唐清辰再用那天那样故作漫不经心的语气问她和帕维尔的事，她更怕他用更冷淡更陌生的面孔对她提起汪柏冬。她想起不久前的那天，他的车子一路飞沙走石倒出小径的情景，还有透过玻璃隐约窥见然后一闪而过他紧绷的侧脸，她害怕看到找上门的唐清辰，看待自己的目光里透出轻慢和憎恶。

原来被喜欢的人厌恶，是一件如此可怕的事。

容茵坐在靠近窗边的木地板上，缓缓抱紧自己的双膝，明明只要微微抬一下眼，就能看到他是不是还站在门口。可她就是不敢抬头，脖子仿佛扛着千斤重量，而她只敢像一个白痴一样，把头更深、更用力地埋进怀抱。

"你……"门外传来小石的声音。

小石的声音听起来似乎很惊讶，随后又没了声音。容茵吓了一跳，她抬起头，看着门板："小石？"

一门之隔的走廊里，小石先是震惊，待看清唐清辰西裤和皮鞋上的灰尘，很快反应过来。他没说话，眼睛里却透出笑意。他们家的院门说不上有多高，但终归是不好爬的，不过一个人若真想进来，尤其是唐清辰这个年龄的年轻男人，也不是没有办法。

爬墙罢了，能有多难？

小石越想越想笑，恐怕对唐清辰这样的人来说，更难的是爬墙这件事本身会很跌面子吧？

唐清辰无视了眼前这个年轻人揶揄的目光，他听到房间里容茵透着惊慌的声音，对小石无声做了一个口型："钥匙。"

小石不太愿意这么做，但这么多天和容茵相处下来，他如何看不出自己师父心里藏的心思？他的手插在牛仔裤兜里，就这样和唐清辰默默地对视了好一会儿，最终递了一串钥匙过去。

唐清辰对他点了点头，走到刚刚传来声音的那道门前，拿起了钥匙。

钥匙很好辨认，除了两把大一些的，剩下几把都是小钥匙，唐清辰仔细地辨认了一下钥匙手柄上的贴纸，最后选中一把插入了锁孔。

房间里，容茵听到门锁转动的声音，不禁站起了身："小石？你……"她又惊又气，还有点儿想不通。为了安全起见，家里的钥匙她备了三套，其中一套她完整地交给了小石。因为二楼房间多，钥匙看起来又都差不多，她甚至细心地在钥匙手柄上贴上了贴纸，上面清楚表明哪个房间用哪把钥匙。在她的印象里，小石对她从来都是尊重有加，只要她不松口的事儿，小石从来都不逾矩。可他明知道她这会儿心情不好，怎么敢一声不吭就开她的房门？

房间门打开的瞬间，容茵心里的不悦和惊讶已经到了极致，她一手握住门把，几乎在门打开的第一时间就开口："小石，你怎么——"

房门打开，外面哪里是什么小石，分明是那张令她又思、又惧、又爱、又恨的容颜。

容茵倒抽一口冷气，第一反应就是关门，唐清辰却已经借着这个力气将半个身体挤进来。他力气大，动作也迅捷，容茵阻挡不及，一个没站稳向后栽倒。

唐清辰眼疾手快，一把搂住容茵的腰，整个人顺势钻进房间，反手一带，身体一挡，关上了门。

他靠着门，容茵靠在他的怀里。他一手环住她的腰，容茵的双手则因为保持平衡攀上了他的肩膀。

数日不见，容茵刚刚惊鸿一瞥，发觉他清瘦了许多，可一触碰到他的臂膀，发现这个人身材依旧挺壮实。这回担心也顾不上，恐惧也顾不上，心里只剩下惊慌："怎么是你？小石呢？"

唐清辰的目光在她泛着泪的眼睛和瘦削的下巴、肩颈处流连，说："你天天都见到小石，就这么一会儿不见他，就担心了？"

容茵觉得这话听着实在轻佻，还透着那么点意味不明的试探，她顿时冷了脸："你别乱说，小石还是孩子，而且他现在是我徒弟。"

"是我不会说话。"唐清辰难得没跟人斗嘴，主动落了下风，他追寻着容茵的目光，低声问，"其实我是想说，这么久不见，你一见面就只问我这个？"

容茵："你先把我放开，有话好好说。"

唐清辰摇了摇头："就这么说，挺好。"

容茵脸上一阵发烫："你什么时候也这么无赖了？"

唐清辰说："非常时期，我得上点儿非常手段。"他探出另一只手，在容茵的脸颊上揉了揉，"我以为你离开唐氏，日子过得不知道多逍遥，怎么看起来还瘦了？"

容茵脸一撇，别开他的手，三步并作两步转身就走。大约这一阵子瘦得厉害，她动作快得如同一只猫。唐清辰只觉怀抱一松，定睛一看，人已经坐在了卧室的飘窗处。

他从前来过这里不止一次，却还是头一回进她的卧室。她是时时处处有巧思的女孩子，飘窗被她巧妙利用，铺上垫子，搭上小桌，两头摆上了小巧的木架子，用来摆放书籍茶具。想来无事时，她肯定常常坐在这儿看书、品茶，记录一些有关制作甜品的灵感。

她身上的亚麻裙子松松的，更显得人瘦得不盈一握。唐清辰看得心底发酸，心里怕她生气、怕她嫌弃，却还是厚着脸皮走上前。

"容茵，我今天来，就是想当面跟你说一声'对不起'。"大概是怕容茵先一步说出拒绝的话，他第一句就说了道歉的话，"是我不够相信你，在酒店那次是这样，前段时间来找你，见到你和帕维尔在一起，也是这样。孔圣人说：'不迁怒，不贰过。'我一直觉着自己做得挺好，可在你身上，这些我都没做到。你能再给我一次机会吗？以后不论遇到什么，我哪怕心里有怀疑，也会最先向你求证。"

她抬起眼看向唐清辰："你是在跟我道歉吗？"

唐清辰是何等心高气傲的人，竟然也会主动向人道歉？

可当她抬起头看向他时，她看到他裤脚沾着的尘土，看到他与小石撕扯时凌乱的衣襟，还有他望着自己的眼神，没有套路的故作深情，没有为了避重就轻假装俏皮，他就那样看着她。可就是这样真实诚恳的眼神，已经叫人知道，他是真的在向她低头。

"是。容茵，我在向你道歉。之前的事，是我做错了。我不奢求你的原谅，但我申请一个重新立功、好好表现的机会。"唐清辰说着，嘴角露出笑，眉眼间却透着忐忑，"可以吗，容茵？"

他说得这样郑重其事，这样认真，是真的将向她道歉当作一件大事。

容茵本也不是个蛮不讲理的人，非遇见大事，她向来待人温和。如今唐清辰这样低声下气，她并没有觉得解气，反而替他、替自己、替两人这么长时间以来的误解和分别生出一阵心酸。她低下头："我当时气你不信我，也气汪老怀疑我，所有人都那么轻易就相信了流言，竟然没一个人站在我这边。"

"是我的错。"唐清辰说，"但舅公并没有质疑你人品的意思，事后舅公和我解释，他打电话给我，主要是担心咱们两个还没公开恋爱关系，我就让你……"

唐清辰话没有说完，容茵抬眸看他，两人目光撞在一处，各自都有点儿不自在。

唐清辰摸了摸鼻子，又说："归根结底，是我的错。"

这段时间，他频繁地去医院探望汪柏冬，这人一闲下来，时间多了，也就有工夫静下来，和人说说自己的心里话。

用汪老的话说，容茵身边，欣赏她、喜欢她、吹捧她的人太多了，远的不说，一个林隽一个杜鹤，这才认识容茵多长时间，就一个两个成了她的忠实拥趸，看她做什么都是好的，听她说什么都是对的，用现在网络上的用语，说一句"脑残粉儿"也不为过。可是一个人在行业里走到了她如今这样的高度，她还需要那么多的夸赞和掌声吗？人越往高处走，就越孤独，也越容易走偏。批评也好，指摘也罢，甚至是鸡蛋里挑骨头，总能令她有些不一样的想法。而这些新的想法新的灵感，才是此时的容茵最需要的。

唐清辰问舅公："仅此而已？"

汪柏冬侧目看他，只问了一句："你不觉得现在的容茵，太温和，也太好拿捏了吗？"

唐清辰真的被自家这位舅公的心思震惊到了，半晌才说："您倒是激发出她真实的脾气了，第一个被她气住院的就是您老人家……"

汪柏冬哈哈大笑，手一指旁边小桌上的保温瓶："这些天，有人比你还准时准点儿到我这报道，你猜猜是谁？"

"谁？"

"是一个年轻小伙子，每天都不声不响地来，敲门，喊我一声'汪老先生'，撂下东西带上门就离开。今天是灵芝猪心汤，昨天是山楂枸杞瘦肉汤，前天是什么汤水来着……有点儿记不清了，但比猪心汤好喝……"汪柏冬见唐清辰蹙眉不语，哼哼两声说，"叫你喝了你也尝不出是谁的手艺，不过旁边那盒点心你总认得是谁做的吧？"

当时，他只是看到点心外包装上面熟悉的"甜度"两个字，他竟然没出息的眼眶发烫。

汪柏冬说的这些话，唐清辰逐一缓缓地复述给容茵听，但唯独最后一桩，他不想告诉她。

他那样误解她，气走了她，她当时孤身一人，看似走得清爽痛快，可谁又知道，她自己受了那么多的委屈和难过，还不声不响地为他做了这么多。从酒窖里的藏酒到舅公病房的汤水点心，她用无声的行动告诉他一件事——如果错过她，穷此一生，他再也找不到比她更好的人了。

一滴眼泪落在唐清辰的手背上，那么烫，如同眼前这个人曾热忱地捧到他面前的一颗真心。唐清辰叹了口气，将人搂在怀里。

容茵小声说："我感觉没有什么真实感。"

唐清辰低下头，轻轻在她嘴唇上亲了亲，动作又柔又轻，好像生怕吓着她似的："那这样呢？"

容茵没有说话。

唐清辰叹了口气："容茵，一切事情都因我对你的不信任而起。我知道想你立刻解开心结有些难，但我一直在这儿。告诉你舅公心里的想法，也不为别的，只是想你知道，其实有很多人都在关心你。"

容茵低声说："昨天殷筱云来了，她说你要结婚了，和殷若芙。"

这个说法倒是挺新鲜的，之前听林隽转述时，好像没听到这一条。看来林隽有句话说得没错，殷筱云的手确实伸得太长了。他低头看着容茵，说："那你信吗？"

容茵说："昨天是信了来着。但看你今天的样子，觉得她昨天来说的那些，大概都是诓我的。"

"怎么，就这么相信我？"

容茵半闭着眼，唇角忍不住弧度上扬："你不是那么闲的人，真要和谁结婚了，不至于还大老远跑到我这儿来表忠心。"

唐清辰失笑："说得有道理。"

　　并不是毫无道理的相信，而是依据对他性格的了解有理有据地分析，听起来反倒意外的顺耳和真实。

　　容茵靠在他怀里，低垂着眼，见他西裤和鞋上斑驳的灰尘，尤其膝盖和鞋尖处最为明显，本来已泪盈于睫，还是忍不住"扑哧"一声笑了出来。

　　唐清辰哪会不知道她在笑什么，叹了口气说："好些年没爬墙了，别说，你家这个墙还真有点儿难度。"

　　容茵抬起眼，她的眼睛原就生得好看，刚刚哭过，瞳仁更显清亮，这样仰起头看着他、唇角挂笑的模样，当真当得起"明眸善睐"四个字。不过这位小姐吐出的话可就不怎么温柔了："既没拉电网，也没让小石学那些邻居，往墙头抹混着玻璃碴儿的石灰，怎么就有难度了？"

　　唐清辰举手表示投降："多亏容小姐高瞻远瞩，为我今天爬墙留了三分余地。不然我今天估计就要血溅当场了。"

　　"胡说。"容茵在他下巴上捏了捏，突然从他怀里退开，"你需不需要冲个澡？"

　　唐清辰看了一眼突然空落落的怀抱，眯起眼看容茵："这算是邀请？"

　　容茵啐了他一口，身边就是大衣柜，她抽出一条干净的浴巾，扔了过去："少废话，去洗吧。"

　　唐清辰皱眉："你这个总是扔东西的习惯，真的要改。"

　　容茵没反应过来，唐清辰已经从西裤口袋里摸出一张卡，递给她："拿好，别再随便往谁身上扔了。"他转身进了卫生间，临关上门前，他头也不回地说了一句，"车里有换洗的衣物，你让小石去帮我拿。"

　　容茵愣了下，走上前："车……"

　　唐清辰转过身，衬衫的扣子已经解开大半，精壮的胸膛若隐若现，在灰色衬衫的掩映下，这么一看还挺有料的——当真应了那句：穿衣显瘦，脱衣有肉……

　　容茵没想到他脱得这么快，连说话都结巴了："车，车钥匙，你还没给我。"

唐清辰"哧"的一声笑了，把手上拎着的西装外套往地板上一扔，顺手捏住她的下巴，转眼就把容茵半分钟前的调戏报复了回来："你这反应，还挺可爱的。"

容茵把目光停留在他脖颈以上，完全不敢乱瞄："车钥匙——"

唐清辰摸着她下巴的手指略微收紧，低头吻了上来。

这已经不是两个人初次接吻，如果说上次那个吻像巧克力糖浆，这个吻简直比容茵吃过的最地道的马卡龙还要甜腻。

唐清辰一下一下轻啄着她的唇瓣，眼神含笑，唇角也噙着笑，像在一点点品尝她唇上的味道，更像在故意逗弄她。容茵被他这样接连逗了几次，终于忍不住踮起脚，搂住他脖颈的同时，也将自己的唇重重印了上去。

唐清辰发出含糊的低笑，手在她后脖颈揉了揉，如同在安抚一只急躁的小动物："别急。"

两个人不知道吻了多久，容茵回过神的时候，才发现唐清辰已经喊了好几次她的名字。她张开眼，就见唐清辰眸色深浓，其间蕴含的笑意更浓："容茵，我也不想这么快结束，不过我现在好像更应该洗个澡。"

哪怕容茵不觉得，可他这一路赶来，又是飙车，又是爬墙，身上早已沾染汗尘。刚才那样的情形，不说亲吻自己喜欢的女人有多令人沉醉，单是欣赏容茵迷糊的神情都是格外令他享受的一件事儿。但两个人这么久不见，他实在不想就一身汗味儿地跟她这么越来越亲昵……

于是神思清明的唐先生非常镇定地当着她的面关上了卫生间的门，临了还丢下一句："车钥匙在西装口袋里。"

不多时，卫生间里就响起了淋浴的声响。

容茵咬着唇从地板上拾起他丢下的西装，懊恼地罩在自己头上。自己刚刚那个反应，是不是热情过头了？

浴室里，唐清辰听着房门撞上的声音，低笑出声。

奉命去车子里取男士衣物的小石更是一脸茫然加大写的震惊，到底是唐清辰手段撩妹的手段太高超，还是他师父心肠太软，定力太差？这才上去多久啊，就和好了？还是这么亲密地和好？

他那思维缜密冷静超群的师父，竟然一边沏茶一边还脸红了！

Chapter 09

碧螺春
•
摊牌

有人追求幸福，所以努力；有人拥有幸福，所以放弃。

——张爱玲

容茵最近迷上了小石做面条的手艺。心情不好的这些天，她喜欢吃辣，还总要喝点小酒，可她现在心情特别好，反而更想吃小石做的面条了，于是风尘仆仆赶来求得心上人原谅的唐总就兢兢业业地陪吃了一顿面条。

餐桌上，唐清辰说："舅公最近都住在君渡酒店。去见一见他吧，你也安心些。"

小石说："师父，我能跟你一起去吗？"

容茵正想着心事，听到小石这样说，一抬眼，正好对上他晶晶亮的眼神，师徒俩的默契无声达成。她不禁笑了笑，对唐清辰说："我想带上小石一起。"

唐清辰对小石跟着这事倒是没什么意见。尽管同样都是男人，对容茵有没有那方面的意思，他还是看得出的。像聂子期和杜鹤那样的，叫居心不良；像小石这样的，叫眼明心亮。他说："今晚就不回来了。明天迟点开店，会不会对你的店有影响？"

容茵晃了晃手机，也不避开，当着他的面捣鼓起来。

唐清辰定睛一看，随即就笑："想不到我们容小姐如今也是粉丝破万的人了。"

容茵说："这些都是小石想的主意。不过还挺方便的，在微博和公众号更新一下，绝大多数老顾客就都知道我们明天推迟开门了。"

唐清辰说："新媒体如果使用得当，对一个品牌的树立和日常经营确实有很大帮助。"顿了顿，他说，"你若是有需要，林隽那边也有一些人手，可以给小石做一些专业指导。"

容茵看一眼小石的神色，见他并不反感，说："今天回去也比较晚了，明天吧，让林隽帮忙指点一二。"

唐清辰指了指容茵面前的碗："趁热吃吧，面硬了就不好吃了。"

面条泡在温热的汤里，吃起来有着番茄的清新酸甜，辣味也足。唐清辰不记得容茵以前喜欢吃辣，尝了一口面，他默默地将容茵的神态和反应都记在心里。

他还记得下午电话里毕罗说的话："你如果真喜欢一个人，就用不着跟这个那个打听她的偏好，这些只要有心，用不了多久就都了解透了。如果你是认真的，我以容茵多年好朋友的身份，希望你能对她多用点心。容茵吃过很多苦，她值得未来的爱人对她掏心掏肺的好。"

不可否认，毕罗的话说到了点子上。他若真心喜欢容茵，这些生活中小小不言的事儿就都应该逐一做到。

回城途中，唐清辰说："我看你们家隔壁的对门还空着，可以考虑把那家也租下来。"

容茵说："我要那么多房子干吗？一家店我还打理不过来。"

唐清辰笑了："你可以只开一家店面，但多一个院子当仓库和酒窖，难道不是更方便？"

容易没想到他是这样考虑的，微一沉吟，点点头："等我回去了解一下。"

唐清辰凑近她耳边，低声说："还有你送来的那些酒，价目表我让林隽整理出来了。看不出来啊小富婆，你送这么多名贵的酒给我，是想包养我？"

容茵的脸腾地一下就红了，她瞪他一眼，又匆忙看向前面专注开车的小石。所幸车子椅背高，这一段路况也比较复杂，小石并没有留意到他们俩的动静。

唐清辰说完这句，满意地看着容茵脸颊越来越红润，捏了捏她的耳垂，低声说："见过舅公，我再好好跟你算算这笔账。"

容茵心跳如鹿，突然发现这家伙真是深藏不露。平时看着他总是那副清高骄矜的样子，想不到私底下说起暧昧的话来也一套一套的，气场强得吓人。直到车子开到君渡酒店，她和唐清辰先一步从车子下来，站在酒店大门口，她还有一种手软脚软的错觉。

唐清辰倒是心情很好的样子，低头看她："怎么了，怎么站在这儿发呆不进去？"

容茵深吸一口气，说："就是没想到，才过两个来月，就又回来这儿了。"

唐清辰笑了："怎么，你当初还真打算往后都不踏进唐氏半步了？"他拉起容茵的手，一路大步流星地向里走去，"知道你记仇，所以这次是我专程邀请容小姐卖个面子，回来唐氏探望一下从前的老同事，如何？"

一路上遇到无数眼熟的面孔，连前台负责接待的服务生都在唐清辰搂着她经过的瞬间原地起立。

容茵以手遮额，加快步伐的同时小声喊唐清辰："你慢一点。不是说去看汪老，你往这边走不太对吧？"

唐清辰说："这个时间段，他还在甜品部。"他看出容茵的忐忑，低声安抚，"放心，你不想见的人，不会见到。"

话音刚落，唐清辰就觉察到容茵神色有异，他顺着她目光的方向看去，发现自己刚说完话就被现实打脸。

殷筱云身穿一件黑色真丝衬衫，绛紫色半裙不失优雅，人看起来有些气喘，她捋了捋些微散乱的发丝，站在不远处神情复杂地看着他们二人。

唐清辰并没打算跟她多有交集，朝她微微颔首，算是打过招呼，就带容茵往电梯的方向走。

没想到殷筱云紧紧追随。

唐清辰站在电梯前，不着痕迹地将容茵护在另一边，随后看向殷筱云："您有事？"

殷筱云抚着胸口，双目微红："我需要跟你谈一谈。"

唐清辰神情淡然："殷夫人，现在是下班时间，我带我未婚妻回来这儿，也是为了一些私事。有什么事，您可以明天到我办公室详谈。"

一天前，殷筱云还在容茵面前大放厥词，声称唐清辰要和殷若芙结婚了。可此刻，看他们两个人的神情，唐清辰平静的神色下是男人面对喜欢的女人时特有的志在必得，而容茵面颊微红，眼角眉梢都透着情意。殷筱云也是过来人，见此情形还有什么不明白的？无论她此前筹谋了多少，又在容茵身上下了多少工夫想隔开这两个人，现在看来也都迟了。

她银牙紧咬，低声说："我希望是现在。你不在的时候，林隽说了一些莫名其妙的话——"

唐清辰打断她，声音清正："林隽说的话，就是我的意思。如果是为这件事来的，那么请您不必再费周折。"

殷筱云的神情如遭雷击。容茵离开君渡的这两个月，若芙在君渡酒店的甜品部说是如鱼得水也不为过，唐清辰几次外出都带上了她，在那些外人的眼中，谁不认为这是若芙和唐清辰好事将近的征兆？前段时间，唐清辰甚至首肯让她来君渡为甜品部的员工授课。这样的殊荣和自由，是殷筱云在来平城之前就一直渴盼的。结果，今天林隽直接到甜品部下达指令，让她接下来不必再来唐氏，还委派了另一个年轻男生顶替了若芙在甜品部的位置。

此前若芙和杜鹤在甜品部半分天下，如今这样突如其来的打击，别说是若芙一个初出社会的女孩子了，就是她也难以接受。

她原以为是林隽趁着唐清辰外出自作主张，听说汪柏冬已经出院回归，她也不是没去找过，可汪柏冬借口身体不适，把自己关在休息室里闭门不见。她刚安抚过若芙，又打了两个电话，听说唐清辰明天还有个重要会议，想着他今晚可能会赶回来，索性就站在酒店大厅等他。没想到他带着容茵一起回来了，更没想到，他当着容茵的面，说林隽的意思就是他的意思。

奇耻大辱也不过如此。

殷筱云看着唐清辰冷若冰霜的侧脸，强忍着怒气说："唐清辰，你爸爸如果知道你这样对待殷家人，你觉得他会容你这样，这样胡作非为吗？"她深吸一口气，死死瞪着唐清辰说，"你这样做，对得起你父亲当年对殷家的承诺吗？你的良心过意得去吗？我的母亲已经七十高龄，今天晚上飞机刚刚降落平城。我本来以为你性子固然清高了一些，但对若芙也有几分真心，怎么，现在你这是想反悔？你把事情做得这么绝，你不怕天打雷劈吗？"

唐清辰扶住容茵的肩膀，看向殷若芙："我对您用敬语，当您是长辈，但这段时日以来您的所作所为，实在令我没法儿尊重。您所谓的承诺是什么，您愿意当着殷老夫人、我父亲、舅公，还有容茵的面，再说一次吗？"

殷筱云倏然噤声。

唐清辰看着她紧紧闭着的双唇，说："我不说，容茵也不说，您以为这件事就没人知道？如果我没有认识容茵，这件事您是不是要瞒着殷老夫人和唐家人一辈子？"

"瞒什么一辈子？也说给我听听。"

苍老的声音响起的一瞬，如同一道惊雷炸在耳边。

殷筱云转过身，就见母亲在郭叔的搀扶下站在自己身后，而刚刚说话的唐父，竟然和母亲站在一起。

殷老夫人花白的头发全部染黑，还烫了精致的卷，一身正式的裙装，三厘米黑色皮靴，手边还放着两只行李箱，看样子是刚被人从机场接过来。

殷筱云觉得脑子乱糟糟的，她明明打电话安排好了人去郊区的机场接母亲，可接机的人还没音讯，这头母亲已经和唐父一块儿出现在了君渡。她不禁看向唐清辰，却见唐清辰的神色也有一丝不自然，这么说来，也不是他。更不可能是容茵，殷筱云虽然不待见容茵，却并不糊涂，容茵在平城无亲无故，做不到这样消息灵通。

算来算去，也只有眼前神色沉着地盯着自己看的唐老先生了。

唐振邦的目光在唐清辰扶着容茵肩膀的手上停顿了片刻，说："都站在这儿算怎么回事儿？上楼谈。"他又看向唐清辰，"让人安排两个房间，殷老夫人今天就住在这儿。"

殷老夫人用戴着小牛皮手套的手拾起挂在脖子上的金边老花镜，目光先是落在了女儿身旁的年轻男人身上，随后看向了他姿态坚定地圈在怀里的女孩……老夫人的眉毛耸了耸，努起嘴角，却没说话。

进电梯前，她别有深意地看了一眼殷筱云。殷筱云是最后一个进电梯的，连刚刚质问唐清辰时都没有过分躁动的心脏，这时却突突地跳个不停。

电梯载着这一厢心思各异的人，缓缓上行。

接到 Boss 电话时，林隽觉得选择留在公司加班是两个月以来他做过的最正确的决定。总算脱离了电影节那阵"做什么错什么"和"怎么做怎么错"的无限死循环了。

九层宴客厅装潢极尽奢华，但唐清辰近两年很少用，因为这里一般是用来招待比较特殊却关系疏远的客人的。林隽一看到微信里唐清辰说在九楼就明白是什么意思了，他安顿好小石，才拨了内线派专人过去。

在唐清辰手底下做了这么多年，什么时候该抓点儿紧，什么时候该拖着点儿，没有人比他更能摸清楚唐清辰的脉。

等他进到宴客厅里，服务生才刚刚端上茶水，房间里坐着一圈人，老唐总的左手边，唐清辰和容茵依次落座，右手边坐的是一位老太太和殷筱云。虽然老太太打扮得挺时髦，比实际年龄看起来要年轻许多，但林隽还是一眼看出殷筱云眉眼间和她肖似之处。这是母女啊！

他不由得再度看想容茵，容茵看起来和这两母女并不太像，之前他也隐约听汪柏冬抱怨过，说容茵一点都不像殷筱晴，更像她父亲容先生。

想到汪柏冬，林隽突然起了心思。他朝唐振邦微一颔首，走到唐清辰身旁，轻声耳语了两句。

唐清辰微一点头，示意他去。

林隽心里憋着笑，马不停蹄地又往楼下去了。

既然是一场大戏，怎么能缺少关键人物呢？

经过下午那一遭，殷筱云再也不敢小瞧林隽这个看起来颇为清隽的年轻人。从前看他总是安安静静地站在唐清辰身边，话都很少说，原以为是个没主意的传声筒，可谁料这位林秘书冷下脸来赶起人来，比起唐清辰的绝情丝毫不显逊色。此时看到林隽脚步轻快地离开，唇边噙着不明显的笑，殷筱云直觉更不妙了。她拿出手机，紧急发了一条微信给殷若芙："别发呆了，赶紧回家。晚上回去妈妈接着帮你想办法，你乖一点。"

殷筱云若是知道她这条微信接下来会引发什么，打死她也不会手欠发这条消息。

可世界上哪有那么多的"早知道"呢？更何况，许多的"早知如此"，从根源上来讲，本身就是一些人难以规避的"何必当初"。

容茵垂下眼帘，她不是没感觉到，房间里的这些人，目光总是不时地落在她的身上。容茵看着自己紧紧握在一起的双手，发现自己哪怕已经过了这么久，看到殷筱云母女还是会控制不住脾气，而看到这位名义上的外婆，心里浮现的却只有陌生感。

可无论如何，她都没料到，自己不仅撞见了殷筱云，还会与外婆在这样的场合重逢。

尚未离开苏城时，她就有许多年没去见过位老人了。离开苏城这几年，老人的面容在她的记忆里越发模糊，静下心来追忆往事，更多时候想起的也都是她和爸爸妈妈的三口之家，而不是童年记忆里那个规矩森严、冷冰冰的老宅子。

手里冷不防地被塞进一杯热茶，茶叶色泽银绿卷曲成螺，暗香浮动鼻间，是再好不过的洞庭碧螺春。

唐清辰的声音在耳边低声响起，如同一把上好的大提琴，只听二三音节就被他撩动心弦："知道你更喜欢喝雁杏村的那种绿茶，不过我这儿没有，喝点儿这个，将就一下。"

从前也不是没跟他一起品过他珍藏的碧螺春，可那时他却不是这样说。容茵敏感地察觉，这次两人和好，唐清辰待她比从前更温柔了。两手间的茶盏温度刚好，她的心口却微微发烫，轻轻"嗯"了一声："碧螺春也挺好喝的。"她抬起头，看着那张棱角分明的面孔，轻声说，"只不过经常喝的话喝不起，雁杏的绿茶更实惠。"

唐清辰忍俊不禁："你什么时候这么实在了？"但他喜欢容茵跟他说话时如此坦白，便说，"放心，你这辈子的茶叶，我都包了。"

容茵尝了一口茶，轻声悠然道："说到做到啊。"

虽然有点儿意外，可唐清辰发现，比起从前面对人时拘谨疏离的容茵，他更喜欢现在这个说话随心随意的她。他忍不住凑得更近了一些："说到做到。我今天说的话，都记着呢。"

可他今天说了好多，尤其有一些话，哪怕此时仅仅是想起，都令人脸红耳热。容茵低头，乖乖喝茶，这回她可不敢回嘴了。

唐清辰忍不住笑了。

对面传来唐振邦的咳嗽声。

唐清辰也装模作样地咳了两声，略微拉开一点距离，手肘搭在自己和容茵之间的小桌上，端起自己那盏茶喝着。这样亲密的姿态，只要不是盲人，都能看出他对容茵的维护和情意。

唐振邦看了一眼身旁的殷老太太。他算是看出了，在座这几位，一个比一个能沉得住气，连此前林隽口中赞不绝口的这位容小姐，也是个心比海宽的主儿。自己那儿子就不用说了，从小就不让他省心，长大了更是一天比一天叛逆，再长大点儿，看起来一点都不叛逆了，可心也大了。短短几年工夫，不动声色地搭建了自己的班子，鲸吞蚕食地把整个唐氏集团捏在了自个儿手里。

当老子的，说不自豪那太虚伪了，可要说完全满意……前任唐总哼了一声，要是完全满意，他至于这么晚亲自跑去郊区机场接机？

看这一团乱糟糟的，真是不知所谓。亏他还能哄着那丫头喝得下去茶叶！喝的还是他馋了好久的碧螺春！要不是最近每天照顾他的那个小聂大夫看得紧，他怎么也要搞一罐子藏在房间里，每天喝个过瘾！

唐振邦又咳嗽了两声，这回唐清辰开口了："林隽，老爷子这是该吃药了，还不赶紧倒水！"

唐振邦这回是真想咳嗽了，可一想到那一堆药片，他就捂着胸口强忍住了咳嗽。

结果林隽这臭小子居然一点眼力见儿都没有，动作那叫一个麻利，转眼就捧了一杯白水过来，另一手还握着好几个他每天都见的药瓶。

唐振邦吃过了药，唐清辰和容茵的茶水也喝过了一巡，而另一边，两位殷女士手边的水则一动未动。

唐振邦喝完最后一口水，摸了摸下巴上的胡子，开口："殷太太。"

殷老夫人抬眼，从刚刚在一楼大厅戴上了老花镜，她这镜子就没再摘过。还真别说，这订制的夹鼻眼镜戴着是挺精神，而且透过镜片，这位老夫人的眼神犀利如旧，看起来一点都不像年逾古稀的老人。

唐振邦说："殷太太，刚来的路上，咱们也聊了不少。现在人也齐了，您要是有什么话，可以直接问清辰。"

殷老夫人的目光从唐清辰的脸上，转向他身旁的容茵，最后又看回坐在自己身边一声不吭的小女儿，说："若芙在哪里？"

老夫人发话了，殷筱云哪敢不回？她低着头，轻声说："太晚了，孩子回家了。"

殷老夫人说："把人叫过来。"

殷筱云抬起眼，目录恳求："妈，您这……折腾孩子干吗？"

殷老夫人冷笑了一声："我都这么大岁数了，不也从苏城一路折腾过来了？她一个正当年的小年轻，还比不过我一个七十三岁的老婆子？"

"妈——"殷筱云用眼神示意她考虑一下还有外人在场，低声说，"有什么事，咱们回家说，成吗？"

殷老夫人和她对视了片刻，摇了摇头说："如果只是家里的事，我不挑你什么理。可筱云，现在是殷家和唐家两家的事，旁的人都在场，你让若芙一个人躲起来，这不是殷家人做事的态度。"

殷筱云不说话了。

"人挺齐全呐！"门口响起一个嘀咕声，本来声音不大，可因为房间里实在够安静的，所有人都听得特别清楚，连容茵都跟着抬起头看去。这个声音别人不认得，可她却记得清清楚楚，不是汪柏冬又是谁？两个月不见，他的气色看起来似乎比筹备电影节那段时间还要好上一些，看来，来的路上唐清辰并不是单纯为安抚她说了假话，这段时间汪柏冬确实休养得不错。她正想着，汪柏冬的目光已经掠过众人落在了她身上。

容茵想到此行原本的目的，不自觉地站了起来："汪老。"

"丫头，看起来瘦了不少，嗯？"汪柏冬走到近前，打量着他，脸上没有想象中的怒意，反倒带着笑，是容茵从没见过的亲近神色，"怎么，看到我傻了，话都不会说了？"

"对不起。"容茵正要提起上次的事，汪柏冬已经拍了拍她的肩膀："不过是暂时离开唐氏，去经营你自己的生意，有什么好对不起的？你这个孩子，就是太懂礼貌，太客气了。"

汪柏冬用眼神制止了容茵接下来的话，随后在容茵右手边的空位坐了下来，说："就这儿还空着，那我就这么坐啦。"他朝殷老太太的方向欠了欠身子，姿态却显得有点儿随意，"殷夫人，好久不见。"

汪柏冬比殷筱云还要年长几岁，这声"殷夫人"称呼的自然不是她，而是殷老太太。

殷老太太见到汪柏冬的一瞬间，脸上闪过一抹不自在，含糊地应了一声，从殷筱云手里接过茶盏抿了一口。

汪柏冬脸上挂着笑，又说："老夫人身体一向可好？"老实说，从容茵认识这个倔老头儿以来，他这么一会儿工夫笑的次数比过去几个月加在一块儿都多，且不论别人怎么想，起码她看得瘆得慌。

殷老太太喝了两口茶，见汪柏冬还紧揪着自己不放，而且拜他所赐，房间里这些人的目光全都围在她身上打转，只除了一个人……

她将茶盏往桌上结结实实一墩，低声对殷筱云说："现在，给若芙打电话。"

殷筱云在外强干精明了半辈子，可在殷老夫人面前，气势上就先矮了一截。心里虽然有千百个不愿意，也只能拿起手机到门口给自己的爱女打电话。

一连打了两遍，对方都没有接通。殷筱云心里纳闷，又有一丝暗喜，今天晚上这阵仗，若芙能避开是最好不过的，恰巧这个时候若芙的手机打不通，哪怕老太太再不高兴，她也没法儿把人提过来。有时候，有些事，还真是人算不如天算。殷筱云强压着溢出眉眼的喜色，抿住嘴角走回自己的位子，打算低声跟老太太交代几句。

哪知道这个时候殷老夫人已经开了口："殷茵？"

别人听在耳朵里，都以为她喊的是"茵茵"，只有容茵知道她是什么意思，却倔着没抬头。

殷老夫人的一举一动，都落在在场这些人的眼里。她等了片刻，见容茵仍然没个反应，不由得脸色微沉。

这时容茵也放下茶杯，朝着殷老夫人和殷筱云的方向看过去，她没起身，没昂头，甚至没有刻意地挺直脊背，就像和同龄人说话那样，温声开口："殷老夫人，好久不见，一切可还好？"

这回连汪柏冬都忍不住侧目。都说士别三日当刮目相看，一段时间不见，没想到这丫头不仅气势见涨，城府也深了不少。

刚才他就是用这句话问候的殷老夫人，结果人家老太太没搭理，现在她也用这句话来做开场白，也够给老太太难看的。

殷老夫人的面色果然越发不好看了。

殷筱云本就憋了一肚子委屈，见此情形更憋不住话了："容茵，你还有没有规矩了？你的礼貌，你的教养在哪儿？见到你外祖母，就是这么说话的？"

唐清辰正要开口，却感觉到手背一暖，低头一看，是容茵的手搭了过来。他侧眸看向容茵，不料和汪柏冬的目光碰在了一处。两个男人，一老一少，都在对方脸上看到惊讶的神色，又不禁都哑然失笑。

他们两个都以为容茵性子老实温暾，可现在看来，倒好像是他们想错了她。

这么多年以来，殷家不仅仅是压在唐清辰心头的一块重石，更是鲠在容茵喉间的一根骨刺。单看容茵的态度就知道，只要殷家的女人在场，她的锋芒便都展露了出来，平日里那个总是温和笑着的傻姑娘，此时却像一个披坚执锐的战士。唐清辰本来想轻声劝解两句，可转念一想，又忍住了。

容茵微微一笑，看了一眼殷筱云，便把目光投向了殷老夫人，只是那目光直挺挺的，是空的，压根儿也没定在任何人身上："我从一出生，户口本上的名字就是'容茵'。长到十四岁，是我爸我妈赚钱养我；我妈过世，我爸瘫在床上十年，直到他过世，我靠着车祸肇事人的赔偿还有打零工养活我和我爸。血缘上，我是有外婆，有小姨，大概还有其他什么亲戚。可这二十九年，这些人没养过我一天，没帮过我一次，有，我也当没有。两位从年龄上来讲是我的长辈，但我的礼仪也就到这儿了。"

殷老夫人目光微黯："好。"殷筱云被她这缓缓的一声"好"吓了一跳，抚着老太太的肩膀，轻声劝慰："妈，您也别往心里去。这孩子现在就是这样，每次见面说话都跟结仇了似的……"

殷老夫人深深地看了她一眼，没说话。

这一眼，让殷筱云的手却如同被烫了一样，乍然从老太太的肩膀提起，半晌都僵在半空，既没落下，也没收回。

殷老夫人说："容茵，这么些年以来，是苦了你了。"

容茵没说话。

殷老夫人又说："我这趟来，是奔着若芙和小唐总的婚事来的，旁的事，你如果有小情绪，咱们尽可以私下说。"她转头，看向僵站在一旁的殷筱云，"若芙呢？"

殷筱云抚了一下发丝，有一丝尴尬："我打了好几次，这孩子都没接，大概是睡着了。"

殷老夫人目露恼怒："你还分不分得清轻重缓急？！都什么时候了，还让她睡觉？！这到底是谁要结婚？！"

"老夫人先别动气。"唐清辰觉得，别的事他可以给容茵留出私人空间自行处理，可这件事他不得不开口解释，下午他才好不容易哄回来的人，结果刚回来就出了这么一档子事儿，再不抓紧解释，这误会又大了，"没谁要结婚，哪怕真有谁要结婚，也不是我和殷若芙小姐。"

这回不仅殷老夫人动怒，连唐振邦都急了："你胡说什么呢？！"

唐清辰不慌不忙地又说了一遍："我说，我从没答应过和殷若芙小姐结婚。"

殷筱云急得连珠炮一样："你不和若芙结婚，你提拔她当副手？让她接管君渡酒店的甜品部？"

唐清辰说："电影节之后，汪老病倒，她和杜鹤的职位都是暂时任命。"

殷筱云说："你还带她出去参加聚会，好几次，她都是以你女伴的身份出席的。"

唐清辰说："只是工作性质的聚会，而且她也不是以我女伴身份出席。她的身份，是君渡的员工。"

殷筱云脸色涨得通红："唐清辰，你这是无赖！玩弄女孩子感情，始乱终弃！"

唐清辰正色道："随便您怎么说，但我从没对殷若芙小姐有过任何承诺，私下更没有过任何超出上下级关系的亲密接触。对殷小姐职位的调整，也是出于对甜品部负责的态度，由林秘书全权负责。只要殷小姐愿意，她仍然可以留在君渡工作，但甜品部总负责人这个职位，以她的专业水平和职业资历，确实担待不起。哪怕我们两家有私交，也不能枉顾职场公平乱开后门。"

殷筱云看到汪柏冬也在一旁点头，气得手指直抖，她眼睛里噙着泪水，看向唐振邦："唐总，无论如何，今天这件事，您必须给我和若芙一个交代。"

刚才这两人你来我往，唐振邦听得也直打鼓，最后殷筱云一句话把他抬上来，于情于理，再搭上两家十几年来的交情，哪怕明知道眼下的情形跟自己的预估有出入，他也不得不开口替殷筱云说两句话："清辰，你确实没和殷若芙谈恋爱？"

唐清辰反手捡起容茵的手，往唐振邦面前一递一收："您不是看得挺清楚的吗？”

要说唐振邦也不是多迂腐的人，先前他急着拉郎配，也是因为这么多年以来，除了唐清辰年少时那回闹得实在不像话，被他一把给掐熄了火，之后就再没见儿子有过动静。说到底，唐振邦急得不是唐清辰为什么不和殷若芙结婚，他急得是这孩子这几年就没跟哪个女孩子谈过恋爱！这正常吗？放在他们那个年代或许还说得过去，可放在现如今这花花世界，这非常、特别、极其的不正常啊！换谁谁不着急？换谁谁不病急乱投医？殷筱云带着如花似玉的漂亮闺女找上门，再加上当年那件事……想到这儿，唐振邦也愁：“可是当初，怎么说你殷阿姨也——”

“当初把我送回家的那个阿姨是殷筱晴，不是殷筱云。”唐清辰意味深长地瞥了一眼殷筱云，说，“可现在您也知道了，容茵是殷筱晴阿姨的女儿，您不是一直想报恩吗？这不是正好？”

如果说之前唐振邦老爷子还在深深地纠结到底该怎么处理这件事，唐清辰最后这句话可称得上让老爷子拨开云雾见青天，连带看向容茵的眼神都震惊了：“她是殷筱晴的女儿？”

父子俩离得近，唐清辰忍不住低声吐槽：“刚才人家不都认上亲了吗？您这半天都听什么呢？”

老爷子瞪了他一眼：“就你聪明。”

唐清辰低低一笑：“哪能啊？！阴差阳错而已，今天这一出，也是巧了。”

这句话的言外之意就是，他对容茵，压根不是出于什么感恩，而是真的喜欢。

这么些年，唐振邦还是头一回在自家儿子脸上看到这种神情，说不上多么强烈的欢喜，可那眼角眉梢透着的畅快，怎么看都是沉浸在恋情中的男人。

这才是唐清辰这个年龄的男人该享有的。唐振邦看得一阵欣慰，外加还有点儿小辛酸，虽然还不够了解容茵这个女孩子的为人，可能在自家儿子脸上看到这种变化，已是他不知盼了多久的。有了新的开始，他也用不着总对当年处理儿子初恋时的雷霆手段耿耿于怀了。他不由得将目光投向坐在角落里的汪柏冬，这个老家伙，看样子消息知道得比他早多了，可还是跟当年一样，啥都知道，就是啥都不说！

唐清辰三言两语就让一直跟自己同一阵营的唐振邦熄了火，殷筱云看在眼里，心头仿佛烧着一把火，她不由得想上前再理论几句，却被殷老夫人一把拽了回去。

老太太年纪大了，手劲儿却一点不小。

殷筱云觉得手腕被老太太锢得生疼，扭头想辩解，可目光一触及母亲的眼睛，一肚子委屈又都生咽了回去。

"年纪大了，说了一会儿话就累了。"唐老夫人摘下眼镜，随手放进眼镜盒里，递给殷筱云，起身朝唐振邦父子的方向点了点头，"既然唐总为我们安排了住处，我今天就先在酒店歇下了。有什么话，咱们明天再聊。"

如果只有殷筱云自己在场，她绝不肯就这么离开，可身旁跟着殷老夫人，她就如同被捏在五指山中的孙猴子，纵然有通天本领，此刻也什么招都使不出来了。

老夫人在殷筱云的搀扶下走到门口，又转身，身后走廊的灯光映在她的脸上，越发清楚显出她鼻翼两边的法令纹来，眼睛底下的眼袋也乌沉沉坠着："汪先生，我想单独跟您谈两句，这边请。"

汪柏冬像是早就料到会有这一出，殷老太太一喊，他就起身，先朝唐清辰摇了摇头，示意他用不着担心，然后跟在殷老夫人母女身后，一同离开了。

Chapter 10

红酒炖雪梨

·

后悔

人生太长，我们怕寂寞，人生太短，我们怕来不及。

——张爱玲《半生缘》

服务生早就将一行人的行李送至房间，殷老妇人扫了一眼小女儿的侧脸，说："筱云你留在这儿，帮我把行李整理一下，我和汪先生去咖啡厅谈事。"

殷筱云一直背对着门口。汪柏冬知道她骄纵惯了，今天当着众人的面，也算受了天大的委屈，给她留点时间自己纾解一下也好。他点点头，递出手臂让殷老夫人扶着，说："多年不见，您还是这么时髦。"

殷老夫人依然沉着脸，说出的话却挺俏皮："怎么，以为我在小地方待久了，进了你们唐家的酒店，就该像刘姥姥进大观园一样，连门在哪边都找不着了？"

汪柏冬也笑了："哪儿能呢？！不过这么晚了，去咖啡厅，您这也不好喝咖啡吧。"他看着前方的路，状似不经意地说了一句，"刚好前阵子容茵那丫头送过来不少好酒，我让人给您煮一份红酒炖雪梨吧。"

殷老夫人半晌没言语。

汪柏冬权当她不反对，拨了个电话安排下去。等两人到了二十四小时营业的咖啡厅，经理将二人引到一处风景最佳的位置，桌上已经摆好了一份冒着热气的红酒炖雪梨。

殷老夫人从汪柏冬手里接过盛了一份雪梨的碗，却迟迟没动。半晌，她放下碗，看着汪柏冬："这么多年，你还记着她呢？"

汪柏冬笑着说："人老了，到了我这个年纪，才发现自己好像拥有过不少东西，也好像什么都没拥有过。"他指了指自己的头，"唯有那些记忆，越来越可贵。不多记着点儿自己喜欢的人和事儿，还有什么意思呢？"

殷老夫人说："也就只有你敢在我这样的老人家面前念叨老。"

汪柏冬说："反正您一直不怎么待见我，我也就放任自由啦。"

殷老夫人说："我知道你有话想说。现在我人在这儿，筱云也不在，你想说什么就说吧。"

殷老夫人如此开门见山，汪柏冬却迟迟不接招，只是指了指她面前那碗红酒炖雪梨："趁热吃，对您的咳嗽有好处。这一路舟车劳顿，我看您刚才水都没喝几口。现在那些小辈儿都不在，您呐，也放轻松点儿。"

殷老夫人看着面前那碗雪梨。红酒应该是上好的红酒，闻着有一股熟透的葡萄味，甜中透着点儿涩，芳香馥郁。秋冬的天气，有咳嗽毛病的人吃些这个最好。

这也是殷筱晴从前最喜欢给她做的一道甜品。

那个时候自己是怎么说她的来着？说她就喜欢捣鼓这些外来的玩意儿。说起治咳嗽，红酒再好，哪比得上正宗的川贝炖雪梨呢？筱晴从来不生气，总是说："这两样都有效，红酒炖金橘也管用，可总不能天天紧着一样吃。一天换一个样才有意思。"

无论是长相还是手艺，两个女儿里，筱晴一直是更像她的那一个。筱云也像，可就像她早逝的丈夫曾经打趣说的那样，筱云最像的，是她那个臭脾气。

可后来啊，男人死了，两个女儿相继长大，她才发现，她和丈夫两个人都看错了。

筱晴看似柔和，可遇到自己真正想坚持的事，那份执拗才真是像透了她。她让姓容的入赘殷家，筱晴不同意，说容生雷是大学教授，是未来的科学家，入赘是上个年代的事。如果两个人真正相爱，懂得尊重彼此，又谈什么入赘不入赘呢？入赘就不会背叛吗？不入赘就不会真诚相待吗？筱晴甚至拿已经过世的父亲和外祖父做比较，为此她平生第一次打了筱晴巴掌。

可如果容生雷不入赘，筱晴就不肯担起寄味斋的担子，他们两个结婚生下的孩子也就不姓殷，那寄味斋怎么办？殷家这一大家子以后怎么办？几十年来祖宗的基业，多少代殷家人的奋斗，不论孰对孰错，到了她这一辈，没有了传承，就是她殷琴琴不争气！

殷老夫人面前摆着那碗红酒炖雪梨，时候久了，红酒渐凉，酒气淡了，那碗里的玫瑰色却更浓了，每一滴，都似她化不开的心头血。

少年丧母，中年丧夫，后而丧女，人生最苦的事，她都尝过了。

可到了这一天，她才发现，人生啊，总有更难的事在后头。

比眼看着至亲的人接连逝去更痛的，是至亲之人就在眼前，却已形同陌路不肯相认。

汪柏冬让人将炖梨端走，小火煨热后重新端上桌。这一回，原本白嫩的雪梨彻底染成了胭脂色，入口即化，正适合她这样的老人吃，味道浓，又不费牙齿。

原本三碗的量熬成了这样浓浓的一小碗，吃下去，原本冰凉的脸皮都泛起了麻麻的热意。

殷老夫人抬起头，看着汪柏冬："当年，筱晴要是嫁给你——"

汪柏冬乐了："您可别这么说，筱晴当年可是我们这辈人眼中的女神，我想都没这么想过。"

殷老夫人说："如果。"

汪柏冬脸上的笑意淡去："假设的事有意义吗？如果？如果筱晴嫁给我，您还是会一样的固执，让我入赘，让筱晴接过您手里的担子，一切会和现在有差别吗？"

殷老夫人不说话了。

汪柏冬说："您觉得问题出在了谁身上？是容生雷？是筱晴？还是容茵那孩子？我知道论辈分论资历，我都不该跟您这么说话，这么多年，也没谁敢在苏城、敢在殷家的女人面前说这个话。可我还是想说，这么多年，您都没觉得自己有哪怕一丁点儿的错吗？您那么逼筱晴，那么苛待容生雷和容茵，那么……"他咬紧了牙齿，缓缓地吐出最后一句话，"那么纵容殷筱云，哪怕您明知道，当年那场车祸到底是怎么回事。"

殷老夫人猛地抬起眼。一整晚，她的目光都是锐利的，可没有哪一瞬像此刻这样，如冰上的剑，剑尖带血，那么刺眼，逼得人无路可退，无言以对。可汪柏冬是已经年过半百的人了，哪会被她一个眼神就唬得不敢说话了？汪柏冬忍不住在心底叹息，换作三十年前，说不准，自己还真就会被这么一个眼神吓得怯了场。

果然人呐，还是要经大世面。

他这么一笑，殷老夫人更急了，喉咙里原本淤堵的痰，连同新熬过一遍红酒的稠，一起卡在喉咙里，憋得她脸色渐红，连咳都咳不出来。

汪柏冬眼疾手快地递过去一杯热白开水，站起身为她抚了抚背，一系列动作完成得格外熟稔。

等到殷老夫人重新喘匀了气，他淡淡地说："早些年，我也这么照顾过我师父。不过他老人家去得安详，一觉睡过去了，也没遭什么罪。子孙儿女都在，十几个徒弟里面，还在世的，哪怕远在南半球，也都赶了回来。他老人家，也算得上寿终正寝吧。"

殷老夫人眼角挂着一滴泪，脸上还带着尚未喘匀的红，听到这儿忍不住笑了："好你个汪柏冬，到了这一步，连死这件事都抬出来吓唬我了。"

汪柏冬说:"难道您以为我是在拿我师父的死消遣您?还是您自己从没认真琢磨过这事儿?哪天您这么一下过去了,寄味斋留给谁?殷筱云和殷若芙母女要怎么安排寄味斋那些老伙伴?还有殷家那一大家子,您留下的那几间房产怎么分,寄味斋的股权怎么分,您写没写遗嘱?"不等殷老夫人回答,他一口气直接做了个总结,"我看您是没写。"

殷老夫人这回半晌没说话。

她握着水杯,嘴巴里还有红酒残留的那股涩,她却不敢多喝。到了她这把年纪,吃不能多吃,更不能随意吃,吃多了胃消化不好;喝也不能多喝,不可以敞开了喝,不然用不了几句话的工夫,她就该去卫生间了。

在自家人面前或许还好说,可当着汪柏冬的面,她不愿意服这个软。

许久,她开口,嗓子沙哑:"那你说,我能怎么办?"

汪柏冬说:"殷筱云闹着来平城,也是您默许的。您觉得,到了这一步,您该怎么办?"

殷老夫人一顿,说:"你的意思是……"她垂着眼皮儿,脸色黯然,"我看那位新上任的小唐总,是个有主心骨的,连他老子都做不了他的主儿,我们这些外人,就更难了。"

汪柏冬一语点破:"现在都什么年代了?您默许殷筱云这么折腾,是想包办婚姻呐,还是挟恩图报?"他觑着殷老夫人的脸色,说,"要么您是两者都有?"

他紧跟着哂笑一声,语气里不无嘲弄:"可说起来,这恩也不是殷筱云的恩,而是筱晴当年种下的善果。如今他们两个孩子走到一起,筱晴和容先生在天上看着,也很欣慰啊!您做事这么有欠公允,有没有想过筱晴会怎么想?"

放在从前,面对汪柏冬这样不客气的步步紧逼,殷老夫人哪怕不破口大骂,也要拂袖走人的。可现在汪柏冬嘴巴上说得不好听,但能跟她一个老太太在咖啡厅磨叽到这么晚,还能图什么?况且,除了汪柏冬,放眼整个平城，也没谁能帮殷家渡过眼前这个难关了。

殷老夫人放下杯子，看向汪柏冬的眼神里，第一次褪去了疏离和高傲。她将双手搭在桌上，朝他拱了拱手："还请汪先生帮殷家一次。"

汪柏冬说："老夫人，我能帮的，不过是传两句话，解决问题的根源，在您这儿。"

殷老夫人面露难色："容茵那孩子……"

汪柏冬说："论辈分，容茵是该叫您一声'外祖母'，可您不仅没有尽到做外祖母的责任，也没还她一个应得的公道。"

"公道？"殷老夫人短促地笑了一声，"汪先生，您一辈子没成家，恐怕不知道，在一个家里头，许多事是没办法分是非对错的。都说清官难断家务事，做大家长的，最不应该做的，就是去评判谁对谁错。"

汪柏冬说："我不评价您的这种想法是对是错，我就说一件事，"汪柏冬竖起了食指，"如果您不在容茵和殷筱云之间做个取舍，那么殷家在平城的路，也只能到此为止了。"

殷老夫人面上的赭色几度翻滚，她从随身的包里拿出手绢，捂着唇咳嗽起来。汪柏冬递了几次水，她都没有接。过了好一会儿，她说："你对容茵这么维护，是因为筱晴？"

汪柏冬对此也不讳言："是有一部分，但这孩子前阵子在我手底下干过一段时间。"

殷老夫人此前只听殷筱云提起过若芙在汪柏冬手下工作的事，对此还是头一回听说，不禁悄悄攥紧了手绢。

汪柏冬说："一开始我也总习惯拿筱晴和她做比较，我对她的挑剔，要比对殷若芙多得多。"他看着殷老夫人默不作声的面孔，不禁笑了，"我说句话，您大概要不爱听，但我还是得说。天分上，她比起筱晴分毫不差，差就差在她对中式糕点没有经过系统的学习，有些基础做法完全是野路子。但她在 F 国磨炼那五年不是白费的。她在平城郊区开了一间自己的甜品店，现在这个店在微博上火得一塌糊涂，蛋糕我也尝了。"说到这儿，他的语气越发平淡，可正是因为情绪的淡然，听在殷老夫人耳中，他的话反而更添分量，"中式糕点，京派也好，苏式也罢，她不懂里面的基本功，完全不要紧，因为她通过对西式糕点的系统学习和自行摸索，已经走出了自己的一条路。她或许不是筱晴那样的天才，但她绝对已经是这个行业内最优秀的那几个人之一。终有一日，她会成为大师。"

殷老夫人拢了拢披肩的流苏，大概是夜渐深沉，她竟觉得有点儿冷。

汪柏冬喊人换了一壶热姜水，又体贴地问她要不要去趟卫生间。年轻的女服务生走过来，搀扶着她起身。殷老夫人虽然七十多岁，但平时腿脚还是挺利索的，今天大概真的累了，去了一趟卫生间回来，坐在椅子上，竟然觉得膝盖窝酸软得厉害，耳朵也好一会儿才不再嗡嗡作响，能够听清楚汪柏冬的声音。

汪柏冬说："老夫人，我斗胆替筱晴问您一句，看到容茵长成现在的样子，您后悔了吗？"

后悔了吗？

十几年前，筱晴出车祸的前的一天，她们母女俩曾大吵一架。筱晴走出家门时，低声说了一句："您不喜欢容生雷，不愿意认容茵，那我们一家三口以后除了过年当天，可以不再迈进这个家门一步。只是，妈，我怕总有一天，您会后悔。"

这么多年过去，她连筱晴当时的模样轮廓都有些记不真切了，哪怕午夜梦回，她也总是七八岁扎着双马尾的乖巧模样，身后跟着咬着手指口齿不清地喊"姐姐"的筱云。可她却记得那天的火烧云染红了半边天，那样火红灿烂的落日，此生再也没有见过，连带筱晴的那句话，也日复一日，年复一年，如同呓语，总是萦绕在耳边："妈，我怕总有一天，您会后悔。"

人家都说，强势而倔强的妈妈，往往会生养出懦弱不争气的孩子。可如果这个孩子长成了同样骄傲倔强的样子，有谁知道，父母心里除了自豪，还会透出隐隐的不安。

筱晴自小就喜欢和她别着来。小时候扎着双马尾明明又美又甜，可她自己却说不喜欢留长发，拿了过年时的压岁钱就跑去剪短了；长大后说让她找一个本地的、踏实肯干的小伙子，她却偏要找一个性格清高的大学老师，还是平城人；自己不让她和容生雷结婚，不让容茵跟容姓，每一样，她都拂逆了她的意愿。就连那天跟她闹决裂，都要说出那样让她气噎声堵的话来。

她说她总有一天后悔。可她想，她连人都不在了，容生雷也瘫在床上，容茵那个丫头，不进殷家，不学祖传手艺，高考结束偏偏跑去读什么医学院，还有什么能让她后悔呢？

她在容茵身上缺失了多少祖孙情，就在若芙身上补回多少。她在筱晴身上失去多少坚持和信念，就在筱云身上偿还多少。

这么多年，从没有人敢再当着她的面，说一句："我斗胆，替筱晴问您一句，您后悔了吗？"

殷老夫人没有回答。

汪柏冬说："容茵想要什么，我替她说了。您如果想维持这个家的平和，那有些事儿，我劝您就退一步。这世界上的好，不可能都让一个人占了。您说是吧？"

殷老夫人走出咖啡厅的时候，殷筱云不知道已经在那儿等了多久，身旁还站着有日子没见的外孙女儿。殷若芙眼圈通红，小脸瘦了一圈，一看就在平城吃了不少苦。

"妈……"殷筱云扶住她的身体，警惕地朝汪柏冬的背影扫了一眼，低声埋怨，"怎么聊这么久，我都不放心了。那个姓汪的也是，一点都不懂礼数，也不看看您这么大岁数，累了一天，还……"

"走吧。"殷老夫人拍了拍她的手，制止了她后面一连串的话，又看了眼殷若芙，"来了？"

殷若芙一看到老太太的眼睛，眼泪"唰"的一下就落了下来："外婆……"

殷老夫人左手抓着殷筱云的手臂，右手扶住殷若芙的肩膀："不哭了，不在这儿哭。咱们回房间再说。"

肉桂、肉豆蔻、丁香、柠檬、冰糖，再加一勺石榴酒和半只梨，微沸之前转小火，再等上那么一阵，就熬成了两杯热腾腾、暖呼呼的热红酒。唐清辰一进房间，就闻到了一股浓郁的芬芳，待看清容茵面前那两只盛着酒红色液体的胖墩墩的杯子，他一下子笑了："觉得冷？这个季节就熬热红酒喝？"他绕过沙发坐到她的身旁，茶几上那杯红酒他没有碰，反而去抢容茵手上的那杯，握着她的手，连同杯子，送到自己唇边尝了一口，"嗯……有点儿石榴的甜味。"

容茵看他的侧脸："舌头真灵。放了一勺石榴酒。"

唐清辰说："怎么，回来了就在我这里憋着，不去见见以前的朋友？"他见容茵不说话，再接再厉，"杜鹤也不想见？"

容茵双手握着酒杯，垂着眼帘："我也就是回来看看，没有继续在这儿工作的打算。"

她本来怕这话说得太直，唐清辰又不高兴，没想到他的语气听起来自然流畅极了："那更应该见见了。今天也晚了，明天吧，想不想和从前的同事一块儿吃顿饭？"

容茵有些诧异地看了他一眼。

唐清辰觉察到她一直在自己面庞打转的目光，转过脸，似笑非笑："怎么，到今天才突然发现我其实长得很入眼？"

容茵脸皮发烫，这一晚发生了太多的事，她心里乱极了，这才煮了点儿热红酒安神，不想才跟这家伙说了两句话，之前唐清辰挤进她房间时那种让人面红耳热的感觉又来了……

唐清辰缓缓凑近她，一手撑在她脑后的沙发上，另一条手臂突然从她身前圈了过来，容茵"腾"地一下站起来，还冒着热气的红酒瞬时洒了她一身，唐清辰衬衫的衣袖也没能幸免，还有几滴溅在了他的脸上。

容茵："……"

唐清辰不慌不忙地站起来："看来对于下午我一个人洗澡的事，容茵小姐心里很介意。"

容茵脑子转了片刻才反应过来他什么意思，吓得整个人都凝固了，半天没说出一句话。只看着唐清辰越凑越近，在她唇上印了一个吻，随即将她整个人抱起来。

突然变换的姿势让容茵头晕，她扶着唐清辰的肩膀："你要干什么？"

唐清辰看着她笑，到了浴室门口，才将她放下来："我要干点儿什么，怎么也要经过容小姐的允许才行啊。毕竟我好像还在观察期！"

容茵一直紧绷的情绪在这一瞬间才真正放松下来，想起自己之前的草木皆兵，再看此刻唐清辰脸上促狭的神情，她突然扶住他的肩膀，踮起脚尖，学他之前在沙发边的样子，在他唇上落下一个吻，接着转身就溜。

门还没关上，容茵就被人拎着衣领子转过身。

此刻，唐清辰看着她的目光，如同一壶温得浓稠滚烫的酒："这个习惯可不大好。是我带的头，我得纠正一下。"话音即落，他的吻也跟了上来。

认识了唐清辰，容茵才知晓，原来接吻还有这么多不同的方式。他的吻从一开始的炙热灼人，勾着她、钓着她、诱惑她，让她跟他一同沉沦，到蜻蜓点水般的戏弄，两个人就这样靠在浴室门边的墙上，耳鬓厮磨，温柔缱绻，直到两个人的呼吸都乱了，他颈间的领带也松了，一端还被她攥在手中，揉捏得一塌糊涂，不成样子。而她自己看不到的是，她的脸颊也红了，散碎的发丝黏在脸畔，本就漂亮的眼睛如同两汪春水，被她这样望着，唐清辰都要恨不得溺死在这样温柔的眼波中。

容茵突然明白，怪不得这世人都追逐爱情，爱情真是件极致美好的东西。饕餮大餐也好，金银如山也罢，乃至云海日出，飘摇竹影，大漠孤烟，花落山涧，此生她走过那么多的路，看过那么多的风景，都抵不上与心上人心醉神驰的一吻。

狭路相逢勇者胜，温柔只给意中人。

父母相继离开的这些年，风也经过，雨也历过，直至最近接二连三的风波，到了这个夜晚，容茵才深刻明白了这句话的意思。她以为自己刚强，以为自己洒脱，以为自己已经心坚如铁，以为自己已经无坚不摧，可在眼前这个人的怀里，在他温柔热情的拥吻里，她才知道，自己也可以是柔和的、轻软的、甜蜜的，如同她曾经做过的每一块甜蜜的糕点，送到那些品尝者的手中，看一眼，吃一口，嘴角就能沁出甜蜜的笑来。

容茵不知道自己脸色如何，头发怎样，但当她真的笑起来的时候，她自己是知道的。因为这笑，她再次拥抱住唐清辰，脚尖绷直，整个身子都依偎进他的怀抱："唐清辰，我真的很喜欢你。"

像容茵这样性格的人，能说出这样的话来，恐怕是真的将他切切实实、真真切切地放在了心上。

几个细细碎碎的吻落在她的耳后、颈侧，唐清辰眼底尽是一片暖色，将她拥得更紧："我爱你，容茵。"

容茵没想到，自己一句情之所至的喜欢，竟然换来这人的一句"我爱你"。诧异过后，更多的是丝丝缕缕从心底涌起的欢喜，她忍不住轻笑着说："不是都说男人不爱说这三个字吗？你倒是说得挺自然的。"

唐清辰也笑了："想说就说了，难道你不喜欢听？"

容茵不是那种黏糊的性格，脖子一歪，从他怀里挣脱出来，倒退两步进了浴室，看着他的眼睛说："特别的喜欢，希望以后每天都能听到。不过现在，我要先洗个澡。"

唐清辰唇角噙着笑："我去另一间洗。"说着，他走上前，在她脸颊拧了拧，没用什么手劲儿，显得两人十足亲昵，"下次可就没这么容易放过你了。"

直到容茵脱掉衣服泡进浴缸，脸上那股热意仍未消退。不仅仅是因为两人的那个长吻，更为唐清辰末了的那句话。

她从来不觉得自己是多思多想的人，到了这时她才发现，原来所有的女孩子面对爱情，都难免成了患得患失的傻子。像她这样，因为他一句话反复思量回味，又反复脸红，不是傻瓜又是什么？

两人各自收拾清爽出来，唐清辰已将那两杯凉却的红酒端下去，转而换上容茵喜欢的玫瑰气泡水，坐在沙发上，摆出一副长谈的架势。

容茵的头发比两人刚认识时长了许多，如今刚洗过擦过，濡湿着散散地披在肩头，衬着她眉眼柔和，更添几分温糯之感。落在此刻的唐清辰眼中，大概她怎么样都是好的。

恰在此时，容茵看着玫瑰水笑了。

"笑什么？"唐清辰见她精神还不错，心里也安稳许多，至少殷老夫人的突然驾访，没有击垮她的自信和自若。

容茵都不知道自己此时笑起来的样子有多甜："院子里那株忍冬长得很好。"

唐清辰愣了一下，也笑了："当时让林隽找花匠去办这件事，还把他吓了一跳。"

容茵说："你知道忍冬还有别的名字吗？"她问这话的时候，眼睛亮晶晶的，瞟了他一眼，又看向了别处。

　　唐清辰靠坐在沙发的另一侧："别的名字，你的意思是金银花？"

　　容茵脸颊微红，本是刚刚在浴室洗澡导致的潮红，可问出这个问题时，连她自己都发觉脸颊的热度在飙升："嗯……"

　　"还是，有什么别的名字？"趁着容茵不觉，他端着水杯挪到容茵的身边，手臂搭在容茵肩头，"你可别再冲动了，不然这杯水洒在谁身上，可又要洗澡了。"

　　容茵别扭地不肯看他："说话就说话，好好的凑这么近做什么？"

　　唐清辰另一手拿着手机，拉出搜索引擎查容茵刚刚问的问题，他看东西向来极快，不过几眼就找到了关键所在，唇边的笑一时更深了："哦，原来是这个名字啊。"

　　容茵觉得不仅脸颊，连耳根都热辣辣的，唐清辰却不放过她，凑近她说："想不到还有这么好意头的名字，看来这份礼物，我送得还算合你的心意？"

　　容茵扭脸瞪了他一眼："什么呀，原来你也不知道。"

　　"这才叫自然天成，意韵深远，不流于刻意。"唐清辰深觉难得看到她脸红的样子，情不自禁地在她脸颊吻了一下，"你说是不是？"

　　容茵用手指戳戳他露在衬衫外的胸口："你刚才看起来像是有正事要跟我说，怎么现在又这么不正经？"

　　唐清辰不禁笑了："跟女朋友说话，要怎么正经？难道让我正襟危坐，像和那群老头儿开董事会一样？"说着，他又亲了一下容茵，这回更暧昧了，不是脸颊，而是他觊觎已久的、早已红透的小耳垂。亲完，这人还大言不惭："多习惯习惯就好了。"

　　容茵捂住耳朵，使劲儿往身后的沙发扶手靠，试图拉开两人距离："不许动手动脚。"

　　唐清辰笑得悄无声息："那我就动动嘴。"

　　容茵瞪他，唐清辰也学她的样子瞪大了眼。真难想象，像他这么斯文端方的人，私底下也会做出这么活泼的表情。容茵一边噎住，一边又有点儿想笑。

"唐清辰，"容茵喊他的名字，看向他的眼亮晶晶的，却含着一点小心翼翼，"你是什么时候知道……我妈妈就是殷筱晴的。"

原来她想知道的是这个。

唐清辰不由莞尔："你是不是还想问，我是不是因为你妈妈当初把我送回家，觉得你妈妈对我有恩，才在知道你是她的女儿之后决定喜欢你的……"

容茵难得露出羞怯，脑袋搁在唐清辰肩膀蹭了蹭，小声地说："那倒不会。我觉得你不会因为这个就喜欢我了……"

唐清辰笑着逗她："那我是因为什么喜欢你的？"

容茵仍然没抬头："因为我做的点心好吃，因为我人好心善有原则，因为你就是喜欢我……反正不会是因为妈妈……"感觉到头顶上方传递来的温热吐息，容茵觉得仿佛整个人都被泡在热乎乎的蜜水里，又甜又暖和，"但是知道原来妈妈还见过小时候的你，觉得好亲切啊。"

提起殷筱晴，唐清辰难得有一丝感怀："我已经记不清她的样子了，只记得她说话有苏城口音，软软的，很好听，很温柔。"他揉了揉容茵的发顶，"之所以没告诉过你这件事，是不想把你掺和进来。结果没想到你外婆居然真的被殷筱云忽悠来了平城，还把这桩往事抖了出来。"

最好笑的是，明明正主儿就在眼前，殷筱云竟然还敢挟恩图报！这下不仅让殷老夫人脸面全无、不敢多说，就是唐振邦也不会对唐清辰和容茵的交往多加置喙了。

唐清辰并不认同父亲勉强他联姻的态度，不过今晚在君渡酒店的这个"偶遇"，尽管始于惊吓，但能大事化小小事化了，这么简单便捷地堵住了老头儿的嘴，又顺手解决殷筱云和殷若芙两个大麻烦，结果还是很令他满意的。

容茵似是下了很大决心，沉默了好一会儿，才开口："我是真的很喜欢你，但我不想再回唐氏工作了。上一次在你家的厨房，我们两个好像因为这件事聊得很不愉快，我想这一次提前跟你沟通好。我不喜欢在唐氏工作，并不是我对你的感情不够深厚，而是我想选择一种更适合自己的工作方式，还有生活方式。"

唐清辰说："我尊重你的决定。"

容茵似是不敢相信他这么痛快地就给出答案，细细端详着他的眉眼，试图从中找寻出一些别样的情绪，可是没有。不论是他的神态，或是说话的语调，无不彰显着他很平静地接受了自己的这项决定。

唐清辰用手指缠紧容茵的一缕发丝："容茵，其实我是一个很自私的人。一个人生活在这个世上越久，越习惯以自己为圆心去审视他人的价值几何，哪怕这个人是一个让我从很早以前就有心动感觉的人。"

随着两人关系越发亲密，反而越少有这样认真清晰地谈话的时刻。容茵不自觉坐直了脊背，某种隐秘的直觉告诉她，接下来唐清辰要说的话，可能在接下来很长一段时间内，她都不会听到第二次。她不想因一时的意乱情迷而稀里糊涂地错过。

"这么说可能会让我在你心里的形象打上折扣，但我不怕你会觉得我是一个不那么好的人，我不希望留给你的是一个虚假的表象。如果要爱，我想你清楚地知道，你爱上的就是我这样的一个世故、精于算计，甚至在某些方面有些不堪的男人。"唐清辰将这段话的每一个字都说得特别清楚，好像生怕容茵听不清一般，"我之前希望你能留在君渡，既出自对你专业能力的欣赏，也有我自己的私心。想把一个自己喜欢的女人留在身边，近水楼台，只是一方面。另一方面，我清楚知道，如果你留在君渡，会形成多大的行业向心力。"

哪怕没有她是殷家人的这层亲缘关系，单凭她的个人能力，就足以令杜鹤、殷若芙这些个行业翘楚生出一较高下的心思。而在酒店内部，许多事就如同多米诺骨牌效应一般，从甜品到整个后厨，再到君渡在顾客群体中逐渐树立的新品牌形象……容茵并不是最核心的那一环，但她是唐清辰一开始就定下的，能够启动这一切的最初始的一环。

在容茵没有离开君渡以前，在唐清辰的心里，这样精密的算计与他对容茵越发浓厚的感情，并不矛盾。

可后来，不用其他人来教些什么，唐清辰自己就懂了。

人们总喜欢说高智商的人群有低情商的倾向，但极少有人去认真探寻过，高智商的人并不是不能拥有高情商，而是他们认为没必要。同样的，对唐清辰这样一个也曾经尝过恋爱滋味的人来说，去好好思索一下什么是真正的感情，并不是一件难事。

这世上没有绝对纯粹的感情，可若连自己都不肯用心去将一份感情提纯珍藏，就别怪哪天这份感情会在不知不觉间走味、变质了。

唐清辰："你若是喜欢自由自在的，就好好经营你自己的那间甜品店就好。"说到这儿，他突然笑了，将指尖缠绕着的那绺头发凑在唇间，轻轻一吻，"若是容小姐肯赏脸，和君渡进行某种层面的合作，那就再好不过了。"

头发本来是没有感知的部分，可唐清辰这厮实在会撩，容茵顿时觉得头皮发麻，耳根和脸颊也热辣辣的。她急于抢救回自己的头发，不由得"哼"了一声，伸手去和他抢："想用美人计……"

"是啊。"唐清辰不等她碰触到自己，就突然松开了她的头发，俯身将她整个人都罩在身下，"就是不知道容小姐肯不肯上钩……"

什么叫百炼钢化为绕指柔啊……那天晚上，容茵记得自己最后一个意识清楚的瞬间，脑子里闪过的就是这句话。这个道理真是颠扑不破、男女通用。像唐清辰这样看着清冷淡然的端方君子，要是哪天放低姿态耍起无赖，恐怕也没谁抵挡得住。

唐清辰看起来并不是好脾气的人，可没想到在这方面，倒是意外的温柔有耐心。容茵只觉得浑身上下暖融融的，脖子、下巴、胸脯、再到小腹、腰侧……那吻先是依次落下，再顺势缠绵而上，她的手指与他的五指相扣，然后被他抬高，牵引至沙发的扶手上。黑暗的夜里，窗外霓虹闪烁，而她如同一只徜徉在无尽深海中的白色帆船，那海面上并不是狂风肆虐的，而是安静如同午后暖阳照射下的海面，宁静、温柔，又对她有着无尽的包容。随着他的指点诱哄，她时而弓起腰身，时而缓缓下落。

容茵忍不住轻吟出了声，随之而来的是唐清辰在耳畔一瞬间抽紧的呼吸，而他的动作也忍不住接连重了起来。

容茵松开与他紧扣的手指，去推他的肩膀，想将他推开，这才感觉到他肩膀胸口处早已汗津津一片。容茵觉得自己如同一尾从热锅里被紧急捞出的鱼，热、烫、全身泛红，还吊着那么一口气。她刚溢出一声轻哼，就被人堵住了唇。

唐清辰的唇在她唇际辗转反复，开口时，嗓音沙哑得不像样子："作为初次参赛选手，我们容容表现真棒。"

容茵脑子里如同一团糨糊，听到他这句话，反应了好一会儿才明白他是什么意思，拳头打在他肩膀，不用他说，自己也知道没什么力道。容茵深恨自己这段时间疏于锻炼，体力不济，对此只能勉强承受，反攻就非常不现实了。她忍不住抬首，在他喉结轻轻咬了一口："不想合作了？"

唐清辰忍不住笑了两声，一条手臂撑着沙发，另一手揽过她的腰，让她半趴在自己身上，换了一个姿势，一边说："求之不得。"

容茵实在没力气拍人，只能将头侧歪在他肩窝，牙齿咬着他肩膀的那块肉磨牙："好累了，想睡觉。"

唐清辰的动作停了那么一瞬，又恢复了此前的韵律，在她腰后的手掌轻轻拍了拍："睡吧。"

容茵："……"

这样能睡着才怪！

　　她又试了两次，发现自己的磨牙战术实在鸡肋，忍辱负重地在心底起誓：君子报仇十年不晚，一定要把锻炼体能提上日程！

　　然而，某位天真可爱的容小姐不知道的是，这种事，并不是体能强起来就可以占上风的。

Chapter 11

桂花糕
·
病危

这个世界，有力量的人，才能谈公理。

——张恨水

殷老太太和容茵的这次见面，在所有人的意料之中，也正因为在意料之中，两人见面时，各自都觉得仿佛被无数双眼睛盯着。有那么一段时间，双方坐在桌子两端，谁都没有开口讲话。

许久，还是殷老夫人先开口："这盘桂花糕，是若芙亲手做的，你尝尝看，是不是小时候常吃的味道？"

桂花糕是苏城的传统甜点，如今各式各样风格的桂花糕层出不穷，街上随口问一句，每个人都吃过。可只有苏城传统的桂花糕才最地道，不仅莹白如玉，桂香浓郁，还占一个"细腻化渣"。若咬一口，扑簌簌地往下掉渣，这桂花糕就做的不是味儿了。

她拿起甜品叉，叉了一块，两口咬光，一语不发地吃着。

殷老太太问："若芙的手艺，还可以吗？"

容茵放下小叉，双手交握放在桌沿，看向殷老夫人："您有什么话就直说吧。"

殷老太太说："容茵，如果我说以你外婆的身份，跟你央求一件事，你也一样要这么冷情吗？"

容茵说："您这么说，太抬举我了。我是打算在平城定居，但我就开了那么一间小甜品屋，具体什么样，您女儿也自己去看过。我不觉得殷家有什么事，是我能帮上忙的。"

殷老太太说："那如果你能帮上忙呢？"

容茵定定地瞧了面前这老妇人几秒，突然笑了。

殷老夫人沉寂几天，突然提出要和容茵见面，怎么可能没做足万全准备？容茵这样的反应，放在从前，或许有可能激怒她，但殷家到了如今这般田地，也容不得她在平城这块地界上摆什么谱了。

殷老太太目光如炬地看着她："容茵，你如果有什么脾气，尽管朝我撒，朝你小姨撒，但不论你怎么排斥，你身上也有殷家一半的血。殷家走到今天，里面也有着你母亲当年的心血，现在不是我要求你帮什么忙，是殷家需要你。我知道你是个识大体的孩子，今天这件事，我希望你能听我好好说。"

容茵没言语，她刚才突然想笑，不是因为别的，而是殷老太太今天话语里的试探和要挟，和那天殷筱云到她甜品店去，要她先答应她一件事的神态口吻，简直一模一样。

真不愧是一家人。

殷老太太又说："那位小唐总，看样子对你是认真的，容茵，外婆不要求你别的，只要你劝劝他，就当帮你娘家一把，让寄味斋和唐氏签订长期合作协议。有我看着，有筱云和若芙顶着，寄味斋未来不会让他失望的。"

容茵沉默许久，说："您今天和我说的这番话，算数吗？"

殷老太太被她问得一怔。

容茵微微一笑，说："我妈过世后，谁不知道这些年寄味斋的实际掌权人是殷筱云？今天她把您搬出来让我和唐氏松口，那明天她又提更多的要求，我该怎么做？"她摊开手，看着自己的掌心，"不瞒您说，在谈恋爱这方面，我和我妈妈是一样的人。我不是非要得到爱情不可，如果这辈子没遇上合适的人，单身过完这一生，我自己也能活得很好。但我遇到了唐清辰，不论外界怎么评论他，在我心里，他是个很好的人，我愿意尊重他、理解他、爱他，而且我绝不会站在自己的利益立场去设计他、算计他。所以您今天所谓的求我这件事，我办不到。"

她抬起眉眼，这个眼神看过去，令原本勃然变色的殷老太太瞬间哑火。

太像了。

容茵的这个眼神，太像曾经二十来岁的殷筱晴了。

容茵说："如果寄味斋真如您所说，能够做到合作以后不令唐清辰失望，那么我的建议是，直接拿出一份成熟的合作案，和唐清辰开诚布公地好好谈一谈这件事。在外人眼里，若寄味斋还当得起这块百年老字号的招牌，何必非要采取联姻的方式？有实力的人，从来用不着采取什么非常手段。"

殷老太太沉默半晌，说："如果唐清辰犹豫不决，你能不能帮忙——"

"他从来不是犹豫不决的人。"容茵看着眼前这个任何时候装束精致、沉稳镇定的老妇人，第一次放柔了嗓音，"这些年您什么都听殷筱云的，有没有想过，如果如今寄味斋的决策人不是她，而是我妈妈，会是怎么样的光景？再换一个角度，如果今天不是寄味斋求着唐氏合作，而是苏城一家新晋崛起的小公司想和寄味斋合作，您决策的判断标准又是什么？唐清辰他是生意人，生意人有生意人的做事标准，我想，这里面的门道，您比我心里有数。"

殷老太太说："容茵，我这里，还有一件事想托付给你。"

容茵没有说话，但听到殷老太太说了那个"还"字，知道自己此前的剖析，她是认真听进去了。

殷老太太望着她，目光里难得透出恳求的神色："我在这儿不会待太久，筱云也是，但若芙，她一心想留在平城、留在君渡，唐老先生也答应了。我希望，你能看在血缘一场的份上，帮助她、指点她、提携她！"

这三个词一个比一个重，任何人听在耳中，都会觉得如有千斤重。

容茵这次却没有说话。

殷老夫人看牢了她，嘴唇嚅动着，还有点儿颤："容茵——"

容茵摇了摇头："这件事，我办不到。"

殷老夫人突然伸出手臂，横过桌子拉住她的手："就当外婆求你，不可以吗？"

容茵抬起眼，她的眼睛笑弯弯的："当年，您就是这样求我妈妈的，对吗？"她突然觉得有点儿滑稽，越说越忍不住笑，"您求我妈妈别跟殷筱云计较，哪怕发现她一直在偷拿寄味斋的钱补贴自己那个小家，甚至学人去炒股输了几十万，您也恳求她看在姐妹情深的份上，看在大家是一家人的份上，包容她、原谅她，甚至将自己琢磨出来的甜点技法悉数教给她。"

容茵越说，越觉齿冷："她死之后，这些东西就成了殷筱云独创、殷家所有，其中就包括今年让殷若芙在君渡大绽异彩的雕花技法。可哪怕这些事我一直都知道，我也犯不着对殷筱云有那么大的敌意。我对她的态度、对你的态度，您到现在还不明白是为什么吗？我爸妈当年的车祸，到底是怎么回事儿，您应该比我更清楚。您说让我当您是外婆，可我叫您一声'外婆'，您觉得您配答应吗？"

殷老夫人的脸色在她提到"车祸"两个字的时候，遽然变色。待听到她最后一句诘问，仿佛沾到了什么烫手的东西一般，突然松开了此前拼命拽住容茵的手。

容茵眼看着这个向来优雅得体的老太太，如同一只饱满光鲜的橘子，逐渐被风吹干了水分，皲裂，显出干瘪疲惫的老态。也不知过了许久，殷老夫人艰涩地开口："我已经失去了一个女儿，难道要我这把年纪再失去第二个女儿吗？"

容茵只觉得如鲠在喉，胸口憋闷得厉害："您为了维持殷家表面的安稳……"她哽咽了声音，一度说不下去，"殷筱云是您的女儿，难道我妈妈就不是您的骨肉至亲？您只考虑到她的感受，那您有没有想过，这么多年，我妈妈那么孤零零地躺在冰冷的坟墓里，她能闭上眼睛吗？"

如果说之前那个晚上，汪柏冬所言只是戳心扎肺，让她透不过气，那么此刻从容茵嘴里吐出的每一个字，都让她几乎难以承受，却又忍不住一个字一个字地听完。

如果筱晴还在，会不会也会这样对她说话？

如果筱晴真的地下有知，会不会就是这样看着她？

筱晴死后这么多年，都不曾入过她的梦。

是不是就如同这孩子说的，筱晴真的恨透了她……

一阵剧烈的绞痛攫住她的心脏，如同谁的手骤然抓住她的心脏狠狠揉搓……殷老夫人倒下去的时候，看到的是容茵凑近后放大的脸庞。那脸上无悲无喜，没有恨意，更没有畅快，就如同在看一个陌生人。

……

殷若芙得知消息赶到病房时，还未进门，就听到了里面的争吵声。

说是争吵声，不如说是母亲殷晓云一个人的吵声比较准确。

不用看也知道，房间里站的另一个人肯定是自己那位表姐。因为最近几天，妈妈每每在家里提起容茵，就是这么叫她"小妖精""没良心的东西"，还有"小杂种。"

不论她怎么咒骂，外婆都当没听见一般，直到那天听到妈妈骂到最后那个词，才突然起身，抽了妈妈一巴掌。

她也觉得妈妈有些过了，再怎么说，容茵也是自己的表姐，外婆的外孙女，真真正正的殷家人。如果说容茵是"小杂种"，岂不是把外婆也一起骂进去了？妈妈大概是真气糊涂了。

这里是特护病房，按理说是不许这么吵闹的。但唐家应该花了大价钱，把拐角过来的半层楼都包了下来。不然这么大的声响，换作平时，护士早就过来制止了。

殷若芙走到门口，在门上轻轻敲了两下，但房间里的人似乎谁都没留意到。她拧了拧门把手，却发现房间门被人从里面锁住了。隔着玻璃，她看到容茵面朝着门坐在床边的椅子上，手上好像在剥着一颗橘子。妈妈则站在她面前，仍然情绪激动地嚷着什么。

殷若芙其实不喜欢容茵。同为家族里平辈的孩子，难免要被长辈拿来比较。虽然容茵早就不和家里往来，但妈妈总会在她面前提到这个名字。从小，不论学什么、做什么，妈妈都会用容茵做例子来激励她、刺激她，直到她顺利考上妈妈满意的大学和专业，噩梦才终止。

可让她没想到的是，来到平城后，才是真正噩梦的开始。

这一次的容茵，不再是妈妈口中频繁提及的一个名字、一个符号，而是一个活生生的人。而这个活生生的人，不仅和她在同一家酒店的甜品部工作、竞争，还和她喜欢上了同一个人。

她自认并不是十分聪明的人，几次故意给容茵使绊子，包括那天故意在走廊与唐清辰巧遇，和他一起去容茵房间"捉奸"，都是妈妈给她出的主意，柯蔓栀帮忙打探和传递的消息。可即便是这样，她还是眼睁睁地看着容茵和唐清辰越走越近，他们两个人在同一个场合时，唐清辰看容茵的眼神总是淡淡的，但他几乎隔一会儿就要朝她的方向瞟上一眼。可能连唐清辰自己都不知道，他看容茵的次数有多频繁。

容茵也不知道。只要在工作场合，她的全副注意力就都交给了面前的作品。

可她全都看到了。

平生第一次喜欢一个人，还是一个妈妈和外婆都满意的对象，而这样好看、优秀的一个人，眼里却始终镌刻着另一个人的倒影，这种滋味儿，只有经历过的人才会懂。偷偷喜欢一个人的甜蜜和紧张，看到他悄悄关注容茵一举一动时的酸涩和嫉妒，还有每一次听从妈妈的建议，主动采取各种手段制造误会让他们两个分崩离析时的心惊肉跳……她其实并不喜欢做那样的事，每一次和容茵作对，每一次制造事件让容茵难堪、让唐清辰对她产生误会，她的心里有快慰，可那种快慰和解气只是非常短的一瞬，更多的，是对这样的自己的不齿和难过。

她也是天之骄女啊，为什么来到平城，遇到自己喜欢的人，就要做这么多连自己都看不起自己的事？她也是很好看、很优秀的一个人，为什么想争取自己喜欢的人，不可以正大光明地去竞争，而要用这么多乱七八糟的手段和方式？但她又做不到不听妈妈的话，不仅仅是因为习惯了，更因为她发现，好像无论她怎么努力，在工作场合都要被杜鹤和容茵掩盖光芒。

优秀和天赋，是有本质区别的。

这句话，在她很小的时候，就听妈妈讲过。但那个时候她不懂，直到和容茵重逢，认识了杜鹤，她才好像懂了。

其实容茵比她大好几岁，论容貌，容茵并不如她漂亮，也没有她这么年轻，可容茵身上有一种她非常羡慕的气场，从容、淡然，还有一种看起来除了甜品什么都可以不在乎的洒脱。她不止一次地揣测过，唐清辰是不是就喜欢她这样的性格呢？可她知道自己做不了容茵，她也知道自己太听妈妈的话了，以前就有大学同学暗地里偷偷笑话她，说她就跟妈妈手里的牵线木偶一样，看着精致又漂亮，事实上，只要主人不扯线，她一动都不敢动。

论天赋她比不过容茵和杜鹤，论容貌她虽然最出众，但唐清辰好像并不是颜控，除了用那些妈妈教的手段，她好像已经没有更好的办法能够博得唐清辰的注目了。

容茵离开君渡的那天，是她这么长时间以来最开心的一天。她本来以为杜鹤也会和她一样开心，因为几个年轻人凑在一起时，谁都看得出，杜鹤和容茵是真的棋逢对手、难分高下。可令她没想到的是，那天之后的杜鹤，一天比一天沉闷起来。面对着她，也少了许多从前的嘲弄，好像做什么事都提不起兴致来。

她读不懂杜鹤这个人。现在，她发现，她也不懂妈妈了。

殷若芙在门外，听到容茵终于开了口："外婆确实是被我气住院的，但您真想知道我到底说了什么吗？"她看到容茵抬起脸，看着妈妈，脸上的神情近乎是木然的，"我问外婆，知不知道我爸妈当年车祸的真相。我问她，知不知道我妈妈这么些年躺在墓里，有没有怪过她这么偏心。"

哪怕看不到妈妈此刻脸上的表情，殷若芙也觉得自己心跳快得好像要从喉咙里跳出来。

她觉得自己从前是懂母亲的，可她不懂为什么面对这么严重的指控，妈妈却一个反驳的字都不吐，一径沉默。

殷若芙望着母亲沉默得如同雕像的背影，突然觉得小腿越来越酸，几乎要站不住。她双臂笼住自己，缓缓蹲了下去。

隔着门板，她终于等到了母亲的回答。

"我……我其实也不是故意的。"殷筱云的声音听起来干巴巴的，"那天，争吵中我推倒了她，她的头撞在一旁的桌沿上。我当时特别生气，特别委屈，就跑了出去。你妈妈和外婆都生我的气，谁都没像以前那样，立即追出来哄我，我真的很委屈。后来我回过神的时候，发现自己走了好远好远，我想找一辆车回家，可那个年代街上出租车特别少，公交车又很久不来，我跑回家，跑得鞋都丢了，脚上都是血。当我跑回家门口时，我发现你妈妈的车已经不在那儿了。我回到家里，听你外婆说，你爸妈一起开车出去找我了。那天她说她对我特别失望，让我以后没事不要回家了。我稀里糊涂地走到大门口，就听到了你爸爸和妈妈已经出了车祸……"

"更可怕的事还在后头。"讲起这段往事，殷筱云表情迷茫，如在梦中，"我陪着你外婆一起去停尸间，听到警方说，姐姐是因为头部受到撞击，行驶过程中昏迷才出的车祸，后来你爸爸也证实了这一点……这么多年了，我一次也没梦到过你妈妈，我知道她是不会原谅我的……"

房间里传来什么砰然坠地的声音，吓得殷若芙一下子站了起来，她蹲得太久了，脚有点儿麻，一抬眼，就和容茵的目光对在一起，两人都在对方的眼睛里看到了惊愕。隔着门上的玻璃，殷若芙看到母亲跪坐在容茵面前，捂着嘴巴哭出了声。她听见母亲断断续续的声音："谁想当杀人犯啊？谁会想害死自己的亲姐姐？我真的特别特别害怕，我真的好恨你妈妈。她走得干净利落，她走得那么早，知道我们这些活着的人这些年日子是怎么熬过来的吗？我没有她的天赋，妈在她去世之后就撒手不管寄味斋了，我也受够了若芙爸爸无止境地要钱、花钱、赌博，我就和他离了婚。我又要带若芙，又要照顾妈的身体，还要管一大家子那么多张嘴，和寄味斋上上下下那么多人，真的好难啊！真的太难了！我特别累，特别累，所以我才希望若芙可以嫁给唐清辰。如果他们俩能结婚，有了唐家的帮衬，我和妈这些年的苦也就没白捱，我也就能松口气了。"

殷筱云说这些话时，一直抓着容茵的手，大概是觉察到容茵的目光有了偏移，她猝不及防地扭头，看到了房门外捂着嘴满脸是泪的殷若芙。

殷筱云第一反应就是站起来，跌跌撞撞地去开门，可等她打开锁着的门，殷若芙已经沿着走廊跑远了。

殷筱云喊了两声她的名字，也跟着追了过去。

房间里，容茵看着殷老太太干瘪泛黄的病容，揉了揉眼睛，却发现自己压根儿哭不出来，咧开嘴露出了一个比哭还难看的笑容。

曾经唐清辰和小石都问过她，如果调查清楚当年发生的事，她想怎么做。

她能怎么做呢？

这些年，她心里有过各种揣测，爸爸留下的信里虽然言辞含糊，但一桩桩往事，白纸黑字写着，也足够她推测出当年一个模糊的真相。可她就是想听殷老太太，还有殷筱云本人的一句真话。

现在她知道了，殷筱云是凶手，而眼前这个打着点滴尚在昏睡的老妇人，是帮凶。

一场执念终是尘埃落定。

可她知道，她永远没办法替爸爸妈妈报这个仇了。

因为眼前的仇人，是和她永远没有办法斩断血缘的亲人。

殷老太太住院之初，医生已经检查过，说是连番劳累，情绪起伏大，心脏也不好。但以她如今的年龄来看，身体状况还算保养得不错，休养一周左右，就可以出院了。所以刚刚不论殷筱云怎么痛斥，容茵都没急着开口解释。

她做不到对寄味斋的未来坐视不理，但她也不会为了殷家的事去左右唐清辰的判断。如果殷老太太和殷筱云肯听从她的建议，以她对唐清辰的理解，接下来寄味斋想入驻唐氏集团旗下的酒店开展合作事宜，并不是一件艰难的事。但要她像母亲当年那样，去帮助和扶持殷若芙，去包容和理解她们祖孙三人的难处苦处，她真的做不到。

活到了二十九岁，容茵才发现，自己做不成一个彻头彻尾、肆意痛快的恶人，也做不成一个大彻大悟、什么委屈痛苦都独自咽的好人。但也是时候撂下这些过往，在平城这个城市，在父亲口中牵念多年的故乡，开始她的新生活了。

两天后。

唐清辰挂断和容茵的通话，一抬头，正对上何钦玩味的眼神。

唐清辰毫无心虚的自觉，一脸淡定："咱们继续刚才没说完的话题。"

何钦"嘁"了一声："我觉得吧，你和莫老弟都有一个毛病。"

他此言一出，不光唐清辰，连莫言沣都朝他看去。何钦竟然也没被这两人的眼神看得发毛，继续痛心疾首地感慨："你俩就是太能端着。一个两个的，高兴不高兴，都要摆出一副特别莫测高深的样子。像我，我高兴就笑，不高兴就甩脸子。自己痛快了，别人啥感受，我也懒得去想。"

莫言沣说："我只是笑点没有你那么低。"

唐清辰补充："也没有你那么奇特。"

何钦："……"静默几秒，这厮"扑哧"一声又笑了出来。

这回轮到莫言沣和唐清辰无言了。

唐清辰说："这份合作案是我让苏苏拟定的，莫总看过后，根据他的意见做了相应调整。现在咱们三个都在这儿，何总如果有什么异议，可以提出来探讨一二。"

三人面前各放着一份摊开的文件，最上面的标题里，清晰印着"芳菲堂"三个字，正是此前唐清辰与何钦提过的，在原本与曼菲公司的合作案基础上修正的新项目。

何钦提的问题很敏感，第一件就是"钱"："想撑起这么大一个摊子，光靠咱们三家怕是很悬，毕竟我们各自还有现有的项目在进行。我是担心，项目进行过程中，资金链一旦出现问题，那可就玩大了！"

唐清辰说："资金链方面，目前除了争取到莫先生加盟支持，我也正式向有关部门提出了申请。我们挑选国内七个最美旅游城市，以酒店作为接触和享受当地特色风景的平台，将高端精品酒店的理念与地方民居特色完美融合，充分利用历史传统、人文景观、文化创意、休闲娱乐、旅游特色等本土资源，为大众打造欢乐而充满文化底蕴的人文休闲度假生活模式。这样的模式开创了国内文化精品度假酒店的先河。我找专业人士对这个项目做过评估，得到当地政府支持的可能性高达百分之八十三。"

何钦挑了挑眉："竟然还不是百分之百？"

　　唐清辰淡淡地说："这世界上哪有百分之百的好事？剩下那百分之十七，就要看我们三方的相关资质和资料有没有尽全力准备到最好。付出十分，总能收获五分，这么去实操，结果总不会错。"

　　莫言沣笑着说："不管怎么说，只要一想到能打曼菲一个措手不及，还能开创我们国人自己的特色旅游城市系列酒店，我这些天每天工作超过十五个小时也一点不觉得累。"

　　唐清辰说："那就看何总这边了。"

　　何钦把面前的一沓纸往桌上一甩："我都看过了，其实我自己倒是没什么问题，但家里那几个老的都挺古板的，回去我得开几个会。"他咂咂嘴，"给我三天时间吧。"

　　唐清辰看了一眼腕表："那如果没有别的事——"

　　"不忙。"莫言沣说，"唐总，先别急着走，我这里有一个人，我想你和何总都会有兴趣见见。"

　　半小时前，何钦就见会议室外来了一个人，不过莫氏这间会议室的玻璃是磨砂质地，连是男是女都看不真切，他瞄到一眼，看到那人来了之后就一直坐在外面，也就没当回事。

　　唐清辰似有预感，把玩着袖扣，转动座椅朝门口的方向看去。

　　来人穿黑色高领毛衣和黑色条绒裤，一件宝蓝色羊绒大衣挽在手臂，墨镜一摘，朝唐清辰和何钦露出灿烂的笑来："唐总，何总，好久不见，还真有点儿想念你们。"

　　是帕维尔。

　　何钦的脸色几乎一瞬间就阴了下来。

　　唐清辰神色清淡，但看向帕维尔的眼神也不怎么友善。

　　帕维尔瞟了一眼莫言沣，耸了耸肩："莫先生，我可是十分有诚意的。"

　　莫言沣："我也给了你十足的好价钱。"

　　帕维尔点了点头，表示赞同。没人让他，他就自己在会议桌边最末尾的位置找了一把椅子坐了下来。

何钦说："莫总，你请他来，是要做什么？"

莫言沣看了一眼唐清辰，唐清辰不急不缓地开口："我想莫总的意思，大概是以其人之道，还治其人之身吧。"

帕维尔吹了一声口哨："唐总还是这么睿智。走一步看十步，说的大概就是您了。"

何钦思虑片刻，看向帕维尔的眼神也复杂起来，话却是对着莫言沣和唐清辰说的："让他回去和曼菲公司的人打交道，他这人靠得住吗？"何钦是暴脾气，用人果断，整治人也是雷霆手段。在他眼里，一次不忠，百次不用。像帕维尔这样的人，早被他拉进信用黑名单了。若不是最近每天和唐清辰、莫言沣忙活合作的事，他早就找人整治这家伙了。

帕维尔捂住心口，一脸伤感："何总，您这话说得太伤我的心了。我虽然看着不怎么靠谱儿，但实际上，莫总用我之前，也是做过很多调查的。"他朝莫言沣眨了眨眼，"我还是非常专业的，而且我在行业内的好评率也是超一流的高，对不对啊，莫总？"

莫言沣点了点头："可以用。"

帕维尔见桌上三人都不说话了，便站起身，将大衣往肩后一甩："到时候具体怎么操作，我就等待三位的指示了。我看我在这儿，您三位也聊不踏实，先走一步。"

眼看着这人走出房间，隔着磨砂玻璃也看不到人影了，何钦才开口："其实要我说，等我们的项目正式启动了，曼菲想做点什么也都晚了，何必还要花大价钱请这么个人？！一想起他以前要我那回，我就想找人把他大卸八块了。"

唐清辰："合法经商，老实做人。"

何钦："……"看着唐清辰一本正经的神情，何钦摸了摸鼻子，"我那个……大卸八块，是个形容词。"

莫言沣："唐总怎么看，也觉得我雇他去接触曼菲没有必要吗？"

唐清辰沉吟片刻："我们现在需要注意的事有两件。一，加快时间，争取在能力范围内的最短时间启动项目；二，保密工作要做好。前期的市场调研和其他各方面，我和何总在竞标时都已经做得差不多了。"何钦点点头表示赞同，唐清辰继续说，"所以我们需要帕维尔，去找曼菲拖住时间、麻痹他们。"

何钦仍然不太放心："但我就怕他又反水。"

唐清辰说："对付他这种人，重金聘请是一方面。我们此前不知道他商业间谍的身份，自然也就着了道。现在钱给到位，只要他以后还想在这条道上继续混下去，哪怕是做三重间谍，也要有他的职业操守。另一方面——"他看了看莫言沣和何钦，"必要的时候给他上点儿手段，别让他得意忘形了。"

莫言沣看着唐清辰的目光透着笑："既然唐总已经把话点到这儿了，帕维尔这边，就都交给我吧。"他又看向何钦，"你们两个接下来还有的忙，就不多耽误两位的时间了。"

他起身，秘书打开门，何钦和唐清辰一前一后走了出去。

走廊上，何钦说："时间还早呢，要不要去我那儿喝一杯？"

唐清辰虽然没有笑，可任谁都看得出此刻他脸上的春风得意。何钦不是盲人，说这话也是故意逗他。谁知道这会儿出了会议室，唐清辰也不藏着掖着了，开口道："改天。今天约了女朋友一起吃晚饭。"

何钦眉眼带笑："哟，这么快就有女朋友啦？"他拿胳膊肘兑了兑唐清辰，"是那位容小姐吧。看来我手机的那段视频，帮了不小的忙啊。"

唐清辰瞥他一眼，一边扣好西装的扣子，一边说："请帖肯定有你一份，准备好红包。"

人走远了，何钦才反应过来，跳着脚喊："哎！我怎么能是普通宾客！我不应该是大媒人吗？！"

唐清辰其实听到了这句话，仍然头也没回地进了电梯，直到电梯关上，嘴角才泄出一丝笑。真要论媒人，不应该是林隽？

看来是时候给这小子加薪了！

某位在楼下大厅等自家 Boss 的林秘书突然觉得耳朵有点儿烫，挠了挠，又莫名其妙地晃了晃脑袋。

"老大，回总部吗？"两人刚上车，林隽坐在副驾的位子，扭头观察唐清辰神清气爽的神情，"还是去容小姐那儿？"

"去她那儿。"唐清辰问，"殷老夫人的情况怎么样了？"

"前天下午人就醒了，昨天在医院养了一天，一日三餐还有汤水都照您说的送了过去。老爷子昨天打了两个电话问，听说人醒了，也吃了些东西，才放心。今天早上我给医院打了一个电话，老太太不愿意住院，非要走。我想着殷女士刚来平城时，托我在酒店附近找过一处房子，殷老太太在那儿住着也不拥挤，而且老年人都不愿意在医院多待，就让小王帮着把殷家三位女士一块儿送回了家，安置妥当才走的。"

唐清辰正在翻看手机上的信息："殷筱云她们母女怎么样？"

换作是别人，还真不一定明白唐清辰指的是什么，但殷家和容茵这事，从头至尾，林隽说起来也是个见证人。听到唐清辰这么问，他顿了一瞬，说："前天容小姐是等到老太太醒了之后才走的。傍晚的时候，殷夫人母女一起回去了。她们祖孙三人在病房里聊了很久，具体的我也没让人紧盯着。"

林隽接着说道："今天上午老夫人出院后，我在酒店也见到殷小姐了。她的状态看起来反而比从前好了，跟我打个招呼就去工作了。我想，那天容小姐和老太太、殷女士把事情说开，其实是个好事。"沉默一会儿，他说，"我挺佩服容小姐的。这么多年，这些破事儿，还有这样的家人，挺不容易的。"

失去了父母，有仇的却是至亲。这世上没人再像父母那样护着她，仅存的亲人对她只剩提防和利用。抛开当年的事，哪怕是当下这番处境，林隽觉得，换了是他，哪怕心里没有了仇恨，也有"意难平"三个字。

凭什么做错事的人一而再再而三地有人维护，这些年享尽富贵风光，而遭受无妄之灾的好人，却要被亲人一再排挤，末了还要对她提出各种要求？

林隽觉得光是这个坎儿，他就很难迈过去。可容茵却选择干净利落地抛下过往，漂洋过海去追逐自己的梦想，而且一路走到今天，她竟然真的做得这么好。

和容茵相比，林隽突然觉得自己这么多年过得实在太平顺了。人生从来都不是公平的，但有的人就有本事把手里的烂牌打得精彩又漂亮，有的人……莫名想起苏苏，他不仅生出一丝隐忧，但愿苏苏不要把本来很好的一手牌打得乱七八糟才好。

正想着，身后的唐清辰突然接起了电话。

"聂医生？"唐清辰的语气透出些许意外，"是我父亲的身体状况……"

那头说了两句什么，唐清辰说："这会儿吗？"他抬头看司机，"路边停一下。"下车前，他挂了电话，叮嘱林隽，"他约的地方离这儿不远，我走过去就可以。你先坐司机车去容茵那儿，晚上大家在她那儿聚餐。"

林隽答应一声，又说："您把地址发我，我再派个司机开辆车过去在门口等着，方便您忙完坐车去容小姐那儿。"

唐清辰点点头，做了个挥手的手势，转身走了。

车子重新启动，林隽后知后觉地一瞪眼，所以说，他们家老大，这是去见情敌了？

Chapter 12

不如你
·
逐梦

日子是过以后，不是过从前。

——张恨水

唐清辰抵达咖啡馆时，正是下午四点来钟的光景，平城的深秋常有这样好的阳光，一片碎金穿过落地玻璃窗，慷慨地挥洒一地。聂子期就坐在临窗的一张桌边，他一直关注着门口，见到唐清辰推门进来的一瞬间，就抬起手挥了挥。

唐清辰坐下来："你电话打得及时，再晚点儿我就要出城了。"

聂子期笑了笑："要去容茵那儿吗？"

唐清辰"嗯"了一声。

聂子期说："听说了。"

容茵那天重回君渡酒店还是挺高调的，苏苏又极关注这位"假想情敌"的一切动向，几乎在得知唐清辰和容茵和好的一瞬间，就给聂子期发了微信。

聂子期觉得很难用文字形容自己看到消息时的心情，可此时此刻，他甚至连自己为什么会约唐清辰出来都说不上来。

但大概他习惯去做过一个"循规蹈矩"的好人太久了，现在他不想去分辨和理顺自己"为什么"要这么做，平生第一次，他想要循着自己的心意走一回。

他把自己的手机朝唐清辰推了过去："这些是唐老先生的二弟这段时间以来发给我的微信，手机里还有两段电话录音，我想你应该用得着。"说到这儿，他的笑容有点儿自嘲，"前些日子和苏苏吃饭的时候，听说了一些唐氏的八卦，是我主动打听的。其实我也犹豫了挺久，是不是应该接受这笔钱。"

唐清辰大概看了几眼，就知道是怎么一回事了。家里这位二叔已经不安分很久了，可自打这两年他越发做出了成绩，董事局原本搅事的那几位也都偃旗息鼓。毕竟在这些人眼里，只要唐氏能够赚钱，公司的摊子越铺越大，他们就能躺在金山上继续过吃喝玩乐的好日子。都不是什么有魄力、有能力的人，有他这么一个年轻子弟在前面冲锋陷阵，他们在后头捡钱就行，还有什么不乐意的？

但显然，他这位嫡亲的二叔不这么想，甚至还找上了前段时间他为家里老爷子聘请的医生，这是真想在家里掀起点风浪来啊。

唐清辰将聂子期的手机拿起来："谢了。这部手机我先拿走，稍后让人送一部全新的来。"

聂子期摆了摆手："我还有一部备用，这个是今天专程带给你的。"

唐清辰沉默片刻，说："这件事，你大概是看在容茵的面上才帮的忙。不管是为了谁，我和唐氏都欠你一个人情。谈钱俗气，我也不知道你需要什么，以后若有什么事，随时随地，尽管开口。"

聂子期突然笑了："我要的，你给不了。你能给的，我也不需要。"

唐清辰明白他指的是什么，一向言辞犀利的人，在这一瞬间也沉默了。

聂子期说："短期内有结婚的打算吗？"

唐清辰："我当然愿意快一点，但还要看她的意愿。"

聂子期轻啜一口咖啡。天气已经凉了，临窗的位置比起咖啡店其他座位，温度要低许多。咖啡的热气将他眼镜的镜片蒙上一层白雾，一时间更看不真切他的神色了："希望我从利比亚回来的时候，容茵还是单身。"

唐清辰怔了一下，说："是维和部队的医疗队吗？"

"嗯。"聂子期站起身，"该说的我都说完了，先走一步。今天的咖啡你请客。"

直到聂子期走出咖啡店，唐清辰才回过神。真没想到，聂子期这样文质彬彬的人，也有这样潇洒利落的时刻。

容茵接到聂子期的电话时，刚将一盘玛德琳娜小蛋糕放进烤箱。从小石手里接过自己的手机，容茵"喂"了一声，说："今晚我这边有一个聚餐，你有没有空？要不要来？"

聂子期点了一支烟。他从前是不吸烟的，最近两天才尝试，却也从中发现了星点乐趣。他坐在自己的小轿车里，摇下一半车窗，吐出个烟圈，才开口："容茵，我刚见过唐清辰。"

容茵朝小石打了一个手势，示意他帮忙收拾一下，然后将手在围裙上擦了擦，握着电话走到一张桌边坐下："你的意思是，你俩刚才遇到了？"

"是我约的他。"聂子期说，"有一件事一直没告诉你，我前段时间之所以看起来工作还算清闲，是我在代替一位同事给唐清辰的父亲做主治医生。"

容茵在那段静静地听着。

聂子期说："还记得那天我问你，如果有人给你很大一笔钱，但需要你做一些可能会导致你退出这个行业的事，你会怎么选吗？"

容茵："记得。"

聂子期笑了一声："我后来拒绝了那个人。容茵，当时让我犹豫的不是那一大笔钱，而是我私心里总想着，那个人提出的要求，若我能做到，说不定你就是我的女朋友了。"不等容茵说什么，他很快又说，"但我现在好像有点儿明白你当初的意思了。容茵，我一点都不喜欢唐清辰这个人，但如果为了能得到你就想方设法地让唐清辰倒霉，这种争取爱人的方式，未免太卑劣了。我不想有一天变成曾经连自己都瞧不起的那种人，不能是为了钱，也不能是为了……你。"

容茵不禁笑了："你不会那样的。"

聂子期说："但我有点儿后悔。"他攥着手机，车子里没开暖气，车窗已经摇到最底，手心里却已一片濡湿，"把那些资料拿给唐清辰的时候，我有一点儿后悔。看着他提起你的眼神，说起你们未来可能会结婚，我突然很后悔。容茵，这些话我不知道还能对谁说。我要走了，能参与一次这样的活动，一直都是我的理想。但我现在突然有点儿怕……"

"你要参加维和医疗队？"如果说有什么事能被聂子期称为"人生理想"的，那只有这一桩了，尤其今年他们两个一起去雁杏村时，她还听聂子期提起过一次，所以印象格外深刻，"你要去哪儿？利比亚？"

聂子期"嗯"了一声，低声说："我不怕死，但我怕回来以后，看到你已经和唐清辰结婚了……"

手机里传染容茵带一丝俏皮的嗓音："我明白了。好吧，那我正式答应你，等你回来再办婚礼。"

聂子期突然笑出了声。

一般心软的女孩子，面对一个这样执着痴情的追求者，或许有人会说不出话，也有人会委婉地说"暂时不会结婚"。大概只有容茵，会这么直白地告诉他，不论怎样，她都会和唐清辰结婚。

"再见，容茵。"聂子期说。

"等你回来当我们婚礼的伴郎。"容茵轻声说，"子期，多多保重。"

电话挂断，聂子期扶着方向盘，又笑了。

曾经，他喜欢的就是容茵这样从不拖泥带水的性子，现在他也要学着，做一个干脆有决断的人。

这样，才是喜欢一个人，最像样的样子。

当晚聚餐，吃的是火锅。

有老姜这位专业人士帮忙，火锅从底料到食材都准备得十分专业。小院香飘十里，左邻右舍都跑来咨询底料秘方。

容茵、弯弯等人忙了一下午，等人又等了许久，早就饿得前胸贴后背，吃起东西来都顾不上聊天了。

唐清辰给他夹了一筷子涮好的圆生菜，低声问她："这么饿？"

容茵笑眯眯的："老姜的这个锅底太好吃了。我离得远，如果和老姜是邻居，我肯定隔天就要去吃一次。"

唐清辰握筷子的手顿了顿，尽量让自己的语气听起来和平常无异："如果老姜隔壁也有一个你这样的院子，让你在那附近开一间甜品店，你觉得怎么样？"

容茵夹了一些涮好的牛肚，边吃边说："那也挺好的啊。他们那个地段好，再加上挨着老姜的店，平时来往客人就多，生意肯定差不了。"她想了想，又一摇头，"不过那附近除了老姜的店，好像都是民居吧，而且房租肯定很贵。"

唐清辰没说话，只是又帮她夹了一筷蔬菜，送进碗里："多吃点菜，不然容易上火。"

老姜喝了一口啤酒，酸溜溜地感慨："真想不到，咱们唐总还有这么贤良淑德的一面。"

唐清辰瞥他一眼："你不是把满肚子贤良淑德都投进了你的火锅店？"

老姜被他说得一乐："就你嘴贫。"

另一边，叶诏小声说："眼看也十月份了。你如果除了这个店铺，没别的事，多往城里跑跑。"

容茵没反应过来："你的店需要帮忙？"话说完，她自己也觉出不对。

老姜就那么一家店，几年都是这么过来的，不太可能缺人手。

叶诏说："明年三月份的比赛，你不打算参加？"

容茵沉吟："其实不参加也没什么。"

叶诏耸耸肩："你要是不参加，那我也不去了。"比赛，总要棋逢对手才有趣，否则他也不会这几年都没冒头，实在是没遇到值得他出手的对手。

唐清辰听到他们俩的对话，说："唐氏这边报了杜鹤和殷若芙的名字。我知道你们俩不怎么看重名利，但这次比赛每周的具体规则和内容不尽相同，但都会淘汰掉一位选手，会比较残酷。不过对于真正有实力的人来说，这样才足够有趣。"他又说，"几位评委，对叶先生来说，有老熟人，也有新面孔，但都还算是做事公允又有风格的人，比如赵晴涓赵小姐。"

唐清辰最后一句话是对着叶诏说的。一听到这个名字，叶诏就笑了："请她来，不怕把那些参赛选手说的个个哭着回家吗？"

唐清辰也笑："真人秀嘛，没点噱头怎么行？"

叶诏说："容茵，下周开始，你多来我这边，咱们俩切磋切磋？"

唐清辰说："答应叶先生吧。店铺这边，有小石看着，没事的。"他小声对容茵说，"你不是一直想和叶先生多学学中式甜品，这是一个好机会。"

容茵点了点头："好呀。"

叶诏见容茵原本是犹豫不决的神色，也不知道唐清辰在她耳边说了什么，顿时眉眼都笑开了，自己不禁也是一笑。或许，这就是恋爱中的人吧。

他人千言万语，敌不过恋人几字低喃。

吃罢火锅，又品尝了容茵和叶诏两人联手打造的几款甜品。容茵端着一杯酸樱桃酒，趴在自己房间的小桌上昏昏欲睡。

唐清辰在沙发上坐下来，将她揽进怀里，捋了捋黏在她脸颊的发丝：

"本来在想要不要告诉你,后来想,也瞒不住。聂医生要走的事,你应该知道了吧。"

"听说了,下午他给我打了一个电话。"容茵想了想,说,"他说其实心里有点儿害怕,怕回不来,又怕回来看到我和你已经结婚了。"

唐清辰没想到聂子期还有这一招在这儿等着他,不禁来了兴致,手掌在容茵后脖颈缓缓抚着,好像在给小动物顺毛一般:"哦?那你怎么回答他的?"

不是他真有那么淡定,而是以他对容茵的了解,这姑娘通常不会按常理出牌。聂子期这招以退为进或许会为难住许多心肠软的女孩子,但其中一定没有容茵。

不是她心肠硬,其实她比时下许多女孩心肠都要好,但她的头脑非常清晰,所以反倒不会被许多现实的框架桎梏。

容茵看向唐清辰的目光也有点儿闪躲,缓缓地说:"我说……可以等他回来,当我们的伴郎。"

唐清辰怔了一下,有点儿哭笑不得地说:"我这是被自己的女人求婚了吗?"

容茵也愣了一下,她不好意思的原因是怕唐清辰听了会觉得她擅自做主,而且两个人此前也确实还没谈到结婚这一步,哪知道话说出口,到了唐清辰那里,却理解出了另一层意思,霎时间从脸颊到脖子都觉得热辣辣的:"我……"

她想说她没有,任何女孩子在这种时刻,都会不好意思的。可话到嘴边,她又发现自己说不出口。

她舍不得。

比起让唐清辰误解或调侃,占占嘴巴上的便宜,她不舍得在这样重大的事上否认自己对他的情意。

她突然发现,自己真的很爱唐清辰。情不知所起,一路走到今天,却已经连一句否认两人感情的话都舍不得说。

唐清辰的拇指在她颈侧揉了揉，让她不自禁地扭头看向他。

一转脸，就对上他含笑的眼，紧接着，两人的唇已经贴在了一起。

唐清辰轻轻笑着，在她唇瓣辗转片刻，又重重啄了一下："容茵，以后这种事，还是交给我比较好。"他清了清嗓子，额头抵住她的，两人的眼睛离得这么近，她可以清晰看见他眼睛里的倒影，小小的，亮晶晶的，是她自己。

"容小姐，可不可以慎重考虑一下，嫁给我，做我的妻子？"

他说得又认真，又撩人，眼睛那么好看，声音那么好听，连刚刚那个吻都那么动人……

容茵觉得自己脑袋晕乎乎的，稀里糊涂地点了头。

因为开店的缘故，第二天一早，唐清辰也跟着容茵、小石一起早起。六点钟的时候，三个人坐在弥漫着烘烤香气的甜品屋里共进早餐。深秋的早晨，甜品屋里亮着灯，咖啡和奶香、红茶香混合在一处，边吃东西，边看着窗外的天一点点亮起来，身边坐着良师益友，连小石这样极少感性的人，也生出某种岁月静好的感怀。

大清早的，唐清辰开口就扔了一个雷："苏苏也要走了。"

苏苏也要离开了。

她不具备和聂子期一起前往利比亚的资格，那个地方也不是平民随随便便就能去的，更何况，聂子期对她，暧昧有之，欣赏有之，但情未到深处，更无任何承诺。这些话，唐清辰难得耐心地对苏苏分析了一遍，但苏苏仍选择离开。

难怪昨天一整晚，苏苏一句话都没说过。

拒绝继续留在唐氏，苏苏给出的理由也再简单不过。

她说："我去不了利比亚，可以选择去离那儿最近的国家。我不能去医疗队，可以报名那里大学的课程。"

她说："聂子期去追逐理想，我难道就不可以追梦吗？他可以放肆一回，我都这把年纪了，也想任性一把。"

她还说："容茵五年前不也任性过吗？没有她当年的任性，你就不会认识现在的她。"

容茵听了不禁哑然失笑："我当时也算不上任性吧。"

如今的聂子期和苏苏，都是已经拥有很多的人。这样还能放下一切去追逐点什么，才能称得上一句"任性"。而当时的容茵，不过是个再狼狈不过的普通人。

至亲离世，亲人疏远，失去了人生目标，没有了牵挂执念，回想起那时的自己，容茵仍然记得当时的满心迷茫。

不过换个角度想想，每个人在任何的人生时刻，都拥有重新选择的权利。

聂子期和苏苏先后选择离开现有的生活，何尝不是别具孤勇？

容茵笑了笑："我觉得，苏苏有些话，其实也是赌气，说不准过一阵她就回来了。"

唐清辰说："她若想回来，唐氏随时欢迎。但她这个节骨眼儿上走，实在是在给我撂挑子。林隽还不知道这事呢，知道了准得炸。"

揉着眼戴上眼镜下楼的林隽，刚好听到这一句，本来才清醒过来的脑袋顿时有点儿懵。

唐清辰看他站在楼梯口一动不动，喊了他一声："过来吃早餐。"

林隽觉得犹在梦中，直到三明治塞进嘴里，仍然梦游一般："苏苏要走？跟着聂医生？"

唐清辰说："具体的她也没说太多，毕竟才知道的消息，我想她自己也还没规划好。"

容茵给他添了一杯热红茶，没有多说什么。

　　这三个人的事，她也是一路看过来的。在这个节骨眼儿上，她觉得作为朋友，不应该说太多影响对方的判断。人生的路要怎么走，林隽应该自己选择。但是如果他也要追着苏苏跑……要炸的就要轮到身边这位唐先生了吧？想到这点，容茵突然觉得荒谬地想笑。

　　林隽喝光一杯红茶，揉了揉眉心，抬起头看了看桌对面的唐清辰和容茵："我没事。就是刚才没睡醒。"

　　唐清辰说："只要你不是也要跟着苏苏走，现在提什么要求，我都考虑答应。"

　　林隽反应极快："忙完手头这个合作案，能不能申请放个大假？"

　　唐清辰说："可以。"

　　林隽一双眼在镜片后头光彩熠熠："老大，吃完早餐我就回去干活儿！"

　　唐清辰说："苏苏手头的工作，你和汪褆接着，一定要在她走之前把所有细节抠清楚。我看她这回一走，不论去哪儿，肯定要失联一阵子。"

　　林隽连连点头，突然又笑了："容小姐，你这次回来之后，还没见过杜鹤呢。那小子昨天还给我发微信，一个劲儿打听你。"

　　容茵本来一怔，听到林隽对杜鹤的称呼，强忍着嘴角上翘的趋势说："我怎么听着，你现在和杜鹤走得还挺近的？"

　　林隽说："之前不大熟，后来一块儿共事过两次，我觉得他这人嘴巴是毒了点儿，但人还不赖。"当着唐清辰的面，他没好意思说的是，后来他经常去甜品部找杜鹤玩，杜鹤也经常开小灶给他做甜品吃，两人还一起去酒吧喝过两回小酒。

　　唐清辰和林隽一道准备动身回城里，容茵递给林隽一只手提袋："这个你帮我捎给杜鹤。"

　　林隽接过去："嚯！还挺沉的。"

　　"这些日子都没顾得上和她联络，也怪对不住的。"

唐清辰说："没关系。你和叶先生如果报名参赛,接下来每周你们都能见面。"

唐清辰瞥了林隽一眼,转过脸朝容茵眨了一下右眼。

唐清辰一向正经,突然做这么撩的表情,直到人走远,容茵还捂着心口,觉得小心脏跳得有点快。

什么情况?她的男朋友怎么突然换风格了?

目送众人走远,容茵突然一个激灵,刚刚临走前唐清辰那个眼神……该不会是……他已经知道杜鹤的真实性别了?!

回城的车上,唐清辰忙完手头的公事,合上笔记本电脑,看了一眼坐在副驾驶座的林隽。

后视镜里清清楚楚映出这小子特别傻的笑脸。

认识林隽这么多年,哪怕是旁观他和苏苏两人你来我往地耍贫斗嘴,也没见他笑成这样过。

唐清辰开口:"下午开会,别笑成这样就行。"

林隽:"……"茫然抬起头,他先是透过后视镜看到了自家老大的眼神,紧接着,看清自己脸上的表情后,向来细致沉稳的林秘书也被自己吓了一跳。

唐清辰:"跟谁聊天这么开心?杜鹤?"问完,拍了拍他的肩膀,"杜鹤这人不错。"

林隽:"……"他们家老大是不是误会了什么?

他,他真不是那种人啊……

杜鹤见到林隽时,第一反应就是喷笑:"你怎么跟霜打的茄子似的?"

林隽把手里东西递过去:"容小姐说这段时间家里事忙,没能和你好好聊聊。这是送你的。"

虽然被老大误会他喜欢杜鹤是一件很心塞的事,但容小姐让传的话,他一个字也没忘。

杜鹤眼睛也亮了，接过来放到桌上，也不顾林隽还站在身边就拆。

最先拿出来的是几样打包好的甜点。

休息室的门关着，杜鹤也不像平时在外人面前那么端着，面对容茵送来的甜点，她更像一个小孩子，新鲜雀跃着，每样甜点都打开尝了一口。

林隽本来还踟蹰着想说什么，一看到杜鹤这么糟蹋东西，顿时看不过眼了："你这样是浪费啊！"

杜鹤悠悠然一笑，舔了舔拇指上沾着的奶沫："那你也吃啊。"

这人戴着眼镜，眼镜细长细长的，这么一笑，真是又好看又勾人……最关键，这种好看还是雌雄莫辨的。

林隽觉得房间里有点儿缺氧。

他咳了咳："容小姐手艺很好的，吃这么好吃的东西，咱们不喝点什么吗？"

杜鹤一指手边的保鲜柜："想喝什么自己看着办。"

林隽其实就是觉得刚刚的气氛太诡异了，想岔开话题，看到普洱茶壶连忙伸手去拿，不想手指正好和杜鹤又细又瘦又白的手指尖触在一起。

林隽触电一样缩了回来。

杜鹤浑然未觉一般，扯过一只干净的杯子放到林隽面前，倒了半杯普洱："泡了好一会儿了，味儿正浓。"

容茵准备的各色小糕点小甜点很多，林隽心慌，不自觉地学着杜鹤，每一样都尝了一口，脑子却晕陶陶的，不论哪一样，吃到嘴里都是一个味儿。

直到他突然吃到了某一样甜点，低头一看，乒乓球大小，红玫瑰的花形，红玫瑰的色彩。若是换了杜鹤拿在指尖，肯定特别漂亮。

但更让人惊艳的是它的味道。

很久很久之后的某一天，林隽提起这个甜品，那时的杜鹤是这样评价的："不就是玫瑰花应该有的味道吗？"

有玫瑰花瓣揉碎的芬芳、蜜糖的甜，还有微微清冽的酸……有人说，吃甜总要加一点酸，才更能品出甜的味道。而爱情又何尝不是如此？

不过此时的林隽，尚且未能体会这么深，只是觉得容茵做的这种甜点，又好看又好吃。

他翻开袋子，见袋子最上面卷着边儿的地方贴着一个小小的粉色标签，上面写着三个字："不如你"。

什么不如你？林隽还没琢磨过味儿来，那边杜鹤却突然"腾"地一下站了起来。

林隽被他吓了一跳："怎么了？"

杜鹤把手提袋裹在怀里："我上趟楼。"

"哎？"林隽不知所措，"那这些……"

"都送给你吃！"

林隽看着桌上零零散散的各样甜品，一时怔住。

刚刚，他其实是想和杜鹤说一声，唐总好像误会他们俩之间……但也不知道为什么，对着杜鹤，他说不出那些话来。

袋子里的"不如你"还剩下最后一块，林隽一口塞进嘴巴里，酸酸甜甜的，好像有草莓味儿，特别清新的味道，应该还有一点柠檬汁。

休息室突然空了，原本让人窒息的那种微妙氛围，随着杜鹤风一样离开骤然消散。人家都说"偷得浮生半日闲"，若是放在从前，能品着茶，吃着容茵做的甜品，偷一会儿懒，对林隽而言，就是最幸福最舒坦的时光了。可是今天……他怎么觉得有点儿没意思呢？

林隽慢慢地将那些没吃完的袋子一样一样收好，放回原本的大包装袋里。收拾好东西，又把自己用过的杯子涮干净，茶壶归位，林隽起身，准备上楼回自己的办公室。

门在这时打开了。

林隽愣在当场。

门外站着的人,是他认识的杜鹤,又好像不是。

他从前认识的杜鹤会穿男生穿的白衬衫,黑 T 恤,高领毛衣,但绝不会穿这样大 V 领的酒红色毛衫,底下,底下还配了格子短裙和焦糖色小短靴……

但这真的是杜鹤。还是和男孩子一样的短头发,鼻梁上戴着他熟悉的眼镜,看起来斯文俊秀极了……但他的脸,好像有点儿红?

然后杜鹤就开口了:"不好看吗?"

林隽慢慢走上前。

杜鹤似乎有点儿恼,又问了一句:"问你话呢,不好看——"

然后,最后那个"吗"字就噎了回去。杜鹤原本觉得自己这辈子也不会当着谁的面尖叫了,她也确实没尖叫,直接一巴掌就呼了过去。

"你,你要耍流氓?!"杜鹤觉得简直难以置信!林隽平时看着挺温柔挺靠谱一个人,居然一上来就袭胸?!

林隽连捂脸都顾不上,脑海里就回荡着一句话:"有胸……"

杜鹤翻了一个白眼:"你是白痴吗?!"

林隽这回没说话,只是突然笑了。

杜鹤被他笑得发毛,"喂"了两声,都得不到回应,只能拿手指戳他的肩膀。

她的个子在女生里面本就算高的,穿上小跟的靴子,看起来几乎没比林隽矮多少。结果刚戳了一下,就被林隽一把抱进了怀里。

杜鹤:"……"

林隽没说话,杜鹤不知道的是,这人怀里搂着她,在她看不到的角度,笑得更傻了。

……

Tail

尾声

走得突然，我们来不及告别。这样也好，因为我们永远不告别。

——三毛

容茵怎么都没想到，那天吃火锅时自己不经意的一句话，竟被唐清辰这样记在心上。

　　后来林隽趴在桌上抱着蛋糕盘诉苦，某天他被唐清辰叫去办公室，交给他一张房契、一份联络表，让他务必在入冬前把那间院子拾掇出来。

　　毕竟是北方，一般入冬之后装修师傅就不动工了，也不接活儿。

　　自那之后，林隽就过上了上班忙完下班忙的日子。不过这段时间他每天和杜鹤蜜里调油，再苦的日子都被这俩人过得沁出蜜来。每天林隽下班从君渡走时，都专程去一趟甜品部的休息室，桌上不论何时都摆着一份为他准备的甜品，放在两人共用的一个藏蓝色书包里。说是甜品，口味却有甜有咸，很多时候还冒着热乎气儿。

　　比如有一天，林隽打开书包，见里面放着一只保温瓶，打开一看，竟然是一碗热气腾腾的大汤圆，还是荠菜猪肉馅儿的！要知道，那个时候已经是深秋时节，荠菜多难得啊！不过想想君渡后厨一贯的食材供应，能弄到点儿新鲜荠菜倒不是什么新鲜事儿了。令人感慨的，反而是杜鹤那么心高气傲的一个姑娘，怎么和大厨套近乎弄来的这点荠菜，又专挑吃晚饭工作间没人的时候，做了这么一份新鲜热乎的汤圆来？

林隽吃着吃着，突然觉得眼眶热乎乎的。尽管从小到大，父母对他也称得上关怀备至，但杜鹤是什么人？是他刚交往不到一个月的女朋友，是被汪老钦点过的新晋甜品师中的翘楚，天资能力不输容茵，也是如今君渡酒店甜品部的顶梁柱。这么优秀的人，愿意做他的女朋友，还每天挖空心思为他准备晚餐和甜品……这样的绵密心意，每每思及，总让他心里沉甸甸的。

众人眼中，杜鹤是个眼高于顶极难相处的人，而林隽，是个八面玲珑每天笑嘻嘻的乐天派，哪怕后来她私下穿过女装，大家也渐渐知悉她女孩子的身份，可长久以来形成的刻板印象很难改变。知道他们两人在一起的人，也有着许多诧异和不理解。但这个姑娘有多好，只有他自己知道。

有了杜鹤的小灶喂养，忙碌了一个多月，林隽不仅没见瘦，还胖了两斤。尽管没能拯救得了眼底的黑眼圈，可这家伙的精气神儿看着实在太好了，以至于当着容茵和小石的面卖惨，效果实力打折。

对比小石的摩拳擦掌、叶诏的含笑以待，容茵还有点儿回不过神："这意思是说……让我搬到老姜和叶大神的隔壁去开甜品店？"

有过唐清辰的殷勤叮嘱在先，林隽早有应对："也不是说这间店就不开了，这小子帮忙把店里的几款蛋糕炒成了网红，容小姐的粉丝要知道城里有了一间店，我想生意肯定错不了。"

小石也机灵，劝道："师父，接下来您和叶大神不是要为来年比赛做准备吗？在城里你们互相沟通也方便些。这边店其实也用不着关，平时我来看着。您如果有空就回来看看，反正离得也不远。一切有我呢，您也别太惦记了。"

小石的话倒是给容茵吃了一颗定心丸，容茵左右为难了好一会儿，最终还是在林隽殷殷期盼的眼神里点了头。

林隽"呼"地出了一口气，装模作样地揉了揉心脏的位置："幸不辱命啊！总算是说服容小姐答应了。不然我真是要提头回去见老大了。"

容茵失笑："哪有那么夸张？他不是不讲道理的人。"

林隽投以幽怨的小眼神儿："那是对容小姐您。对着我们这些人，老大从来不讲道理。"

容茵又看叶诏："看来唐清辰的面子还挺大的，竟然能说动你来帮忙说项。"

叶诏摊了摊手，承认得很是大方："我也是有私心的。"

容茵难得笑出了声。

一个阳光灿烂的冬日清晨，容茵搬进了位于城内的新店。甜品店仍然叫"甜度"，这回不光有小石和林隽帮忙，唐清辰特意批了假，连杜鹤也一天到晚跟着忙前忙后。因为容茵当初那句戏言，新店的地址竟然真选在了老姜的火锅店隔壁。老姜这样处处周到的仗义人，自然不肯缺席，叶诏和弯弯忙完了手头的活儿，也都赶来凑热闹。

容茵在平城仅有的两位好朋友——毕罗和孔月旋也都赶来捧场。

老四合院的结构，前面用来当店面的房间空间本身也不太大，这么多朋友赶来捧场，顿时让房间显得更拥挤也更热闹了。送走了一波又一波的朋友和宾客，容茵难得有点儿感性，小声对杜鹤感慨："刚来平城的时候，哪想到会有今天？"

当初容茵离开君渡时，两人在电话里的交谈称不上愉快。但容茵在电话里留足了分寸，杜鹤本身也不是寻常女孩子的性格，又觉得本来就是自己不坦诚在先，经历了这一系列的事件，两人再次见面时，竟然谁也没有半点尴尬。又兼当时容茵送她的那套衣裙实在贴心，配合一包点心里那份意韵深远的"不如你"，令杜鹤首战告捷，一举拿下林隽。两人一见面，目光相交的瞬间，竟不约而同地笑了起来。

杜鹤饶富兴致地问："说起来我一直挺想知道，你为什么要给你的这间甜品屋取名叫'甜度'。我想了好久，也没能领会个中玄机呢。"

容茵笑了："以前在蓝带学甜品，给我们讲理论课的是一个满头银发、很优雅、说话很有意思的老太太。偶尔我会在学校附近遇到她，她也穿得和每周给我们上课时那样，套裙，礼帽，永远搭配得恰到好处的手提包。对了，她几乎一年四季都会戴手套，哪怕是很薄的蕾丝质地。虽然不用香水，但因为职业的关系，她身上永远有一种甜甜的香香的味道，就和烘焙房里的气息一样。"

容茵说话的声音温润好听，或许是说起这段回忆的表情太过神往，杜鹤也听得入了迷。

"后来我连那些同学的名字和面孔都记不清了，却常常能回忆起她说的一些非常有意思的话。比如有一天讲到'甜度'时，她说，甜度，又称比甜度。果糖、蔗糖、葡萄糖，生活中我们接触各式各样的糖，它们拥有不同的分子结构，也拥有不同的甜度。如果你想成为一个优秀的甜品师，不是一味做'甜'就代表你成功了。能令人们交口称赞念念不忘的甜品，那份甜度永远是'刚刚好'。甚至有前辈创造出'提拉米苏'这种甜品，苦甜交织，更令人难忘……"

杜鹤恍然："所以你后来会创造出那款'苦甜交织'，Bittersweet，灵感就是源于这位老师！"

"是的。"容茵笑了笑，"虽然在自创甜品这条路上，我还不是大师，但总觉着，只有不停地钻研和创新，才称得上是一位真正的甜品师。"

杜鹤若有所思地笑了："所以我很喜欢你。"

"嗯？"容茵愣了一下，随即笑着调侃，"这话要是让林隽听到，不得心碎一地？"

杜鹤倒是说得很认真："是不一样的喜欢。当初大伯和我爸都让我来君渡酒店试试水，我也就怀着无所谓、试一试的心态来了。但来到这儿之后，我真觉得这里大概是我的福地。因为君渡让我收获了事业，结识了你这样一位知己，还遇到了真心喜欢的人。"

容茵浅笑着说："能得到你的认可，我很荣幸。"

杜鹤的声音几乎在同一时间和她响起："能和你做朋友，我很幸运。"

说出了长久以来憋在心里的话，两人不免相视一笑。曾经有的那点儿心结，也在这段充满回忆和思索的交谈中随风消散了。

杜鹤原本正要接着再说，突然神色一变，看向容茵身后的眼神也透出提防。

容茵若有所感地转过身，就见穿了一袭浅粉色羊绒大衣的殷若芙提着一只手提袋，站在进门的位置。见到两个人都看向她，她捋了捋头发，表情也透出几分尴尬。

容茵走上前，朝她露出一抹浅笑："来了。"

殷若芙半垂着头，米色毛衣领子里露出半节天鹅般白皙的脖颈："听说你新店开业。"她双手递过自己手里的袋子，"这是我最近琢磨的几样甜品，想带给你尝尝。"

容茵接过礼品袋："谢谢。"

有段时日没见到殷若芙，再见到这位表妹，容茵发现自己心里竟然已无波动。她已经听说了殷老太太和殷筱云离开平城返家的消息，说起来她也有点儿好奇，那天在医院，她和殷筱云激烈地争吵，说起了当年的事，却没想到被殷若芙听个正着。她还以为接下来家里这位小姨肯定又要来骚扰或吵闹，却没想到她们母女俩沟通过后，竟然是这样一个结果。

容茵猜想着这里面应当有殷老太太的手笔，但殷若芙坚持留在平城并签约君渡的选择，也确实令她意外。

这位表妹看着柔柔弱弱，却继承了殷筱云身上那股不服输的劲头。

平心而论，容茵对殷若芙本人谈不上讨厌，但也没有多喜欢。她只希望殷若芙能把握好这份"倔强"的尺度，不要像殷筱云那样，只以自我为中心，而忽略了他人的感受。

大概是觉察了容茵的寡言，殷若芙主动开口攀谈："店铺装修的风格很简单，也很别致。唐先生对你真的很好。"她说话的语气透着淡淡的歆羡，笑容却颇温软，"不请我坐一会儿吗，表姐？"

"这边请。"容茵朝杜鹤投去一个"放心"的眼神，邀请殷若芙到隔壁的茶室小坐，"待会儿店里还有其他安排，不能和你聊太久，希望你别介意。"

姐妹俩在圆桌的两端坐下来，容茵快手快脚地泡了一壶祁门红茶："也不清楚你的口味，我记得小姨最喜欢喝这个。"

殷若芙双手攥着手提包的手柄，似乎下了很大决心，开口说："我妈妈很喜欢饮茶，尤其是大红袍和祁门红茶。但我不喜欢，我更喜欢喝绿茶，味道比较清淡，夏天放凉了喝也没关系。"她深吸一口气，看容茵，"我不是说你准备的茶不好喝。我只是想……只是想……妈妈这次会选择和外婆一起回去，我也劝了她很久。我知道，妈妈和外婆在你面前说了很多不太合适的话，但我想告诉你，虽然我也是殷家的女儿，但我和妈妈并不完全相同。"

容茵笑了："你别紧张。我去帮你沏一杯绿茶。"

"不用这么麻烦。"殷若芙见容茵起身，也跟着站起来，"其实我这次来，就是想和你开诚布公地好好聊聊，喝什么无所谓。"

容茵示意她坐，茶叶和热水都是现成的，只是换了一套玻璃茶具，重新端回桌上："我明白你的意思。老实说，经过那天医院的事，你会选择留在平城，小姨会同意和外婆一块儿回苏城，这个结果我确实蛮意外的。"

殷若芙说："其实那天在医院……外婆是有意识的。你们两个说的话，不仅我在门外听到了，外婆躺在床上，也听得一清二楚。"

容茵倒茶的手微微一顿："这些事情……她应该都知道的。"

"心里明白，和亲耳听当事人承认，是不一样的。"殷若芙说话轻声慢语的，却很有自己的一套道理，"我是在外婆身边长大的，我看得出，这件事对她刺激挺大的。但我觉得这个刺激，是好的方面大于坏的方面。"

难得两个人能有这样心平气和交谈的时刻，容茵手托着腮："怎么讲？"

"出院之后，外婆在家里养了一周左右。我看她没从前那么凶了，倒有点儿像我小时候认识的那个外婆了，很坚强，很能干，但又不是一味地……凶悍刁蛮。"说到这儿，她有点儿不太好意思地歪了歪头，"我这么说外婆，好像有点儿不太礼貌，但我真的更喜欢现在这外婆。"

容茵听得心头雪亮，看来经历了这场风波，殷老太太应该是彻底想通透了。哪怕是家务事，也应该一碗水端平，一味和稀泥解决不了问题，反而可能会制造和导致更多的状况。

殷若芙又说："虽然是我开口劝我妈跟着外婆一起回去的，但我看得出，妈妈表面不乐意，心里其实有点儿欣慰我的改变。她那个人……有点儿刀子嘴豆腐心，是性格很别扭的一个人。我过去……确实太依赖她了。"她看容茵，眼睛里流露出歉意，"从前你在君渡工作的时候，我做的很多事，都是因为太听我妈的话。我这样说不是想推卸责任，而是……其实从小到大，你就好像每天都会悬在我头顶的一块乌云一样。不论我做什么，妈妈都会拿你来和我做比较。考试、比赛、学做甜品，我妈的口头禅就是：如果是容茵，她会如何如何。表姐你，就好像网络上说的亲戚家的小孩，总被父母拿来鞭策自己的孩子。其实这次在平城见到你，我心里既高兴，又害怕。我看到你比学生时代妈妈说的还要优秀，我看到唐先生总是对你另眼相看，连杜鹤也总是站在你那边……我把刚遇到你那天的高兴忘记了，心里只有害怕，还有嫉妒。"

殷若芙的容貌很是甜美，说这些话的时候，她的眉眼透出淡淡的困惑，却比从前在君渡时的盛气凌人看起来美多了。

容茵说："其实我有什么好让你嫉妒的呢？不过是小姨为了激励你，

把我的一些优点放大了说。我那些缺点，还有过得不好的那些年，她大概一个字都没对你提过。"

殷若芙不禁笑了："想明白之后，觉得真是你说的这样。"

容茵说："小姨对别人再差劲，对你的慈母之心从没作假，只是手段过激了。"

"她做事不就是这样吗？"殷若芙眼底透着无奈，"她希望寄味斋的未来好，希望我的婚姻顺遂，但那些做法其实反倒把我们自己放得太低了。后来想明白之后，我觉得，换作我是唐先生，也不会喜欢我这样性格的女孩子。"

殷若芙这样大大方方地把对唐清辰的喜欢说出口，别人反倒不好评价什么。

这方面容茵也有自己的智慧。与如今的殷若芙相比，她真的已经得到太多，不好再做高姿态肆意点评。而且她也看得清楚，与其说这位小表妹今天来是想对她说点什么，不如说她是想对自己二十二岁的人生做个短小的总结。

看起来，每个人都有了崭新的开始，真好。

火锅的汤水滚着，发出"咕噜噜"的声响。每个人面前一只小锅，大家围桌而坐，白雾蒸腾，热意融融，甚至看不清坐在隔壁的人的面孔。唐清辰轻声问容茵："喜欢这儿吗？院子里的土地都留出来，明年开春你喜欢什么就种点什么。前面的店铺和左右两侧的茶室，做了中国风的设计，后面的休息室不算大，其他空间都留给烘焙房了。"

或许因为火锅的热气，容茵脸颊红扑扑的，眼波流转间，多了几分恋爱中女人的娇媚："你都想得这么周到了，我还能有什么不满意的？"她轻声说，"今天殷若芙来找我，我看她倒是想得通透了。寄味斋与唐氏的合作，我相信你有决断，我不会多过问。不过有关这个甜品屋，我倒是有个新的设想。"

"是什么？"

"眼下距离比赛还有三个多月的时间，平时我想到什么新鲜有趣的甜品，就都做出来放在甜品屋贩卖，接下来我会问一下叶诏有没有兴趣，至于杜鹤和殷若芙，他们都是君溏的人，具体自然要看你的意见了。"

唐清辰脑子转得飞快，看向容茵的目光透出兴味："赛前阶段这样操作，既是练兵也是造势，我自然是求之不得。不过，这算是对我之前求合作的回应吗？"

"不然呢？"容茵神色狡黠，顺着他的话接着说道，"不过你可要想清楚，比赛结束后，不管最终结果如何，我想他们三位的名次都不会差。到时候大家知道这几位'名家'的甜品都在我这家小店贩卖，我可是最大受益者。"

唐清辰低笑，以手作拳掩在唇际，凑近容茵的耳朵低声说："你以后也是要成为唐家人的，能令你收益，最终不还是我最受益？"

容茵觉得脸庞热辣辣的，低头咬了一口筷子上夹的辣味萝卜酱菜，不小心呛得咳嗽起来。

"怎么了？"杜鹤眼疾手快地递了一杯清水过去，八卦的小火苗熊熊燃烧，眼睛也一闪一闪亮晶晶的，"老大对你说什么了？"她最近也学着林隽，私底下喊唐清辰"老大"，"是不是跟你求婚了？"

她说话的声音不大不小，那么恰好，唐清辰听得一清二楚，朗声笑着说："杜鹤是越来越机灵了。"

唐清辰抬头看向叶诏："叶大神的小提琴拉得出神入化，不知道有没有这个荣幸，邀请你参加我和容茵未来的婚礼呢？"

"喂！"容茵偷偷掐他的胳膊，"大家聚餐呢，你怎么突然提这个？！"

叶诏每次旁观这一对都旁观得兴致益然，听到唐清辰的邀请，自然欣然应允："能参加你们两位的婚礼，是我的荣幸才对。"他放下筷子，双手交握托住下颏，"不过我记得老姜说过，唐先生的萨克斯也吹得很好。不考虑什么时候切磋一下？"

唐清辰失笑："我哪里够得上和你切磋的水平？"

噫！不意竟有今日！餐桌边的每一位都对这位唐先生性格有着充分了解，真是想不到，向来眼高于顶、言辞犀利的唐清辰，也会有这样谈吐谦逊的时刻。

叶诏说："演奏乐器，技巧还在其次，演奏者的情怀更重要。唐先生就不要谦虚了。"

唐清辰倒也落落大方："那就等过些日子容茵的生日好了。"

容茵讶异："你怎么知道我的生日？"

林隽吃得两腮鼓起来，听到这话险些步容茵的后尘呛到喉咙。他们家老大不仅知道容小姐的生日，而且早就做了非常充分的准备好吗？隔壁那间甜品屋就是最好的证明！

唐清辰说："这有什么难？当时你们每个人的履历我都仔细看过。"

容茵没再说话，可心里的甜怎么都藏不住。她已有许多年没有好好过生日了，从国外回来选择定居平城时，哪里想得到，父亲昔日的故乡，竟是她未来长久岁月的幸福所在？

火锅飘起的雾气氤氲了大片玻璃窗，而玻璃窗外，是无垠的广阔蓝天。一群白鸽在小院的上方盘旋片刻，呼啸而过。初冬正午的阳光浓烈且温暖，将雪色的鸽翼照射出金色的光。

Special Episode 1

番外 1
·
金枝玉叶

容茵的生日刚好在一个周五。

每个周五都是酒店行业最忙碌的日子，林隽、杜鹤等人整日为工作忙碌，赶到唐清辰的公寓时，已经是晚上九点多钟。

因为大家伙儿约好这次生日晚宴要欣赏叶大神的小提琴和某位唐先生的萨克斯，容茵那个小院就显得拥挤了，便把生日晚会的地点选在了唐清辰的住处。

电梯门打开，伴随着那股熟悉的甜香，一阵悠扬的小提琴乐声被风吹送至耳畔。

杜鹤一推眼镜："看样子这是过了吃饭环节了？"自从和林隽谈恋爱，她每天都是女孩子装扮，眼镜仍然是金丝框边，只是把从前那副偏男士风格的窄框换成时下正流行的圆形框架。她皮肤本就白皙，虽然头发还短短的，但戴着这样的金丝眼镜，搭配红色高领毛衣，看起来又美又萌。

殷若芙摸出手机看了一眼时间："应该不会。表姐说会等我们一起，以她的性格，肯定会等的。"

林隽说："你们甜品部加班我就不说什么了，我这加班内容老大可是一清二楚！要是这都不等我们吃晚饭，我可真要闹了！"

杜鹤颇为轻蔑地瞥了他一眼："老大瞅你一眼，你就大气都不敢喘，还闹？"

林隽可怜巴巴地看她："我痛快痛快嘴还不行吗？"

杜鹤说："我觉得如果这话被老大听到，你会比较危险，所以替你悬崖勒马。"

林隽从善如流，乖巧地回了句："谢谢亲爱的。"

太肉麻了……殷若芙揉了揉胳膊，加快脚步往前走。是什么让她昏了头，从前竟然会觉得杜鹤是个很高冷的大神级人物，而林隽是个温文尔雅的大哥哥？妈妈有句话说得没错，她看人的眼光真是有待提高！

走到音乐厅门口，她突然停住了脚步。杜鹤紧跟在她后面，个子又比她高不少，险些磕着鼻子。她猛地仰头，后退半步："你干吗？"

殷若芙没出声。杜鹤循声看去，嘴角抿出一朵耐人寻味的笑。

这丫头又犯花痴了！

大家也不是头一回见叶诏，但什么时候见过像今天这样头发梳得光亮、穿一袭黑色燕尾服的叶大神？

不得不说，人靠衣装这话真是亘古不变的真理。像叶诏这样的"大叔"，好好拾掇一番，看起来也颇有点儿斯文败类的味道。

杜鹤脱下大衣外套，坐在舞池旁容茵身旁的座位，小声跟她嘀咕这话的时候，险些把容茵逗得笑出了声！

不过容茵还是没错过她话里的重点，隔着杜鹤和林隽，她悄悄观察着这位与自己日益熟稔的小表妹。那眼神、那坐姿，还有脸颊的两坨红晕，殷若芙小姐此时此刻的表现，恐怕盲人都看得出，她这是春心萌动了！

杜鹤抓了一把容茵下午新炒出来的抹茶味瓜子，边嗑瓜子，边和容茵小声聊八卦："咋了，还是看你这小表妹不顺眼？"

"不至于。"容茵眉心微微蹙着，扭过头小声对杜鹤说，"我就是觉着……她这次怕是又要栽。"

"咋回事儿？"杜鹤竖起耳朵，八卦信号三格点满，"有啥我不知道的内情？叶诏有对象了？"

刚好厨房的方向匆匆拐进来一个人，容茵示意她看。

杜鹤匆忙灌了一口茶，压住咳嗽："弯弯？"她拿茶碗盖遮住嘴巴，"叶大神连自己的小徒弟都吃得下嘴？真是知人知面不知心啊！"

话是这么说不错，可如果杜鹤说这话的时候挡一挡眼神，还有那么一点点可信度。容茵在她耳边轻声指点："叶诏那边有没有意思，我暂时看不出。但弯弯对他，明显不一般。"

杜鹤还沉浸在交换八卦的兴奋里："我还以为弯弯会喜欢小石！"

容茵笑了："他俩年龄是相当。但谈恋爱这种事儿，真来了感觉，和年龄关系也不大。"

话一出口，顿时噤声。

想了好一会儿，她才记起，曾经对她说过类似的话的那个人，后来在平城重逢过，亲近过，后来却渐行渐远，终至疏离。

帕维尔。

有的人，可以前嫌尽释，云淡风轻。有的人，却终究只能擦身而过，再难回首。

有圆满，也有遗憾，有所得，也有所失去，而那些一直为着某个目标拼搏着、翻滚着，一刻也不肯停歇地努力向前的人，终究是所得多过所失，这就够了。

"下面有请唐先生，为大家带来《Heart and Soul》！"弯弯撂下果盘，拉过话筒，俏皮地报了个幕。

杜鹤忍不住叨叨："还有主持人？看这样子待会儿大家都得来一段啊！"

容茵笑眯眯地从杜鹤掌心捏了两颗瓜子："是啊！今天我生日嘛，你准备的什么节目？"

杜鹤投来一个"不要啊"的眼神:"做甜点?"

容茵捏着瓜子,缓缓摇头:"那可不行。要是你开了先例,那我的小表妹也该有样学样了。大家都跑去做甜点,就不好玩了。"

杜鹤把瓜子皮扔在一旁盛放果皮的浅盘里,以手背揉了揉脸颊:"哎,那待会儿我一展歌喉,人都吓跑了可别怨我。"

容茵回以一串杠铃般的笑声。

房间里突然暗下来,前奏响起的时候,容茵突然有一瞬间的恍惚:"这是什么曲子……"

"《Heart and Soul》!弯弯刚刚报幕来着!"大家都静悄悄地欣赏乐曲,杜鹤也不敢大声说话,压低了嗓音凑在容茵耳边解答。

梦呓一般的答案。

她清楚记得那天的黄昏,天边漫布着灿烂云霞,也是这首萨克斯风,让原本身在异国孤独难熬的她感到了前所未有的温柔慰藉。当她从乐曲中回神,匆匆追出花店,找到那几位在街边常驻的流浪艺人,却从他们口中得知,演奏这首曲子的是一个穿黑色风衣的东方男人。

真是想不到,几年之后,会在这里再度听到这首曲子。

唐清辰演奏结束,紧接着轮到了弯弯的表演。这丫头玩起了清唱,哼了一首非常慢的舞曲。唐清辰走到容茵面前,做了一个"请"的手势。

容茵伸出手,被一把拉起来,两人拥在一起,随着曲调慢慢跳着慢三步。

"在想什么?"唐清辰端详她眉眼间的褶皱,"怎么,我吹的萨克斯很难听吗?让你有了不好的回忆?"

"是很特别的回忆。"容茵发现,当着唐清辰的面重述那段过往,好像并不是一件困难的事。

曾经在很喜欢的一本书上,她看到过这样一句话:那些让你哭、让你绝望、让你难受到爆炸的事,经过漫长的发酵和挥发,总有一天,可以轻描淡写地对人讲出来。

而面对着唐清辰，说起在F国的那几年，看着他凝视着自己的眼瞳里，两枚小小的、明亮的、自己的倒影，容茵甚至觉得，能和眼前这个深深眷恋自己的人分享过往，是一件很有成就感、也很有安全感的事。

舞曲接近尾声，而听着容茵说完的某人，突然绽出浅笑。

唐清辰不是一个会经常笑的人，更很少笑得这样狡獪。

他挽住容茵的腰侧，将她带出舞池，在她耳畔轻声道："你猜，我第一次吃到你做的那道'Snow Yard'，是什么时候？"

容茵被他笑得糊涂了："不是今年在君渡酒店汪老主持的品鉴会上，杜鹤做了斗芳菲的那一次？"

杜鹤听到自己的名字，端着一碟抹茶生巧克力凑近："说我什么呢？"

容茵倒是挺大方的："没有，我们在讨论我曾经做过的那道甜品Snow Yard。"

"哦，那个啊！"杜鹤捻了一块生巧送进嘴里，口吻透出怀念，"其实我当时觉得汪老真是吹毛求疵，搞得你后来压力那么大，超短时间又创作出那道升级版的'天涯客'。其实我更喜欢Snow Yard的味道，虽然前者的意境更完整，但后者小巧别到也别有风味……"

唐清辰本来还暗叹容茵这姑娘真是十年如一日的不解风情，听完杜鹤的点评倒也点了点头："四年前在玫瑰街第一次吃到这道甜品时，我也这么想。红梅初绽，真的很惊艳。"

容茵的反应简直可以用"倒抽一口冷气"来形容："四年前？！巴黎玛莱区的玫瑰街？"

唐清辰此刻的笑容很有点儿胜券在握的意思："现在明白了？"

容茵觉得自己脑容量有点儿不够用……她在F国其实只做过一次Snow Yard，可唐清辰竟然说，他四年前就吃过Snow Yard？！

更让人晕眩的是，唐清辰提起这件事的时机……那么他的意思不就是，四年前的那一天，他曾经机缘巧合吃到过她做的甜品，而那之后她在花店附近街道听到的萨克斯，其实……是出自他？

弯弯活泼嘹亮的嗓音打断了容茵的深思。

"好啦，接下来让我们掌声欢迎我们的歌神——杜鹤杜大人，为容容姐献上一首经典曲目：《红豆》！"弯弯调皮地加了一句，"虽然是首老歌，不过啊，有格调的甜品师就是不一样，连选的歌唱曲目都这么的——美味！"

大家捧场地笑出声。

殷若芙在这时挪到容茵旁边杜鹤的座位。

杜鹤站在话筒前，目光敏锐地朝这边一扫，清了清嗓子说："下面这首经典老歌，送给我心中最经典的容小姐，生日快乐，生活甜蜜！"

乐曲的前奏响起来，而殷若芙在此时小声说："表姐，生日快乐。"

"谢谢。"容茵见她说话的时候眼神飘忽，隔几秒就要往叶诏那边望一眼，心里暗自摇头，嘴上并不戳破。

叶诏、弯弯和殷若芙这局棋，复杂得堪比当初的聂子期、苏苏和林隽！大家彼此又都熟识，她最佳的态度，就是不去表态。而且殷若芙的性格她也是了解的，这丫头能一举扛起寄味斋和唐氏合作的后续事宜，又成为唐氏最新签约的甜品师中仅次于杜鹤的佼佼者，心理也不是一般的强大。这丫头，很有几分倔劲儿。

倔的人，在感情方面，往往不喜欢听人劝。

等她自己先跌两个跟头，什么时候想起找她求救，她再说出自己的真实想法也不迟。

"那个，表姐，这个送给你。"歌曲唱到一多半，殷若芙终于从之前那种神思不属的状态抽离出来，将手提袋双手递了过去，"围巾是我亲手织的，浅灰色的，我觉得这个颜色很洋气，很配你。"

容茵打开袋子取出来一看，殷若芙用的竟然是极细极润的羊绒线。

这种毛线织出的围巾会特别暖和，但也很费时间。浅灰色确实很洋气，而且因为她不比殷若芙肤色白皙，这种颜色她戴起来确实会比较妥帖。容茵仔细地将围巾折好："我很喜欢！这个要织很久吧，有心了。"

两个人熟悉起来，殷若芙有时候说话也很直接："这么多年都没给你过过生日，礼物总要用心一点。"她的声音更轻了一点儿，好像怕惊扰到什么一样，"那个盒子里面，是我妈准备的礼物。"

盒子是紫红色丝绒的，款式和质感都比较旧了，容茵却觉得这东西莫名地眼熟。

"这是……"打开来，里面是一枚纯金胸针，胸针是金色枝蔓的款式，枝条上有两枚小巧的叶片，老坑翡翠的品质，翠极润极，光泽耀眼，而翡翠叶片烘托的，是一颗娇艳欲滴的红樱桃。不过半个巴掌大小的胸针，做工却极尽精巧考究，但因为其配色和用料，看起来更像是二十世纪的饰物。

殷若芙撩开垂落肩膀的发丝，指了指自己胸前："我也有一枚，是我妈给我的。你的这枚，是大姨当年一直在戴的。这两枚胸针是外公当年找苏城最好的老工匠定做的。翡翠和红珊瑚都是外婆从她的妈妈那儿继承来的珍藏，也是咱们殷家祖传的老物件。所以……"她咬了咬唇，"这两枚胸针，真的挺有意义的。"

"是很有寓意。"容茵轻轻地抚摸着盒子里的胸针，她想起来了，在她很小的时候，曾经不止一次看到妈妈参加比较重要的场合之前，在家里的梳妆台前打扮。那时，不论她换过多少发型和衣服，有过多少项链和耳坠，会戴起来的胸针，却永远只有这一枚。她还记得曾经听妈妈和爸爸闲谈时说起过，这枚外公和外婆一起找工匠精心打造的胸针，寓意"金枝玉叶"，其中寄托了他们夫妻俩对殷筱晴、殷筱云两个女儿最美好的祝福和期待。

这么多年过去，她几乎已经忘记了这枚胸针，从没想过竟然还有再见的一天。

殷若芙觑着容茵的侧脸，小心翼翼地说："其实我妈那个人，这么多年你也知道的，她嘴巴跟刀子似的，可心真的没有多坏，就是有时太要强。这枚胸针，她一直好好收藏着，每年都会固定拿出来擦洗干净，再仔仔细细收好。我在家的时候，经常见到她捧着大姨以前用过的饰物发呆……"

"啪"的一声，容茵合上首饰盒，笑容看起来妥帖挑不出错处："这个生日礼物我很喜欢，替我谢谢小姨。"

殷若芙乖巧地点头应声。她如何看不出，容茵心里对自己的妈妈仍有芥蒂，但这也正是容茵这个人最真实的地方。怎么说当年她父母的车祸都和自己妈妈有着脱不开的关系，容茵如果这么容易就释怀，那才有蹊跷。可她今天肯开口喊殷筱云一声"小姨"，殷若芙心里偷偷地笑，被她妈妈知道，不管表面装得多淡定多无所谓，背地里肯定会感动到偷偷哭吧！以她对母亲的了解，还是会哭好几回的那种！

杜鹤一首歌唱完，直接拿着话筒走到两人面前，微躬着背，笑眯眯地问殷若芙："Fiona，你准备了什么节目？"

殷若芙"啊"了一声，下意识地去看容茵怀里的礼品袋，很快她就意识到，在场几乎所有人的目光都聚集到了她的身上，脸颊顿时又有发烧的趋势："要不……我弹一段曲子吧，《小星星幻想曲》，送给表姐。"她目光轻巧地略过坐在角落的叶诏，又浮光掠影地扫过唐清辰，最后含着笑落在容茵的脸庞，"祝表姐接下来的事业和爱情，可以像夜空中的星星一样，闪耀、永恒。"

"谢谢。"容茵轻声做了一个口型。

灯光黯下来，房间里响起清澈柔和的钢琴曲。

……

过了凌晨十二点的钟声，容茵仍有些心思恍惚。

众人散去，识趣地给唐清辰和容茵留出独处的空间。房间里放着舒缓的音乐，是一首很舒缓的舞曲。唐清辰端着红酒，另一手搂着她的腰，两人缓缓地挪着步子。他低头捕捉她的神色："怎么了这是？"

容茵摇了摇头："就是觉得难以置信。"

唐清辰失笑："还在想我刚才说的事？"

"是呀。"容茵又晃了晃脑袋，"刚刚在想，你小的时候走失，被我妈妈送回家；长大之后，我们两个竟然还在巴黎、在双方不知情的时候遇到过——你吃过我的甜品，我听到过你的萨克斯——所以，人生的很多事是不是生来就注定的，而我们都逃不过原本该走的轨迹？"

"别人都说，人生不如意之事十之八九，但我们两个，是命中注定也好，事在人为也罢，如今我们都走在了一起。可以让我如愿以偿，不管是什么缘由，我都很乐意，也很知足。"

容茵忍不住瞥了他一眼："今天嘴巴怎么这么甜？"

"啸鹰酒庄的赤霞珠干红，还不是亏了容小姐，才让我尝到这么好的行货？"说着，唐清辰低下头，勾着容茵的下颌，吻上她的唇。

容茵迷迷糊糊地想，骗子，干红怎么会是甜的呢？

唔……好像是，有点儿甜。

很甜。

Special Episode 2

番外 2
·
芬芳满堂

次年五月，正是一年中百花盛开、满园芬芳的好时节，国内首届甜品师大赛在平城圆满落下帷幕。

　　这次堪比最精彩的真人秀的甜品比赛到了最后一环，是让最终入围的三位选手自由发挥，各自做一道此前从未在大众面前展示过的原创甜品。

　　叶诏因个人原因提前退出比赛，但因为评委和主办方都爱死了他，观众和一直追比赛的粉丝也遗憾他提早退赛，最后一场现场比拼时，不仅给他颁发一项"最受欢迎甜品师"的奖项，而且力邀他坐到品评席，与其他三十位大众评审一同品尝三位选手的最终作品。

　　杜鹤拿出自己京派传人的绝活，做出一道"斗芳菲"的升级版，取名"芬芳满堂"，要知道昔日那道"斗芳菲"，连汪柏冬这位一向冷面冷心的专业大家都挑不出半点毛病，而当"芬芳满堂"上桌时，在场不论专业评审还是大众评委，都为这道"前无古人，后无来者"的甜品欢呼出声。

　　杜鹤以特殊定制的长方形瓷盘为纸，以面粉糖浆为墨，现场为众人展示了何为"芬芳满堂"。从初春时的第一朵迎春，到深冬时节的凛冽红梅，她将一年四季大小鲜花尽悉展现，那些花不仅色彩鲜艳，难得的是花形栩栩如生，有的甚至比真花还要美上几分。最令人啧啧称奇的是，整道甜品最后一点浇筑完毕，从盘子中央开始弥散起一股淡淡的白雾，雾气令满堂鲜花更添鲜艳，且携带着一股甜甜的香气。

这是当之无愧的"芬芳满堂"！这道甜品一出，必然称王，也必然是冠军。

而与此同时，容茵和另一位南派选手的甜品也在现场制作完毕。

然而经过杜鹤这一妙手，容茵和另一位选手的席位只能在亚军与季军之间裁夺了。

叶诏坐在台下，眼见杜鹤目露精光，志在必得，态度却不卑不亢、从容有度，不禁在心里感慨，真是江山代有才人出。自己不过退出这一行几年时间，国内的后起之秀竞相崛起，这其中又数杜鹤与容茵最不可小觑。他又看向容茵，这一看不禁笑了。原本他还担心容茵会因为杜鹤一举夺冠心有不快，待看过去才发现，人家心里压根儿没将这比赛当作一回事。

也不是说容茵的比赛态度不端正、做甜品不够尽心尽力，而是这姑娘从头至尾，不论看自己面前的作品、还是看远处的摄像机，脸上都挂着甜蜜的笑。

那是只有沉浸在甜蜜恋情中的人才会有的神情。

其实，众位参赛者之中，没人能在独创甜品这一块能超越容茵，但杜鹤这厮夺冠的决心太过强烈，昭昭如烈烈骄阳，哪怕慧黠灵秀如容茵，在这样坚定的决心面前也只要退一射之地。

品尝到容茵的甜品时，叶诏更坚定了心里的想法。

轮到他发言时，他拿过话筒，问："我想听容小姐讲一讲，这道甜品的名字和由来。"

这问题也不况外，如果叶诏不问，在场其他三位专业评审也是要问的。

容茵听了这个问题，隔空与叶诏目光相交，两个人均各自露出一抹笑。

容茵说："其实我当初来参加这个比赛，不仅是受君渡酒店的邀请，也是因为与叶诏先生有切磋技艺的约定。这道甜品，名字就叫'知音'。"

正方形如棋盘大小的素白盘底，是一局未下完的棋，旁边用特殊手法绘出一把立体的古琴。不论棋盘、棋子，还是古琴，形态极尽拟真，均可切开分食。

评审中最年长的一位老者捋了捋胡须，眯着眼说："高山流水谢知音，不知道容小姐的知音，在何处？"

三位专业评审中唯一一位女士，姓古，看起来约莫四十出头的年纪，眼角已流露出细细纹路，但她毫不在意，每一次都笑得很随性，也因此，多年来一向低调的她通过这届甜品比赛收获大批粉丝。听到这话她不禁又笑了，说："我觉得容小姐的意思应该是，棋逢对手，知音难觅——"说到这儿，她顿了顿，问，"我说得对吗？"

容茵浅笑着点点头。

没人注意到她那一瞬间的呼吸浅顿、欲言又止。

只有电视机前一老一少两人，各自反应不一，却明显都不赞同评审所说。

年纪轻的那个解掉领带卷成一团攥在掌中，衬衫扣子解开好几颗，一手支着桌沿撑住左腮，目光专注追随着电视机上容茵的一举一动："我觉得……"

"容茵这丫头也学精了！她明明还有别的意思，可她倒好，当着评委的面，都能绷住不说。"老的那个不是别人，正是此前手把手教导杜鹤、容茵等人的汪柏冬。要说当比赛评委，他自然是大大的够格，但这老家伙自年轻时起就高傲惯了，不愿意受管束，也懒得去凑热闹，更不愿意被人诟病说他当过几人的导师，又去当评委，不懂避嫌，因此他不仅拒绝当评委，甚至一次现场都没去过。

年轻的那个自然是唐清辰。听到汪柏冬这样抱怨，他不仅不恼，唇角还含着笑："我觉得这样也挺好。"

汪柏冬说："好什么好？她不慕名利，也真不怕屈才！我看这回她连榜眼都拿不上，稳妥地抱第三名回家。"

唐清辰沉思片刻，拿起手机搜索着什么，忙碌了好一会儿，突然就笑了："舅公，您是不是早就看出来了？"

他们两人都会下棋，平日里闲着没事，也常常会斗上两盘，但唐清辰志不在此，只拿这事儿当消遣，汪柏冬却是实实在在地喜欢这码事，听说年轻时还报名参加过国际比赛呢！

因此，唐清辰直觉那棋盘上摆的棋子似有奥妙，又看出容茵神情有异，欲言又止，这才动了心思，趁镜头又一次对准棋盘时，用手机拍了下来，仔细查了好一会儿资料才弄明白。

棋盘上的棋子，并不是随意摆弄的，而是一局古来有名的棋局，名为"千里独行。"

"棋逢对手，知音难觅，千里独行，不必相送。"唐清辰念完就笑了起来。

容茵所说的"千里独行"，指的并不只是人生长路。他们两人彼此相爱，在人生的漫漫长路上，从此都不再孤寂。但在他们各自拼搏事业的道路上，又确确实实都是孤寂的。

又或者说，每一个为着自己挚爱的事业拼搏奋斗的人，都是孤单的。但有理想、有勇气，也有担当的人，从不畏惧独行。

容茵把这一番人生体悟融入"知音"这道甜品中，让唐清辰惊艳不已，也悸动不已。

须知男人心仪一个女人，实在没什么了不起。许多男人这一生，心动过不止一次，心仪过的女人，有时一只手掌都数不过来。

可能让一个男人又敬又爱，又为之深感骄傲，许多人终其一生也不会有。而有的人，一旦遇上，搁在心上，就是一生一世。

最近这段时间，他与何氏兄弟、莫先生共同努力推进"芳菲堂"的项目，尽管已做足前期功课，事先评估过各项风险，但真正启动项目并开始着手各项日常时，几人仍常为各种细小事项或苦恼，或拍桌，或不得不推翻重来，甚至有些事，他与何钦、莫言沣两人，也只是略提一提，真正去解决，仍要靠各自的力量。个中辛苦焦灼，不足为外人道。

早都是独当一面的成年人，哪能一见面就大吐苦水？想做成点事，谁无苦处？谁无难处？谁无恨不得掀桌离去的时候？

这些话，他甚至不曾对着容茵说过，但两人如今住在一起，他每天早出晚归，不经意间的叹息蹙眉，对方又怎么会留意不到？

唐清辰知道，项目启动至今，这半年，他亏欠最多的便是容茵。

日常所有的压力、不快、不如意，他极力压制，却又于无形中四处倾泻，而容茵何尝没有她自己的苦恼烦忧？

最近两个月，她每个周末都前往现场参加比赛，唐清辰仅拿得出时间在电脑前观看直播，本想最后一轮比赛结束后一定要好好陪伴容茵，帮她庆祝一番，却没想到她在终场比赛环节为他准备了这样大的一份礼物。

不是任何实质的礼物，甚至没有诉诸唇齿，却是唐清辰此生到今天为止，收到过最好一份礼物。

唐清辰在长桌这头沉默，另一端，汪柏冬"喊"了一声，起身去烧水，一边小声嘀咕："不就是一盘棋吗？也至于感动成这样！没出息！"

唐清辰"扑哧"一声笑了出来，他揉了揉眼眶，隔着屏幕，与面对镜头甜蜜浅笑的容茵目光相交，明知道她看不到，还是忍不住柔软了眼角眉梢。

他低声说："等你回家，茵茵。"

那天晚上，容茵果然捧了第三名回家。

唐清辰家里人口不多，不过为容茵庆祝，本来也是一件极私密的事。一顿家宴，除了唐父和汪柏冬，只邀请了唐律和毕罗，六个人围坐一桌，就在君渡酒店的一间雅间。

这一顿家宴吃得简单，没什么名贵大菜，却都是在座各人最喜欢的。

有唐父和唐律最喜欢的槐花饺子，从拌馅儿到下锅都是毕罗一手包办。有唐清辰爱吃的红酒炖牛肉，容茵喜欢的"改良版"槐叶冷淘，毕罗最近沉迷的烫青菜拌芝麻酱，还有汪柏冬点名要吃的芝士焗龙虾。

容茵见他吃得开心，忍不住劝："还是少吃些，您最近不是气管不太舒服？"

汪柏冬又夹了一大筷龙虾肉，这才不情不愿地将盘子推得离自己远了一些，嘟囔了一句："我也没吃多少。"

说起来，这一老一少也曾闹得不可开交。其实都不是什么了不起的大事，甚至其中误会的成分占了一大部分，可这两个人也有意思，老的那个一辈子高傲惯了，年纪轻的那个虽然没那么多傲气，却脸皮极薄，谁都拉不下脸来先去见谁。可去年秋天容茵的外婆和小姨来君渡酒店大闹了一场，还是汪柏冬出面，把当事人劝得回心转意。汪柏冬身体有个头疼脑热的不舒服，也是容茵第一个学着做各种补汤，托人给带去。

到头来，还是唐清辰拖着容茵去见汪柏冬，三个人安安静静地吃了一餐饭。

这两个人，明明年纪差了一大截，却在性情上有着诸多相似之处：都不擅长当面说煽情的话，都喜欢用实际行动说明一切；也都面皮软薄，不习惯戳破那层纸。但正因为他们两个有诸多相似的地方，日子长了，彼此也学会了相处之道。

不再劳烦唐清辰从中周旋，也不用任何人帮忙说好听的话，随着容茵解开心结，汪柏冬身体日益康健，一老一少越发相处出那么点滋味儿来。

唯独有那么一回，汪柏冬生日喝高了，对着唐清辰吐出过一句心里话。

他说："要说这世上还有谁像足了殷筱晴，也就是容茵这丫头了。可她又不那么像她，不像她的地方，那脾气像我。"

听得唐清辰啼笑皆非，忍不住戳穿自家舅公的春秋大梦："容茵有亲爸，人家姓容，叫容生雷。"再怎么说也是他的老丈人啊，唐清辰觉得这件事得说清楚，他帮理不帮亲。

气得汪柏冬一把甩开这败家孩子，痛心疾首直拍桌子："我知道！我用得着你提醒？！我还和那老小子一张桌子喝过酒！我就说说！我就感觉容茵像我闺女！不行吗？！"

"行，行！"唐清辰没傻到和一个喝醉的人斤斤计较，只能顺着汪柏冬的话头说，"我也觉得，容茵这脾气谁都不像，就像您！"一边说着，唐清辰还得在心里接着磨叨，岳父莫怪啊，只是脾气像那么一点儿，容茵还是您的嫡亲闺女！

那天晚上，汪柏冬闹得特别晚，唐清辰在旁边陪了一宿，因而印象格外深刻。眼见饭桌上容茵张嘴随便说了那么一句，汪柏冬连哼都没哼一声，整餐饭下来都没敢再去碰那龙虾肉，不禁心中莞尔。

餐毕，众人围桌喝茶吃甜点，一起聊天。

汪柏冬还不忘比赛的事，对容茵说："我都没尝到你那道'知音'是什么味儿。"

容茵不禁笑了："早知道您要这么说。"她起身，朝唐父微微躬身，又笑着看众人，"其实刚才餐前我不是去忙新店的事，是去后厨重新做了一份'知音'。在座各位某种程度上都是我的知音，所以做来给你们品尝。"

她走到门口，和服务生一起端上甜品。

哪怕桌边众人已经在电视或电脑上看过这道甜品的样子，但亲眼所见，还是更震撼一些。

唐律"嚯"了一声，说："这古琴完全就是个等比例的微缩模型啊！"

毕罗情不自禁地连连点头，凑近端详："连琴弦都和真的一模一样。也太精致了！"

最不客气的当属汪柏冬，那头唐清辰和毕罗还没拍够照片，老头儿已经举起刀叉动手分食。

唐父不能吃太多甜，只浅尝辄止，看向容茵的目光却是满意之中透着满意，不能更骄傲："我们唐家的儿媳妇，个顶个儿的出类拔萃，比我两个儿子都强。"

这话说得唐清辰和唐律脸色各自微妙起来，唐清辰忍不住摸了摸鼻子，唐律则是埋头吃甜点不吭声。

还是毕罗嘴巴巧，连忙说："这怎么能比呢？大哥做的是大事业，唐律如今经营自己那摊事，也有模有样的。我看您嘴上这么夸我和茵茵姐，心里其实比谁都得意！"

唐父哈哈一笑："我是得意，不管怎么说，都是我儿子，不是吗？"

这话说得汪柏冬不乐意了："你的儿子，光靠你教，那也不成事儿。"

汪柏冬其实和唐父年纪相仿，但辈分在那儿，唐父也不敢多说什么，只能摸了摸鼻子，又低头喝了一口白开水。那有点儿尴尬，有点儿不愿意，又不好说什么的样子，和唐清辰刚刚的举动如出一辙。容茵在一旁偷偷看着，心里忍不住偷笑，总算知道这人的小习惯小动作都是跟谁学来的了。

汪柏冬将盘中各样都尝了尝，最后点评："古琴的部分吃起来口感扎实，滋味微苦，和棋盘上棋子的酸甜相得益彰，你对味觉的把控越来越精准。"他顿了顿，笑着叹一口气，"我已经没什么能教你了。"

"也不见得。"棋盘上零散地摆着许多颗棋子，唐清辰却用叉子插住其中那颗"帅"，放到小碟里，切开，分一半给汪柏冬，"既然是千里独行，总要尝尝这一颗的味道。"

汪柏冬将那半颗棋子样的甜品放入口中咀嚼片刻，眼睛一亮，看着容茵道："你用了酒渍樱桃，一般人吃来是足够惊喜了，可在我尝来，可是有点儿偷懒。"

容茵忍不住笑了："时间紧迫，一时想不到更好的搭配，就用了这个。"说着，她斜睨一眼坐在身旁的男人，轻声说，"而且也不是每个人都有这个心机，能想到一定要切开'帅'尝一尝，更不是所有人都有汪老这份眼界，能挑出我的毛病来。"

汪柏冬哈哈大笑，双眸晶亮。

这一餐饭，吃得宾主尽欢。

……

回到两人自己的家，一进门，唐清辰就将人揽入怀中，俯身在那温软的唇上辗转片刻，极尽缠绵，才喘息着站直了身："你现在的心思，连我都猜不透了。"

容茵呼吸急促，脸颊红彤彤，听到他这么说，忍不住笑得俏皮："我有什么是你都猜不透的？"

"那颗棋子。"唐清辰看着她的眼，缓缓凑近她的耳朵，"我不信比赛时你也偷懒用了酒渍樱桃。"

容茵觉得他吐息热热的，有点儿痒，忍不住偏头："那我为什么晚餐时要用酒渍樱桃？"

唐清辰忍不住在她耳垂上轻轻啄吻片刻，将她抱入怀里，许久都没说话。

直到两人一同跌入柔软的床铺，一场热烈却不失温柔的情事之后，他才轻抚着她汗湿的鬓发，低声说："为了让舅公开心。你怕舅公觉得没什么能教你，心里难受，就故意用了一颗酒渍樱桃。"他说话的声音越发暗哑，还含着一丝颤，"容茵，你为我着想这么多，我却不知道能为你做些什么……"

容茵忙了一天，已经累得神志迷糊，刚刚那场云雨更将她所剩不多的精力消耗殆尽，听到唐清辰说了许多，她却连眼皮都抬不起来，只能迷迷糊糊应了一声："一直爱我，就可以了。"

难得容茵这样潇洒随性惯了的人，也有说出这样娇嗔言语的时候。

唐清辰忍不住笑，在她眉心落下一个吻，低声说："我会一直爱你，在我有生之年。"

除却年少懵懂的那一两年，之后的无数岁月，他都觉得许诺和情话是世界上最愚蠢最无用的言语。可直到这一刻，他才突然顿悟，为什么世间男女在情动之时，喜欢索求承诺，也喜欢倾听甜言蜜语。

若你爱你一个人爱到骨子里，哪怕明知是无用之语，只要她喜欢，也心甘情愿说与她听。

两人相拥在一处，一夜好梦。

Special Episode 3

番外 3

·

容我伴晨昏

又是一年秋。

彼时唐氏与何氏、莫氏合作的"芳菲堂"项目已初见规模，7座旅游城市的地标性酒店建筑已成型泰半，其中有3家已试营业超过半年，另外四家也会陆续在半年到一年内落成竣工。

唐律和毕罗已先一步扯了证，就在这一年的5月，婚礼在京郊举办，地点选在一处唐律新近开发的主题农庄。本来两人都还年轻，并不急着去领这一张纸，也不急于以此证明什么，但那段时间，毕罗唯一在世的亲人毕克芳身体状况不大好，为了圆外公一个心愿，两个人感情上也觉得算是水到渠成，就开开心心地办了个婚礼。

这么一来，反倒让弟弟跑先一步。

容茵一贯爱自由，再加上聂子期那小子临走前的那番叮嘱，让原本顺理成章的婚事一拖再拖。唐清辰嘴上不说，心里还是有点儿忐忑，终归还是选定这一年的十一长假，先和容茵订个婚再说。

要说这两个人的动作有多慢，看一看身边其他人的速度就知道了。

唐律和毕罗这一对结了婚，还有人比他们俩手脚还快，林隽和杜鹤明明是他们这几对里最晚谈上恋爱的，却最早生了娃，还是龙凤胎。这可把林隽高兴坏了，三天两头在那儿摆弄手机相册里的照片，还有小视频，导致最近每次开会，唐清辰都懒得让他挨着自己坐，有多远就让他起开多远，眼不见心不烦。

唐清辰接到那个陌生号码来电时，距离与容茵的订婚宴还有不到三天。

他当时手头在忙正事，几乎没仔细看号码，就接了起来。电话一接通，他也反应过来，好像是个异国电话，再联想一下最前面的区号……他突然有了一个不怎么舒服的猜想。

脑海里刚有了这么个念头，电话那头就响起一道有点儿哑、有点儿陌生的女声："是清辰本人吗？"

唐清辰愣了一瞬，随即反应过来对方的身份。这么多年过去了，他连对方的容貌都记不真切了，这声音也早已被遗忘在记忆深处的某个角落："我是。"

"好久不见呀。这话说起来怪难为情的……"电话那头的女人说完这句话，咯咯笑了两声，却没有半点儿难为情的意思，"也没什么大事，你别多心，我没什么目的，没其他用意，就是前些天遇到一个老朋友，和她聊起你，听说你再过几天就要订婚了。"

"嗯。"

"这么多年一直没再联系过你。"她似乎是点了根烟，吐烟圈的气息听起来和平时明显不太一样，"听说你要订婚了，直到今天才打这个电话，就是一直觉得挺没脸再联络你跟你说话的，哪怕是打一个普普通通电话。当初，我主动和你父亲提了条件，我不后悔，现在过得也挺好的，就是每次想起来，都觉得怪对不住你的。"

唐清辰在这头静静地听着。

那一端，盛柔有好一阵没说话。她站在公寓的小露台，两指间夹着烟，手指微抖，面前放着一杯桃红葡萄酒，她听着电话那头的唐清辰呼吸平稳，全然没有半点波动的样子，徐徐地吐出一口气，眺望着远处海岸沿线的风光："看我，本来打电话就是想好好说一声'恭喜'的，结果乱七八糟说了一堆自己的事。恭喜啊，清辰，找到了真心相爱的人，还能走在一起，这是世界上最幸福的事。"

唐清辰说："谢谢。"

"那我挂了。"女人话音落，三秒后，那端已经挂断了电话。

她慢慢眺望着远方水天相接处的景色，缓缓喝光整杯葡萄酒，全身却感觉不到半点微醺的暖意。也不知道过了多久，身后响起拖鞋趿地的声音，一个年轻的怀抱从身后拥住了她，冒着青胡茬的下巴在她颈侧蹭了蹭："宝贝，都这么晚了，怎么一直没睡？"

盛柔指尖的烟不知换过了多少根，她在年轻男人的怀抱里转过身，又嘬了一口烟，一边吻上对方的唇，一边随手将烟头摁熄在阳台的栏杆上。

年轻男人就是这点儿好，不论心里有几分喜欢，只要你能挑起他的感官，不论何时，都能让女人心满意足地沉沦。

被人抛落在柔软的大床上，浓黑的卷发如同波浪般在浅色床单上铺展开来，女人拥住对方的脖颈，闭着眼感受身上的韵律，眼角一滴水渍无声地滑落，很快就消失在浓密的发丝间，湮没在厚实的床单里。

人生最不堪回首的，就是错误的抉择。

当她拥有了昔日想要的一切，金钱、名声、最好的物质生活、最向往的自由城市……可她内心仍然有一个角落坍塌着，就像一个黑洞，怎么都填不满，日复一日、无声无息地提醒着她，她是怎样轻易松开手，错过了一个曾经那么深爱她的男人。

她不是未经世事的小女孩，也做不到寡廉鲜耻地再去纠缠。唐清辰当初对她有几分真心，她心知肚明，哪怕里面有新鲜的成分，有男人年少时的冲动鲁莽，有为反抗父权的故意为之，但都不可否认，那时的唐清辰，整颗心都向她敞开着。

但她那么轻易地背叛了他。

不单是离开，而是背叛。

她用爱情换取了一张前往 M 国的直通车票，她以为，在那之后的更多年里，她能获得更多更好更丰盈的爱。

后来她经历过一个又一个男人，中国的、外国的，年轻的、年长的，各行各业，相貌英俊或平庸，但她没再见过爱情的模样。

再后来她懂了，爱情这种东西，就像高奢品，有的人终其一生都不可能遇到，而有的人遇到了，却像她一样没有珍惜。

错过了的，就不再重来。

但那又怎么样呢？她是个世俗的人，爱情没有了，但生活还得继续。

晚上容茵回到家，觉得气氛不是很对。

她简单地冲了个澡，换了一件家居服，光脚踩上沙发，偷偷凑到了某人的身后。

唐清辰手上端着轻薄的笔记本电脑，但资料许久都没翻上一页，容茵就知道他压根儿没有工作。

"怎么了？"其实容茵早就接到了林隽的小道消息，说他们家唐总今天下午接过一个电话，之后好像心情就一直不太好的样子。

容茵用湿漉漉的脑袋在他后背蹭了蹭，细小的水珠甩进唐清辰的脖颈，他"嗞"了一声，没扭头，反手捏住她的脖子后面："怎么越来越调皮了？"

容茵被他捏住后颈那块皮肤，感觉自己跟个小动物似的，下意识地就甩了甩脑袋。

被甩了更多水珠在脖子和胸膛的唐清辰："……"

片刻之后，他松开了手，不等容茵喘口气，他转身一把抱起她，拖鞋都没穿，光着脚一路冲去了浴室。

"喂！唐清辰！我已经洗过澡啦！"容茵气得直捶他，却发现这人终于不是之前那副很沉郁的模样，眼角眉梢都挂着笑，捶人的拳头也不觉松了下来，"放我下来，我围观你洗，可以吗？"

唐清辰垂眸看她，朝着她缓缓露出一抹笑："可以呀。"

说着他一松手，容茵"嗷"的一声，落入蓄满了水的圆形浴缸。

水是热的，还没用过，浴室是唐清辰主卧的一间，明显是这人刚用远程遥控放了热水没多久，就被她赶上了这茬儿。容茵抹了一把满脸的水珠，噘着嘴吐出一口气，这都叫什么事儿啊！明明是他心情不爽，却拿自己撒——

那个"气"字被一股更大的水花打断了。

唐清辰哈哈大笑着抱住她坐进浴缸，这人不知什么时候脱掉了衬衫长裤，长手长脚环过来，把她圈成小小的一只。这一两年，两个人各自的事业上了轨道，也都越发忙碌，他却不知道是怎么把一分钟掰成几份使，把腹肌从普普通通的六块练成豆腐块一样精准标致的八块，容茵被他拽着手一块块地去摸，哪怕不正眼去看，都觉得烫手……

"你发什么癫——"容茵被他弄得一头一脸都是水，而且她跟他不一样，她才在另一间浴室冲过凉，身上的家居服是新换上的，这么整个人连衣服往浴缸里一泡，感觉实在有点儿糟糕……

"茵茵，要不咱们明年也怀个双棒儿？"

"什么双棒？"容茵感觉到他一颗一颗解自己扣子的动作，脑子一时糊住了，她的家乡没这个说法，一时没反应过来他的意思。

"意思就是咱们一次解决战斗，就省事儿了，嗯？"

衣服被彻底剥掉，尽管水是热的，容茵还是禁不住打了个哆嗦。没有了衣物的隔阂，唐清辰将她拥进怀里，先在唇上吻了吻，随着他手指在水下越发忙碌起来，容茵很快就忘记要跟这人计较的正事儿……

仔仔细细、暖暖和和地洗完这个"鸳鸯浴"，容茵被他用一件浴袍裹住，两人一起回到大床上，唐清辰用电吹风帮她吹干头发，迷迷糊糊间，容茵突然明白过来，半合着眼伸手去拧他的胳膊："我可还没同意跟你生小孩呢！"

唐清辰笑了两声："这事可不归你和我说了算。"

容茵忙了一天，回到家本想好好安慰一番据说低气压了一下午的唐某人，却没想到是这种"安慰"方式，此刻她困得眼睛都睁不开，还不忘断断续续地跟唐清辰掰扯："怎么……不算？"

"这事老天说了算。"唐清辰此刻心情舒爽，眼角眉梢都含春，俯身在她唇上落下一个吻，"睡吧。"

如果是平时的容茵，肯定要跳起来骂唐清辰阴险。两人刚刚连个关键措施都没做，如果接下来每一次都是这样，那简直是"蓄意"怀孕，关老天爷什么事？

然而唯一能指证唐某人要赖皮的关键人物，此时已经睡得人事不知。

唐清辰收好电吹风，抱着容茵侧躺下，帮她调整了一个更舒服的姿势，这才缓缓闭目。

下午那个电话确实令他心情不佳，但不是旁人以为的那样。

尽管两人最后实在闹得有些不堪回首，但抛开这一节，他的那段初恋也称得上甜蜜美好。这么多年他都没再主动去回忆过她，也没有对过往的事念念不忘，可不论是对方，还是圈子里的其他人，都在替他念念不忘。

如果一个男人真对一个人难以忘情，千山万水也赴汤蹈火了，还用得着别人三番两次提醒？

他真正生气的是，他明明已经和容茵热恋将近三年，为什么总有人死缠着不放？

别的不说，就他订婚这事，怎么会传到对方的耳朵里，她又是怎么拿到他的私人电话的，串联起来想一想……唐清辰琢磨了一下午，觉得是时候清理一下比较亲近的朋友圈子了。

他可不想以后和容茵订了婚有小孩了，还要被这些乱七八糟的事干扰正常生活。

唐清辰没有意识到的是，越是拥有幸福的人，对烦恼和苦痛的容忍度就越低。

这三年下来，他已经被容茵宠坏了，所以眼里越发不容沙子。

容茵与唐清辰的订婚宴就在君渡酒店举行。

因为事前容茵的特别要求，这场订婚宴并未大肆铺张，只邀请了两人的亲人和至交好友。

林隽、杜鹤、老姜、叶诏、弯弯、孔月旋、毕罗，这些好友百忙之中抽出时间，悉数到场。

容茵的父母都不在了，关系亲厚的亲人……仔细算算约等于没有。这两年下来，殷老太太身体状况不好，极少四处走动，殷筱云也乖觉，自打那一年闹得厉害以后，再未来过平城，有关寄味斋在京发展、与唐氏合作的一切事宜，均交托给殷若芙代办。少了母亲的处处掌控，殷若芙逐渐历练出来，如今不仅能力出众，与容茵的关系也越发融洽平和。前一年的甜品师大赛她拿了第七名，虽然名次不算顶靠前，到底也是业内冉冉升起的一颗新星，听说不论殷筱云还是殷老太太，对她这个成绩也都很满意。因此容茵与唐清辰的这场订婚宴，娘家人这边只有殷若芙一人代表出席，不论容茵还是殷筱云，双方都得个欢喜自在。

容茵这边简便了，唐家却俭省不了。唐家家大业大，亲戚庞杂，光是和唐清辰平辈的哥哥弟弟们就一双手都数不过来，更别提叔叔、伯伯、舅舅、姑姑……据说因为只是订婚宴不是婚宴，有一大半亲戚还没到场！

容茵默默望着乌泱泱的人群，掐住唐清辰的手臂，努力挤出一个甜蜜的笑，凑近他的耳朵咬牙切齿地小声说："婚礼我要西式的！"

唐清辰深以为然："我也是这么想的。"顿了顿，他又说，"不过可能婚礼结束，还是要给各位长辈敬个酒。”

容茵："……"她现在反悔不嫁还来得及吗？

唐清辰看着容茵鼓鼓的脸颊，低笑说："一辈子就这么一回，人多不好吗？你想想，等你成了唐家的儿媳妇，谁敢欺负你，弟弟们也不答应啊！"

容茵看了一眼不远处一张桌子都坐不下的"弟弟们"，欲哭无泪："我现在算知道，为什么你那个堂弟谈了许多年恋爱都不结婚了。"

"谁？"

"唐清和！"

司仪在这时喊了两人的名字，容茵和唐清辰连忙各自站好。

容茵越想越绝望，一旁的唐清辰却忍不住想笑。

事后，容茵对着相册里的这张照片端详良久，还不忘拷问坐在一旁的"未婚夫"："你当时在笑什么？"

已确定婚礼就在几个月后的唐某人："镜头都对准我了，而且大喜的日子，我当然有多开心就笑多开心了！"

容茵："……"才不会是这么简单的理由。

好在唐清辰还算有人性，尽管请了专业司仪，订婚仪式倒也简单，前后不到一刻钟就完事了。

接下来就是大家吃吃喝喝聊聊天，顺便沟通一下感情的环节。容茵换了一件更轻便的礼服，在殷若芙的陪同下一块儿回到宴会厅。

唐清辰正和一个家里的堂弟聊得起劲儿，见容茵进来了，道一句"少陪"，走上前握住她的手，低声问："累不累？"

容茵摇头，其实主要是她刚一进门被现场人数吓到了。不过仪式过程什么的设置都很简单，最好的朋友都在现场，确实还挺开心的。

唐清辰知道她的心思，有意逗她说话："清和也来了，你要不要去他面前转一圈，气气他？"

容茵直摇头，唐清和又没得罪过她，而且人家一直娶不到心爱的女孩子，已经够可怜了，她干吗还要去刺激他？

唐清辰又说："他们其实也都挺忙的，大部分都不吃饭，过一会儿就走了，孔小姐也是。我看待会儿没几个人留下吃饭，咱们很快就自由了。"

这话倒是不假。想想待会儿留下吃饭的，应该都是关系比较亲近的，这么一想顿时放松许多，就是遗憾月旋不能久留。

唐清辰正想说什么，宴会厅的大门这时突然从外面打开。

一身黑衣的年轻男人走了进来，他戴一顶黑色棒球帽，皮肤晒成了古铜色，轮廓比两年前成熟了，也坚毅了，可看着容茵的眼睛却含着笑。他伸出双臂张开怀抱："招呼都不跟我打一声，就成别人的新娘子啦！唐先生，您可没守承诺！"后面这句话却是对唐清辰说的。

于是众目睽睽之下，容茵几步走过去，和一个长相斯文的黑皮肤小帅哥拥抱在了一块儿，而唐清辰在同一时间黑了脸色。

后排的弟弟们有好事的当即站起来："哇！我是要见证抢婚现场了吗？！"

另一个说："不能吧，长得还没大堂哥好看呢！"

"谁说男人长得好看就赢了？"

原本气氛安静祥和的订婚现场顿时闹哄哄的，而在一片喧哗里，容茵笑着揉了揉眼角，后退一步，朝着对方歪头一笑："你是不是消息有误？"

脸色奇差的唐先生走上前，揽住容茵的肩膀，对一脸呆滞的聂医生说："我怎么没守承诺了？今天这个是订婚宴！"

聂子期愣了半晌，随即笑出了声，还不忘朝容茵眨眨眼，顺便给唐清辰添点堵："这么说来我还有机会？"

容茵忍不住笑了起来。

唐清辰就差没吼起来："既然聂大夫都回来了！婚期提前，下个月等着收请柬吧！"

"喂！"聂子期见唐清辰揽着容茵转身就走，一趟非洲之旅历练下来，这家伙别的没学会，脸皮倒是厚了不少，"等等我啊！怎么说当初我也算半个媒人吧！赏杯酒喝不？"

"不赏！"唐清辰觉得当着自家这么多亲戚，刚才这一出闹得实在很没面子，此刻内心十分暴躁。

容茵忍不住一边笑一边捶他手臂："你别这么小气啦！"

宴会厅里灯光璀璨，五光十色的光照耀在每个人的脸上，就像初升的太阳，那么明媚，那么鲜亮。

容茵被唐清辰揽在怀里，身后是边开玩笑、边紧追不放的聂医生，面前是起哄调笑的亲朋挚友，也不知是谁喊了她一声，她侧眸，正对上摄像师的镜头。

"咔嚓"一声，照片里，容茵笑得前所未有的灿烂，就连语气硬邦邦的唐清辰，唇角都挂着再明显不过的笑。

幸福定格在这一刻，定格在所有人最美好的人生回忆里。

清风如有韵，容我伴晨昏。

……

亲爱的朋友啊，愿你有高跟鞋也有跑鞋，喝茶也喝酒。

愿你有勇敢的朋友，有强劲的对手。

愿你对过往的一切情深义重，但从不回头。

愿你特别美丽，特别平静，特别凶狠，也特别温柔。

图书在版编目（CIP）数据

芬芳满堂·终章 / 江雪落著. -- 南京：江苏凤凰
文艺出版社, 2019.7
ISBN 978-7-5594-3604-7

Ⅰ.①芬… Ⅱ.①江… Ⅲ.①长篇小说 – 中国 – 当代
Ⅳ.① I247.5

中国版本图书馆 CIP 数据核字 (2019) 第 072976 号

芬芳满堂·终章

江雪落 著

责任编辑	刘洲原	
特约编辑	马春雪　苗玉佳	
装帧设计	A BOOK STUDIO　苹果Design QQ:16030R7572	
责任印制	刘　巍	
出版发行	江苏凤凰文艺出版社	
	南京市中央路 165 号，邮编：210009	
网　　址	http://www.jswenyi.com	
印　　刷	北京永顺兴望印刷厂	
开　　本	880×1230 毫米 1/32	
印　　张	9.5	
字　　数	245 千字	
版　　次	2019 年 7 月第 1 版　2019 年 7 月第 1 次印刷	
书　　号	ISBN 978-7-5594-3604-7	
定　　价	38.00 元	

江苏凤凰文艺版图书凡印刷、装订错误可随时向承印厂调换